乱世烟云

LUANSHI YANYUN

汪宛夫◎著

作家出版社

图书在版编目（CIP）数据

乱世烟云／汪宛夫著．—北京：作家出版社，2015.1

ISBN 978-7-5063-7805-5

Ⅰ.①乱… Ⅱ.①汪… Ⅲ.①长篇小说—中国—当代 Ⅳ.①I247.5

中国版本图书馆 CIP 数据核字（2015）第 025808 号

乱世烟云

作　　者：汪宛夫
责任编辑：张　平
装帧设计：天之赋设计室
出版发行：作家出版社
社　　址：北京农展馆南里 10 号　　**邮　　编：**100125
电话传真：86-10-65930756（出版发行部）
86-10-65004079（总编室）
86-10-65015116（邮购部）
E-mail:zuojia@zuojia.net.cn
http://www.haozuojia.com（作家在线）
印　　刷：北京市玖仁伟业印刷有限公司
成品尺寸：170×240
字　　数：238 千
印　　张：17
版　　次：2015 年 4 月第 1 版
印　　次：2015 年 4 月第 1 次印刷
ISBN 978-7-5063-7805-5
定　　价：32.00 元

目录
Contents

第一章
黄泉碧落，死生契阔

“妾发初覆额，折花门前剧。郎骑竹马来，绕床弄青梅。同居长干里，两小无嫌猜……”凄楚的歌声在梅山的仙洞里盘旋萦绕，烛火盈盈，映着她一双如秋水般澄明的眼睛。

“宝哥哥，自此后，再也没有人能将我们分开了。”身着鲜红嫁衣的颜采云，痴痴地看着满目深情的福衔宝，泪落如雨。

福衔宝笑了笑，眼中泪意朦胧，握紧采云的手，目光扫向一旁的紫竹提篮，点点头说：“云妹妹，再也没有什么能拆开我们了！”那里，有他们了结相思的断肠毒酒，却也是他们甘之若饴的玉液琼浆。

风过轻寒，花叶摇落，梅山绚烂的秋色无声地掩映着这场哀恸的苦恋，静静地看一对璧人执手对泣，它却淡然依旧。皓腕沾愁，举不动那一盏悲凉淡酒，泪自长流，守不住这青梅竹马的欢喜长久。愿为你抛弃眉目如画，愿为你割舍菁菁年华，此生若不能长相守，愿随你黄泉碧落，死生契阔。

采云拭了泪，满目柔情地说："宝哥哥，我要你记着我最好的样子。"她站起身，理了理衣袖。丝缎般的秀发垂下肩头，一对鲜红的玛瑙坠子在耳畔轻轻晃动，若隐若现地摇曳着点点晕红，她眸光清澈，定定地看着他。福衔宝起身牵着她，说："云妹妹永远都是最美的！"他眼中的宠溺令她满心欢喜，望着面前儒雅伟岸的心上人，采云不由得羞红了眉眼，垂下头，望着足尖。

"二少爷！二少爷！"忽然一阵惊心的呼喊，在洞外响起。二人都已听出来，那人应是常在衔宝母亲身边服侍的丫头秋碧。

"二少爷！二少爷你在哪里？太太吐血昏过去了！二少爷！"秋碧的声音带着一抹哭腔，越发凄厉起来。

福衔宝迟疑地皱了皱眉头，松开采云的手，说："采云，你等我一等。"一边向仙洞外面走去。颜采云张了张口，刚想说什么，他却已一阵风似的跑了出去。采云看了看石桌上未饮的毒酒，也慢慢走了出来。

仙洞外是一片高大的灌木丛，茂密的葛藤垂坠下来，将洞口秘密掩盖，这里从外面看来，就是一处陡峭的山崖。福衔宝突然出现在秋碧面前，倒把她吓了一跳，她又惊又喜地说："二少爷，你果真在梅山！"

福衔宝只问道："我娘怎么样了？怎么会吐血？"

"明天便是向荣县长家下定礼的大日子，太太听说遍寻不到你，一急之下咳出好多血，就晕了过去。"秋碧又道："老爷命所有下人出来寻你，若找不到，便要与你断绝父子关系。我私下猜测，知你常来梅山玩，这才一路寻上山来……"

衔宝见她只说些不相干的，不由怒道："我娘现在怎么样？可醒过来了？"又道："连你也出来寻我，母亲那里竟无人照料？"

"我出来时太太已经醒过来了，大夫说病势危急，怕要撑过了今晚才算好。太太那边现是二姨娘在照料。"秋碧说到最后一句，声音细如蚊鸣，怯怯地望着衔宝。

衔宝果然大怒："混账！你这死丫头竟不知守着太太！"这二姨娘春喜原是服

侍福府老太太的丫头，却先于衔宝的母亲赵氏诞下大少爷衔玉，她自生下衔玉后，越发张狂骄奢，常闹得一家人鸡犬不宁。衔宝母亲赵氏是大户人家的羸弱小姐，不屑与她争斗，这些年反受了她不少闲气。是以衔宝听闻二姨娘在母亲那里照料，便怒不可遏。

此时，采云也出了仙洞，来到身边，衔宝遂对采云说："我娘病危，我得赶回去一趟。我们的事来日方长，你等我。"采云先是为衔宝母亲担心，又听他说来日方长，不由心里一紧，百转千回却不知该如何是好。因当着下人的面，不再叫他宝哥哥，只开口道："衔宝。"

衔宝心中有些犹豫，此番与采云相约殉情，他是情真意切，愿与她黄泉相偕的。谁料母亲突然病危，母亲最是疼他，身体一向又差，在府中也只有他这唯一的依靠，他此刻便不由得担心起母亲来。

采云怔怔地看着他犹豫的神色，不由心头吃痛。他二人原是青梅竹马，两小无猜，却因县长荣阔堂要与福家联姻，生生拆散了他们。荣县长要将自己的宝贝女儿荣若仙许配给衔宝，衔宝的父亲福胜国虽是梅县的头号富商，开着梅花镇最大的玉海酒庄，却哪里敢开罪本县的县长大人。况且政商结合，今后生意更是顺风顺水，赶忙应下这门亲事。他二人极力反抗挣扎，却终是无望，不得不出此下策，共赴黄泉永结同心。他如今这般犹豫，竟是要弃她于不顾了吗？

"二少爷，快走吧！"秋碧拖着衔宝，向前走去。

"衔宝！"采云已忍不住满脸泪痕，他却被秋碧拖着离开，采云心碎神伤地蹲在灌木丛中，不敢看他渐行渐远的身影。

彩云渐渐蹲得腿脚发麻，终于止了泪，站起身来遥望。福衔宝早已不见踪影，空山寂寂，云水茫茫，裹着她苍白的容颜，一颗心徒留无奈的悲伤。有桂香弥漫，她却嗅不到芬芳，只听闻叶子凋落的叹息哀凉。

似乎有"叭叭"的枪声响起，采云怔了怔，疑是自己听错了。举步前行，漫无目的地在梅山上游荡。

采云母亲走得早，小时候她便常与衔宝一起玩耍，衔宝母亲赵氏对她也很是疼爱。如今赵氏病危，想来也觉得非常揪心，衔宝孝顺母亲，回家探望，也是应该。一会儿却又寻思，既然相约殉情，何必再有这样多的红尘牵绊。又想起他说的“来日方长”“你等我”之类的话，似乎又添期盼。

百般思量，心乱如麻，正不知如何是好，却听一个男子的声音在耳畔响起：“姑娘当心！”话音落下，胳膊便被人牵住，一只温热的大手揽上了她的腰。

采云又惊又怒，来不及挣扎，便被那人拥入怀中，拖着她连连退了几步。靠在他宽阔的肩上竟动弹不得，不由得心中慌乱，耳边却只听闻他沉稳的心跳声。陌生男人的气息挟裹着她，他呼出的热气拂上她的眉，令她睁不开眼睛。她纤细的腰快要被他灼热的手融化了，手臂也被他捏得生疼。她颤颤地抖动着，几欲窒息。他却蓦地手一松，她立刻用力猛推了他一把，他不防，竟趔趄着跌在斜坡上。

男子微微错愕，旋即一笑，站起身拍了拍衣襟，说：“你为何事如此想不开？”

她回头一看，不由心中一凛，原来自己刚才神思恍惚，竟走向了那处断崖，此时正有一些碎泥块扑簌簌地跌落崖下。

她明白缘由，回转身来对他歉然一笑，见他修长身材，着西式衣裳，外面罩一件藏青色的风衣，沾了些尘土，有些淡淡的黄印子。落日熔金，映在他英俊的面庞上，一双极深邃的星眸透着蛊惑的笑意。

她刚想开口向他道谢，却听他说道：“你难道是哪家逃婚的新娘？我可是捡着便宜了！”

她见他言语造次，脸色一变，转身欲走，却听“叭叭”的子弹声呼啸而过。这次的枪声太真切了，子弹打中不远处的一棵桦树，树身震颤，一片片叶子哆哆嗦嗦，在风中哗哗飘落。

来不及惊慌四顾，他拉着她向林间奔去。原本熟悉的梅山，由着她深一脚浅一脚地奔逃，此时也变得有些不辨东西起来。“哧啦”一声，她的嫁衣被树枝钩住，用力一扯，被生生扯下一道口子来。此时已有两三个带刀棍的蒙面人追了上来，他拳脚并用，与来人搏斗起来。

他猝然放手，采云脚步不稳，不由向前跌去，其中的一个蒙面人竟举刀向她砍来。采云脚下瘫软，站不起来，直看那刀砍将过来，不由惊呼起来。他听见声音，伸臂一挡，扯下那人脸上蒙着的布，劈腿踢了过去。那人被他一脚踢开，他的胳臂却已被砍伤，血涌了出来，直溅了彩云一脸。采云惊魂未定，他却已将那三人撂倒，拉起她，再次飞奔起来。

采云回头，见不远处另有十几个持枪带刀的蒙面人追了过来。当下凝神看了看周围，忽然想到了仙洞，对他说："跟我来，往这边走！"

他疑惑地看着她，见她目光坚定，便依了她。

采云撩起裙角，左蹦右跳，在一处荆棘丛内穿行，男子用力压着左手的伤口，不让血滴落地面，紧紧尾随着她。

两人来到灌木林中，采云担忧地望着他受伤的手臂，他却笑道："不碍事！"

她收回目光，望向灌木林，说："穿过这丛灌木，前面有个很隐蔽的仙洞，不妨进去避一避。"

他点点头，便跟了上来，很快，采云便住了脚，拨开山顶垂下的茂密葛藤，说："到了，就在这里。"

他随她走进洞内，眼前立刻一片烛火。心中暗暗惊奇，不想在这大山深处，竟有如此隐蔽的地方，从外面根本看不出里面的玄机。又听见她说："从山洞向里走，还有一条密道，大约走三里多的路程，便可直通山下。但这条路又黑又窄，不太好走。"

"还是先静观其变吧，他们未必会寻到这里来，此时下山，倒可能被拦截，我也走得乏了，不如明日再做商议。"他边说边靠着石壁坐了下来，不想碰到伤口，吃痛不过，"啊"了一声。

采云道："我去找点草药给你敷上，不然，伤口溃烂起来就不好了。"边说边往外走。他一把拉住她，说："你不要命了？他们还没走远呢！"采云住了脚，喃

喃道："那且等一等吧。"

他抬头打量这仙洞，见一块青石板上还放着一双月白色青釉酒盅，不由笑道："这里居然还有酒，我走这半天了，倒正口渴!"一边伸手去取石板上的酒盅。采云吃了一惊，连忙抢在他面前，"啪"地打翻他手中的酒盅，又将石板上的竹篮拂向地面，鲜红的汁液泼了出来，如血泪般渗入土中。他奇怪地看着她，微微有些尴尬，她却又走向仙洞里面，倒了一杯水，递给他说："你喝这个吧。"

男子接过水杯，爽朗地笑道："这里倒一应俱全啊!"

"我以前上山采药时，在这里备下的。"采云口上应着，却想起刚才与衔宝在这里拜天地、相约殉情的情景。小时候，他们在这梅山嬉戏，偶尔进得此处，便点着松明火，一路欢歌笑语，在这洞中穿行下山。她最爱唱那首青梅竹马，她在他身后像一个小尾巴，他高举着火把，照亮他们儿时岁月的纯真无瑕。

"你家是开药铺的?"采云只怔怔地望着烛火出神，似未听见他的问讯。烛光把她的影子拉长，映在石壁上，连耳畔的那对玛瑙坠子也静静地一动不动。

良久，她似醒悟般地回转身来，对他说："我去采些药来。"

因这许久没听到外面有什么动静，他也并不拦她，只说："可不要走远了，我一个人在这洞里可闷得慌。"

他救下几欲失足坠崖的她，又伸手替她挡了一刀，她虽猜不透他的来路，却又觉着欠了他许多。采云不理会他的玩笑话，独自向外面走去。天色已经暗下来了，模糊难辨，她心中暗暗着急，遍寻了附近，只寻得几株寻常茈胡、青翘、枯岑、紫兰根，又摘了几个果子，便回到洞内。

采云将药捣烂了替他敷上，又在被钩破的衣襟处撕下一大块，帮他将伤口包扎好，方把果子洗了，递给他。

他似是极累，吃完果子不一会儿便睡着了，头歪在一边。采云却起了疑惑，他到底是为她挡了一刀，便担心他是不是伤得太严重而昏迷了，不时用手试探他的额头。

不知过了多久，她也有些朦胧的睡意，却见他突然坐起，不由惊问道：“你怎么样了?”

“无妨。”他靠回壁上，脸转向她，目光温柔而关切，“你怎么还不睡?”

他言语温存而暧昧，她却突然感到委屈。衔宝此时是守着他母亲还是已经睡下了？他即将和别人成亲了，却还与她说来日方长。她别父弃家与他殉情，他却丢下她转身而去。莫名地，泪珠大颗大颗地涌出眼眶，她抱着膝，把头埋在臂间，温热的泪溢透了大红的衣袖，贴在手背上，一片濡湿冰凉。

“你我萍水相逢，如今共患难一场，也是有缘。你有什么难处，尽管说来，我若能帮你，定不会袖手旁观。帮不了，你说出来也解些愁苦，总比闷在心里憋坏了自己好。”他说得极真诚，令她有几分感动，却还是摇摇头，说：“没什么。”

她忽又抬起脸，说，“今天多谢你两次出手相救。”她脸上犹自挂着泪，长长的睫毛湿漉漉地扑闪着，声音也呜咽不清。

他看得心头一动，出了会儿神，说，“你也助我逃过一劫，也是场大恩。”又叹道：“这样的乱世，活着尚且不易，何苦再自寻烦恼。万事随缘，也没有什么过不去的，太过执着，反倒易受其苦。”

她见他忽然说出这些话来，止了啜泣，静静听着。他却转了话题，自向她讲述或杜撰或自己经历的趣事。她知他是想逗自己开心，心中感动，只默默地听着，时而抬头冲他微微一笑，那神色间却凄然地让他不忍看。

絮絮地谈了半夜，她终于迷迷糊糊睡着了。醒来时，却见身上披着他的风衣，他却早已离去。

采云起身揉了揉酸麻的小腿，熄了洞内的烛火。走出洞外，天已大亮。她因昨日哭久了的缘故，如今被这亮光一射，只觉得眼睛痛得睁不开。勉强适应了一会儿，见自己裙裾破烂，便穿了那件藏青色的风衣，把自己鲜红的嫁衣包裹起来，匆匆下山。

时近晌午，街面上人流涌动，不时听到一些妇人艳羡的声音，说起福家下的

聘礼如何重，荣家如何大宴亲朋，对两家的婚宴更是充满了无限期待。采云欲哭无泪，失魂落魄地向家中走去，却被一个叫花子般的怪老李拦住，求她可怜可怜，采云心生恻隐，随手捋下腕上的玉镯子，丢给了他。怪老李道了声谢，便拐着脚向酒肆挪去。

采云回到家中，父亲已到店铺上去了，贴身丫头轻荷打了水来给她梳洗。采云脱下风衣，却听得一声微响，似有什么东西滚落。采云细细查看，终于在床角处寻到了，原来是一枚形状奇特的金戒指，那戒指上镶的东西像一颗锋利的六芒星，稍一转动，却又似一朵轻俏艳丽的金色鸢尾花，莹莹光华流动，极是精致。采云看了，心下暗赞打造戒指之人的巧夺天工。想起衔宝，又觉一切都变得无趣，随手将戒指丢在匣子里，到柜上包了两株上好的参，让丫头送去福府，后得知赵氏病情好转，一颗心也放下些许。

第二章
清辉透寒，愁绪无限

是夜，梅花镇上家家都闭了门，一片宁静。偶尔有大户人家门前悬着的灯笼还没有熄，时黄时白地摇曳着，晕染得整条街都瞌睡起来。

夜凉如水，采云倚着院中的梨树，仰望那轮圆月，只觉得清辉透寒，愁绪无限。忽听得墙外似有人低呼，不由心头一喜，打开角门走了出去。

墙角趴着一人，采云仔细打量，却是白日里向她讨赏的老头怪老李，那老头似受了伤，不住地呻吟着。采云回屋叫醒了轻荷，二人扶怪老李进了后院。采云细心地替他上了药，又命轻荷取了茶水馒头来与他。

老头吃饱后道："我怪老李从来不曾偷人东西，今儿个偏叫那狗眼看人低的刘老二给打了！"采云怕他高声嚷嚷惊扰了父亲，忙示意他噤声。原来，怪老李拿了采云给他的玉镯子去换酒吃，不想却被人当作偷儿逐了出来，还被打了一顿。

采云得知原委，不由歉声道："我一时无心，想不到反而害了老伯。"

怪老李忙道："姑娘原是一片好心。"又打趣道："小姐如此善心，他日必得

佳婿。”

采云见他如此玩笑，却想起自己与衔宝的艰难，不由心头大痛，竟撑不住要溢出泪来，忙将身子扭向一边。

小丫头轻荷却抱怨道：“还说什么佳婿不佳婿的，如今人家都要娶上县长千金了！”

采云忙呵斥道：“轻荷，不要乱说。”

怪老李恍然大悟道：“原来小姐的心上人是福家二公子。这福家已是梅花镇上的巨富人家了，何必还要攀这些官府中人。”见采云神色凄楚，便又夸口道：“这有何难，别说是县长千金，就是郡主公主，俺怪老李也能搅了他们，保叫你那心上人娶了你这样心底好的小姐。”采云只当疯话，也不理会，吩咐轻荷扶他去下房歇息，又命轻荷备了几串钱给他。

采云日夜心中煎熬，不几日便病倒了，丫头轻荷知她心事，常言语间宽慰着。这日见她略有精神，便扶了她在梅山脚下的落梅亭看夕阳。

采云凝望苍茫梅山，想起小时候父亲常带她到山上采药，教她认识各种药材，后来生意做大了些，便很少采药了。自己大些的时候又被父亲送去医校念了几年书，更把这梅山当作了风景而不是药源地。

也还记得无药可采的冬日，她便和衔宝在梅山上踏雪寻梅。那西岭的玉碟梅极多，淡紫的花萼衬着浅粉的花苞，一如她十岁那年发带上的蝴蝶玉扣。南岭的绿萼梅极香，北岭的宫粉梅极艳，就连这落梅亭，冬日里也是极具风姿的。采云扶着栏杆，泪水滴落在梅枝上，那极细的枝丫似载不动这盈盈清泪，泪珠慢慢地渗透枝丫，无声地坠落湖面。

暮色降临，她与轻荷回到家中，却见下人们忙碌异常。父亲也迎了出来，向她笑道：“云儿，福家来提亲了！”

她只觉恍然如梦，一时回转不过来，却见福衔宝一身簇新的宝蓝色长衫，含笑立在厅下。

采云只是不信，回头望着轻荷，见她冲衔宝激动地问好："二少爷好！"她这才始知自己不是在梦中。原来福家不知何故，突然与荣县长家退了亲，今日又到颜采云家提亲。采云虽心中疑惑，却因见着福衔宝，便把一切都抛在脑后，眼中心中都只有她珍若生命的宝哥哥，如今自是欢喜无限，那病也好了七八分。

第二日一早，颜老爷尚在用早饭，却见采云来与他问安。她穿了一件鹅黄色的西洋蕾丝花边折皱长裙，说与衔宝约了游梅园。颜老爷见女儿打扮的娇俏明艳，不由含笑道："你身体可大好了？"一边又取了一把银票递给她说："你如今与衔宝那孩子定了亲，也要给自己添置几件像样的首饰，别让人家觉着我们寒酸。"

"爹！"采云微嗔着，又见父亲把银票塞进自己的手袋中，便说："谢谢爹！"

出了门，衔宝早已叫了人力车在门口候着了。采云见他又是一身簇新的银白色长衫，越发显得修长伟岸、儒雅风流，又见他款款深情地凝望自己，不由心中轻轻软软，甜蜜温柔地叫了声"宝哥哥！"

那梅园在这个季节虽然没什么可游，却因着他二人好心情，只叽叽咕咕地说话，这园子也游了半天。

出了园子，街上已热闹起来了，那些寻常的小摊贩，今日在采云眼里却变得有趣起来。小布偶、稻草编的蚂蚱、胶纸做的风车，零零散散的小东西买了一大堆。又进了一家店，店里各色透明镂空的花鸟鱼虫摆件，色色飞舞灵动、栩栩如生，采云伸手触摸，觉得硬如顽石，不由暗叹雕刻之人手艺高超。抬眼望去，却见一人正凑着火，翻转烤制什么东西，他二人凑近一看，方知那东西不是雕刻，而是用火烤化后，如捏糖人般捏制出来的，细问之下方知是琉璃。采云觉得有趣，便挑了一件镂空的喜上眉梢。

二人逛得累了，便在醉芸阁要了雅间用午饭。采云病后初愈，精神虽好却吃不下什么东西，只拣了几样点心，每样尝了一口。

衔宝又约采云下午去听戏。因那戏园离醉芸阁不远，二人便慢慢走过去。衔宝提了些零零散散的小物件，虽不重，却很不好拿，便将那风车插在衣领上，又将一些小玩意儿挂在脖子上，腾出一只手来牵采云。采云见他满身物件，不由扑哧一笑，说：“还没到戏园，你倒先装扮上了。”

衔宝撩着长衫的下摆，迈着方步，捏着嗓子唱道：“哎呀呀，小姐莫慌，小生这就唱来。”采云忍俊不禁，笑着取下他衣领上的风车，边走边迎着风吹动起来。

戏园里人很少，他们拣一处干净的位子坐了，自是吃茶听戏。过了一会儿，颜采云幽幽叹了口气，轻声道：“总觉着像在梦里一样。”

衔宝知她疑惑，便道：“我也不知父亲为何突然与荣家退了亲，竟应允了我们。”又说：“我娘一向疼你，许是她劝动了父亲。”见她仍不快，便笑说：“任他什么缘由，如今总算合了我们的心意，到底是值得高兴的，你别总闷闷的。”采云便笑了笑，抬头向戏台上望去。此时正演着《莺莺传》，她便凝神细听起来。

出了戏园，天色已经不早了，一阵风吹来，采云便皱起眉说头疼，衔宝嘱咐她在园子里等着他，便急急地走了出去。

不一会儿，他跑了回来，手里拿着一顶白色兔毛绒的帽子，样子非常可爱。采云忍不住伸手去摸那帽子，只觉得那兔毛轻柔绵软，拂在掌中，像有人对着她的手心哈气，痒痒的、暖暖的。

他为她戴好帽子，方走了出来。采云果真不再头痛，他二人便坐了人力车往家去。路上经过一家金店，采云忽然想起那只奇特的戒指，不由思量，改天也打一枚来戴，倒新鲜有趣。

到了门前，衔宝扶采云下了车，她走了几步，仍是不舍地回转身来看他。她站在台阶上，许是因着病后瘦了许多的缘故，晚风吹动她的衣衫，盈盈地有些飘然欲飞。他走上前去，拉了她的手，轻声道：“我明日再来。”“嗯。”她低低应了一声，已满面含羞，清亮的眼睛里水波荡漾。福衔宝只觉得心头乱跳，忍不住俯身去吻她的眼睛。采云一阵惊慌，站立不稳，已被他拥入怀中，她像只受惊的兔子，手足无措地挣扎着，几乎要哭了出来。衔宝心头一软，松开了她，她的帽子却被风吹落，衔宝便俯身帮她捡了起来，双目深情地望着她。

那灼热的目光似要将她融化，采云不敢看他，接过他递来的帽子也不戴上，只低头说："我要进去了"，便转身进了院子。福衔宝犹自站在台阶上，回思着她的慌乱含羞，心头涌起无限柔情。

时光流转，颜采云与福衔宝的婚期已定在来年五月。这天，采云去姚师傅铺上量制冬衣，走在街上却感觉似有人尾随，几次回转身，却并无人影。采云暗自恼怒，也无心再去姚师傅的铺子，便回转家去。

经过一座茶楼，却被人拦了下来，两名黑衣男子执意邀她共饮，说有要事相商。采云见躲不过，亦不再惊慌，落落大方地随他们上了楼。

两名男子言辞谦恭，说是奉主人之命特来谢小姐救命之恩，并奉上两根金条。采云不解，又听其中一个年长的说道："我家主人曾有一件藏青色的风衣，不知小姐可曾见过?"

采云听他如此说来，方知是那日在梅山上所遇的陌生男子一事。

采云正觉尴尬，又听他道："我家主人得蒙小姐救助，自是感激不尽。只是那枚戒指原是主人旧物，如果小姐拾得，万望归还。"

采云打探那陌生男子的身份，二人却是缄口不言。她心头不快，只说道："不曾看到，得仔细找找，三日后再来此会面，给二位答复。"那二人怔了怔，亦点头离去。

采云只觉得此事蹊跷，又想那戒指既如此重要，陌生男子为何不肯亲自现身?若是被别有用心之人骗去，会不会惹出祸端，遂派了人暗中尾随那两名黑衣男子。

第二日便接到回报：这两名黑衣男子后来去了县衙，县长荣阔堂专程请他们吃饭。据说，翎东省督军正好来此督察防务，还陪他们一起吃饭喝酒。从言谈举止上看，督军和县长都对那几个客人很礼貌。而县长府上的人则透露说，那两位

客人，像是某个地位非凡的大户人家的管家和下人。

管家和下人，都会受到县长和督军的如此礼遇。若是那陌生男子亲自驾到，岂不更为隆重？他究竟是什么人呢？采云心中越发疑惑。

第三天一早，却见轻荷拿了一封信给她。拆开一看，竟是她与衔宝殉情那日，耳上戴的一只玛瑙坠子。因着那天失魂落魄，她原以为弄丢了，也不在意，不曾想竟是被他取了去！

颜采云面色微愠，心中着实恼他轻薄，遂进屋去寻那枚戒指，思量着快快还了他，再不与他有何瓜葛。采云翻拣日常装首饰的匣子，却见两枚一模一样的戒指摆在一起。

原是她一时好奇，去许多家金店问过，都不曾会做过这样奇特的戒指，好不容易有位老师傅肯接这个活，给她打了个一模一样的。她一时调皮，便把两只戒指放在了一起，不想此时竟麻烦起来。

采云对着烛光细细分辨，却不得不叹老师傅好手艺，她终究认不出哪只是那陌生男子遗失的，哪只是自己新打的。她苦恼地一跺脚，闭上眼睛，随手拣了一只，便拿给轻荷，让她交给门口的两名黑衣人。

与福衔宝心心相念的日子轻快而甜蜜，转眼已是冬日。雨雪霏霏，倒不便出门，那衔宝却也隔三差五地过来与她闲话解闷。这天采云正与轻荷围炉剪着窗花，忽见父亲满面忧色地从柜上回来了。

采云为父亲斟了茶，却听他说道："福胜国不知何故得罪了翎东军，竟被金司令抓起来了。"

采云大惊，忙问何故，又听父亲说："传闻说是福家树大招风，如今翎东军地盘扩张，费用肯定也要增添不少，怕是冲着福家的钱来的吧。"

采云沉思了一会儿，便对父亲说，"我去看看衔宝。"

采云出了门，见外面雨雪正紧，等了许久，竟雇不到一辆车。心中焦急，顾不得路面湿滑，紧了紧披肩，撑着伞向衔宝家走去。道路泥泞难行，采云又出来的急，脚上还穿着红色绒布做的棉鞋，深一脚浅一脚踏去，早已污浊不堪。

行了许久，方到福家院门前，那朱红色的大门紧闭着，采云急急地扣着门环，却许久不见人来开门，直冻得牙齿打战。

待进了中厅，见福家已是乱成一片。那福胜国却正摔着茶盅，破口大骂，采云看到福胜国心中一惊，疑惑间又听他说道："荣阔堂你这个龟儿子，自己女儿克夫还不许人退亲！你这个卑鄙小人，联合金司令谋我福家家产，我偏不让你得逞！"

却不见衔宝，夫人赵氏正抹眼泪，见了采云，一把拉入怀中，直哭道："我的儿，你衔宝哥哥被他们抓走了。"原来金司令先是抓了福胜国，却又听从荣县长挑唆，抓了福衔宝以要挟福胜国。

采云惊闻福衔宝被抓，只觉如坠冰窖，脸色煞白，竟说不出话来。

又听福衔玉道："大娘，你先别急，如今父亲回来了，定有办法搭救弟弟，你先保重身体要紧。"

福胜国又说："荣家我是不怕的，如今金司令也插手进来了，军方的人向来是没道理讲的，只有向上活动了。"一边叫上管家和账房，一边起身向书房走去，福衔玉也跟了过去。

采云忧心似焚，眼中直滚下泪来，却听秋碧嘀咕道："那神仙不是说旺夫吗，如今怎么竟是祸事？"赵氏忙回头呵斥了。

直到夜色苍茫，管家方来回道："老爷已派人带了重礼，去金司令府打探消息了，请夫人宽心。"

采云方起身回家去，穿过月洞门，却听两个婆子在廊上说话，一个道："那人连我们这些下人的事都算得那么准，可不是神仙是什么？"

另一个道："克夫可不得了，就算是县长千金，老爷也不能答应。"又道："那神仙指了颜家小姐，如今才定了亲，家里却出了这样的大事，不会她也克夫吧？"

"呸！呸！若不是那神仙说了颜家小姐旺夫的，老爷怎么会得罪县长，反倒去颜家下聘！”

那二人边说边走得远了，渐渐地听不真切。颜采云方才明了，原来是因着克夫旺夫的缘故，自己与衔宝才能再续前缘，不由心头涌起一丝悲凉。又寻思，不知她们口中的神仙是谁，竟有如此翻云覆雨之力。

第三章
北上救夫，得遇公子

原来这荣阔堂因着福家毁婚，不由得羞愧愤怒，怀恨在心。福家是这梅县里数一数二的商贾大户，轻易也动他不得，遂向翎东军金司令告密，把福家前年曾出资帮助翎西军购买军火一事抖将出来，又撺掇金司令抄了福家，以充军饷。

金司令听从荣阔堂的谗言，派人查抄，但福家眼线颇多，提前知晓，遂将金银全部密藏。金司令大怒，让人带走福胜国。荣县长却再出阴谋，让金司令带走福胜国的宝贝儿子福衔宝，作为人质，逼迫福家交出全部家产。

荣阔堂还放出风声，说军方要杀了衔宝，以绝福家。同时又说只有他荣县长才有可能救出衔宝，似有逼亲之意。福家上下又有婚变之说，但福胜国打听之后恨透了荣阔堂，更担心克夫带来无穷后患，加上军方并未立斩衔宝，决定先活动活动再说。

一连几日，福家上下打点，钱物也送出诸多，福衔宝却依然未被放还。颜采云更是日夜坐卧不安。这天，她不知翻拣什么东西，却把一个包裹带了出来，打

开一看，竟是两根金条。

采云忽然想起那天梅山偶遇的陌生男子，又想起他的管家和下人都曾受到荣县长和督军礼遇，这名神秘男子到底是什么来头呢？不由细细翻看手中的金条，忽见左侧的棱角里刻着一个小小的“金”字，连忙把另一根也翻转来看，果然也有个一模一样的“金”字。金条刻金，银条刻银，似乎有些画蛇添足，采云迷惑了。

突然又想起那枚戒指，拉开抽屉，在匣子取了出来，对着灯光细看，终于在内环上发现也镌刻着一个“金”字。肯定不会这么多余，难道，他姓“金”？翎东军司令姓金，他会不会是金司令家的人？

电光石火间的一个念头，却让她心潮起伏。那神秘男子时而油腔滑调，时而又诚恳干练，真让人难以捉摸。眼前又浮起他英俊的面庞，一双蛊惑而深邃的眼睛，直盯得她脸上发烫。

颜采云踯躅着，究竟要不要去找他。他那样轻薄可厌，又不过是一场萍水相逢，他会帮她吗？思量许久，终于下了决心，如今福衔宝处境危难，不管怎样，总要试上一试。

第二天一早，颜采云留信一封，只说是去找在翎东的医校同学打听衔宝情况，让家人勿念。颜老爷很是忧心，派人四处打探女儿下落。

司令府坐落在翎东的省会阳州，极是豪华气派。颜采云在司令府外守了一天，却因无人引见，不得入内，便打扮成下人模样，第二天求了厨房的刘妈，又送了几匹洋布给她，方入了金司令府，成了厨房的帮佣。

一连几日，采云暗自留意，却发现金司令府中无一人貌似被她救过的神秘男子，大失所望。这天，好不容易求了管家帮忙，去翎东监狱探望福衔宝。

衔宝被两名狱卒押着，穿着宽大的囚服，头上沾了些草梗，满脸脏污，不过十来天光景，人已憔悴不堪。采云极是心疼，只叫了声“宝哥哥”便泪如泉涌。衔宝拉了她的手，说：“采云妹妹，你怎么来了？”颜采云只说是辗转托了同学，才得探望。衔宝又问家里可好，采云一边应着，一边拿帕子帮他擦脸，口中只哽咽难言。

刚说上两句话，那狱警便来驱赶，采云连连请求，狱警冲她呵斥道："大爷们天寒地冻地守着，连口驱寒的酒都不敢喝。这人可是要犯，出了事儿你这下人可担待不起！"

采云忙又拿出一些钱，求他通融通融，让她与衔宝说上一会儿话。那狱警收了钱，却仍是命人带走了衔宝，又对采云奸笑道："这酒钱是有了，你若陪兄弟们喝上几杯，大爷就再通融通融。"边说边来拉扯采云。采云惊叫着躲开，慌乱地逃离了牢房，听得那些狱卒们在身后哄然大笑。

颜采云惊魂未定，扶着墙走回司令府，决定先回梅县去，与福家商议搭救衔宝之事。去厨房请辞，管家却说明天金府要迎接内阁总理金绪博，事务繁杂，总要忙过这次大宴，才能放她辞行。采云无奈，少不得在司令府多留几日。

这日一大早，天还不亮，厨房里就准备起来，直到快晌午，才听上头吩咐上茶。因人手不够，管家便命采云也备了茶，去厅上帮忙。采云穿过院子，只见司令府戒备森严，门口站着两排军人幕僚列队欢迎。内阁总理金绪博带着一干人等昂首阔步走来，金司令恭敬地一边说"请"，一边侧着身子引路。

总理落座后，采云便和佣人们开始上茶。中厅里摆了三桌，黑压压地坐满了人，金司令正说着些欢迎总理大人大驾光临之类的话。原来当今内阁总理也姓金，与翎东军司令金清桥算是本家，金绪博与金清桥等军队和地方官员评说着当今时势，大家都以总理为中心，连连的附和着。采云端了茶向下首的那桌走去，刚将茶水放到一位男子面前，却听他低呼道："是你？"

颜采云抬起头，见他眉宇明朗，一双眼睛蛊惑含笑，正是那日在梅山偶遇的神秘男子。不由吃惊道："原来，你是总理家的……保镖？"

"保镖？"那人一愣，见她有趣，便笑道："正是。"

忽见管家走了过来，采云不便再说什么，放下茶，只暗暗冲他使了个眼色，

退了出去。

那场宴会似乎久得让时间都静止了，采云不记得自己找借口跑到院子里偷看有多少次了。她焦急地等待着，却迟迟不见厅上的人散下来。

衔宝的困窘危难，自己的委屈揪心，这些日子的种种磨难，她一直压在心底独自承受。这里的人都这般冷漠无情，她常常守着寒夜，担忧思念衔宝，泪如泉涌，那样的独自凄伤，那样的悲凉淡薄，没有人可以诉说，没有人可以分担。她几乎快要撑不下去了，却突然见到了他。她竟产生了一种他乡遇故知般的期盼与依赖，她忘了他的言语轻浮、举止可厌，如今却迫切地想见到他，与他诉说一番。

宴会还没散，他却下来了。采云正躲在树后冻得直搓手，忽听他说："你逃婚就为了跑到金司令府当丫头？莫非你是嫌贫爱富，想当金司令的七姨太？"

采云满腹的话噎在喉中，怔怔地看着他，忽然落下泪来。他又不是她的什么人，凭什么要替她分担？他与旁人又有什么不同呢，也不过是个不相干的路人，自己居然傻傻地在这里等他，还期盼向他诉说一番，真是可笑！采云抹了抹眼睛，一言不发地走开了。

他见她似要对他说些什么，却突然神色大变，如今又凄然离去，心中竟老大不忍，不由追了上去，"喂，我叫金大同，你叫什么名字？"

采云不理，只是垂着头走得更快。他忽然跳到她面前，拦住了她的去路。

采云不由怒道："我不过是个嫌贫爱富妄想高攀当金司令七姨太的逃婚丫头，有什么名字不名字的！"她说得极快，只一连串把他的说辞堆了起来，未思量这话奇怪，逗得他大笑起来。

他忽然冲她歉身一揖，正色道："原是我玩笑惯了，多有唐突，请你见谅！"见采云不语，又说："你这般委屈自己，到底所为何事？"

忽见院中走动的人多了起来，原来厅上的宴会终于散了，金大同叹了口气道："我先过去那边，过会儿去找你。"

采云回到厨房，见大家已在准备晚宴，便过去帮忙。掌灯时分，卢妈突然闹肚子回家去了，采云便替她应了夜间的茶水预备活计。晚宴更是一翻忙碌，采云却没有再到厅上去，只在厨房帮着装碟拼盘。待收拾妥当，众人皆下去了，采云独自守着炉子烧开水。

院子里依旧灯火通明，几株高大的槐树伸着光秃秃的枝干，映得有些蒙蒙的白，像挂着一层霜。守卫的士兵荷枪实弹，衣服被寒风吹得乱飞，人却挺拔整肃，一动不动。冬日这样严寒的夜里，衔宝在牢中可该如何度过，颜采云怔怔地望着“咕嘟咕嘟”直冒热气的水壶，眼泪不知何时已流了满脸。

“每次见你，你都正在伤心时。”金大同不知何时到来，倚在门旁，轻声道。

采云忙拭了泪，却不说话。金大同走到炉旁，自搬了凳子坐下，见灶台上摆着茶具，便斟了一杯递与采云。采云接了，只放在手中辗转取暖。

“我向管家打听了，你那位押在翎东监狱的朋友，我让人多关照他，如今已换了间干净的牢房，一应衣物也都备好了，你不要太担心了。”他淡淡地说道。

采云心中大为震动，她已不愿向他诉说心事，他却仿佛早已深深明了，突然给了她这样的惊喜！“那我可不可以去看看他？”采云激动地问，霎时目光熠熠生辉。

金大同看着她满含期待的目光，心底突然浮起了一抹愤怒，脸上却是不动声色，只问道：“你那位朋友必是你的至亲之人吧？”

“嗯，他是我的未婚夫。”采云说到衔宝，眼中便含了笑意，一副小女儿家的脉脉含情。金大同见她粉面含羞，不由心中微酸，又问采云福衔宝所犯何事，采云便一一向他说了。

金大同听了，便赞叹道：“深入虎穴，北上救夫，你倒是仗义！”又说，“只是如今局势动荡，你一个小女子，先不论救不救得了，这样冒险也是不妥。”

采云面色微红，说：“我原猜想你是金司令家的人，所以才入了金府做帮佣，希望能遇见你。”

大同微微一愣，她绵软的话语，似一阵暖风掠过心头，她微薄的希望，隐着淡淡的依赖，这样傻傻地等着遇见，不过是再平凡不过的无奈，却让他的心生出几分柔情来。他的眸中含了笑，声音也变得温柔起来，似在她耳畔低语，“还是我说过的那句话：我若能帮你，定不会袖手旁观。”

窗外不知何时已下起了大雪，飘飘洒洒飞舞旋转，这样无声而寒冷的夜晚，却莫名起了些温暖。颜采云像是终于放下心来，对他展颜一笑，说：“真的很谢谢你！”

这笑颜仿佛已埋在他心底许多年，如沉睡了几生几世的梦，如今突然醒转，那样熟悉而真切的感觉，似鲜花漫天，如幸福流转。一刹那间的恍惚迷离，却有着地老天荒般的漫长绵延。他唇角含笑，望着那扯绵扯絮的大雪说：“这样大的雪，明日若是天晴了，我们登山赏雪可好？”采云略一寻思，便答应了。

第二日，天果然放晴了，金总理在金清桥的陪同下，去视察部队驻防。翎东军仗着与金总理同宗的关系，这几年越发跋扈，邻近地方军阀虽有意见，无奈势力悬殊太大，不敢与之起冲突。唯有阎司令率领的翎西军，兵强马壮势均力敌与之抗衡，这两年两军的摩擦不断，近日又因粮饷之事起了争端，金绪博此番前来，便是为两军斡旋调解。

采云换了件家常的衣裳，又罩了件白色獭兔毛领子的风衣，走至前院，却见门口停着两辆汽车。采云正疑惑，两旁的守卫突然对她行了礼，又有一人迎了上来说：“颜小姐，请上车！”

金大同也从车上下来了，守卫们整肃行礼道：“三少！”颜采云原以为他是总理府的保镖，未料想他竟是金总理的三公子。坊间传闻这三公子虽为妾室所生，却常帮金总理处理总理府公务，少年英雄，有勇有谋，深得金绪博喜爱，外出视察也常带着他，极力地扶持栽培。又听他说：“采云姑娘，请吧！”采云上了车，虽坐在他旁边，却仿佛隔了万水千山，只靠着车窗不说话。大同见她淡淡的，也不说什么，只吩咐司机开车。

车停在虎山脚下，大同吩咐众人不必跟着，便和采云上了山。山顶的雪还没化，山路也不甚好走。二人走了一会儿，金大同说："这虎山的梅花比你们梅山的如何啊？"正是寒梅盛放时节，吐蕊含情，风过处，簌簌摇动，幽香阵阵。采云虽无心赏梅，却又想着他是金总理的三公子，衔宝的事还得求着他，并不敢真的不理他，少不得应道："各有千秋罢了。"

采云心念衔宝，眼前的清丽景色，又勾起了往日的缠绵悱恻，举目遥天，但觉万里层云，千山暮雪，心事向谁诉？

金大同见她神色凄然，折了一枝红梅送与她，采云接了，轻轻嗅着，淡淡一笑，眼中愁绪稍减。

"可惜我去的时候，梅山却无梅花。"他团了一团雪，抛向远处的梅枝，又向采云道："那日在梅山，幸得你救助，不然我怕是已成了你们梅山的花肥了。那就真成了死在梅树下，做鬼也风雅了。"

采云"扑哧"一笑，说："怎见得一定就能死在梅树下？"

"我爬也要爬过去的，不然总不能像你一样跳崖吧？"大同打趣道。

采云忆起当日情形，不由面色微红，说："我原是不经意走到崖边了，并不是真的要跳崖。"

大同见她含羞，亦想起当日软香入怀的旖旎情景，正暗自沉醉，忽听她问道："那日追杀你的是些什么人？"

大同支吾道："总不外是些什么仇家吧。"

采云见他说得轻描淡写，似见惯了一般，不由叹道："像你这样的位高权重，必是活得快活无虞，谁料竟也如此凶险。"

大同笑道："外面的风光大家都看得到，内里的苦险说了倒也无人信。"

采云也笑道："我倒是亲见了。"又问："如今可查出因由了？总要有些防备才好。"

大同说："如今也不过是多派些侍卫，处处小心罢了。这种事情没抓到把柄，查到谁头上，也不会轻易认下的。”

采云点点头，又问他：“你的伤可大好了？”

大同突然蹙了眉，捏着手臂道：“哎哟！哎哟！你这一提，我就痛起来了。”

采云担忧起来，忙道：“听老人家说天寒时，旧伤就易发作，可是天太冷了，你又痛起来了？”

大同大笑道：“我逗你呢，早好了，这点小伤倒无妨。”见采云有些讪讪的，又说：“为着你，总是值得的。”采云越发不好意思起来，默默地向前走着。

一阵风袭过，吹落梅花点点，飘摇处，染尽暗香。采云正垂首弄梅，几片花瓣飘落发间，盈盈欲坠，大同几欲伸手，替她拾拣发间的花瓣，终是克制住了。

行至一开阔处，只见一大片冰挂悬于崖上，晶莹剔透十分可爱。原来这里竟是一处瀑布，如今已结了冰，白雪覆盖了一部分，冰面下依旧生机盎然，水流汩汩地流动着。采云不由赞叹道：“这瀑布冬天倒也有趣！”

大同笑道：“冬天水流小，可看的就是这冰幔冰挂了。夏秋雨季时分，这虎山的瀑布最是壮观，河水咆哮滔滔而下，气势欢腾磅礴，那才叫动人心魄。”采云微微含笑，听他又说：“明年雨季，我带你再来虎山观瀑可好？”见他目光灼灼，采云忙移开目光，只盯着那一片冰幔。

大同又提议去山顶鸟瞰翎东，二人便继续向前行。越向上雪堆积的越厚，路也越发难行，大同折了梅枝递与采云，要牵着她，采云不接，只歪了头笑道：“我自幼便随父亲上山采药，走山路倒不怕跌。”大同也笑了，说：“那我可不如你。”边说边拄着梅枝在前面走。

昨夜的雪下得有些厚，这山中因无人踩踏，更是一片绵软，走起来越发吃力。又行了一会儿，采云也微微觉得有些累，见大同已走出丈许远，雪地上一串清晰的皮鞋印。采云一笑，一步一步踏进大同踩出的脚印里，这样倒省力不少。大同正与她闲话着什么，却渐渐不闻她的声音，便回转身来看她，见她正一步步走自己踩下的脚印，有的地方自己走的步子大了，她便奋力地向前迈，踩中了便笑逐颜开。金大同停下脚步，微笑地看着她，阳光细碎地洒在她身上，她像只在雪地上蹦跳的兔子，调皮而可爱。

采云只顾盯着雪上的脚印，不防大同竟停下来，自己差点撞到他，见他正微笑着看着自己，便问道："我都追上你了，你怎么不走了？"忽然又明白过来，自己也笑了，说："我踩着你的脚印，倒省力不少。"大同说："那我步子迈小一点，你也好踩些。"二人又继续向山顶走去，大同不时地微笑回头，看着她可爱的模样，只希望这条路永远也走不完。

第四章

地老天荒，是谁的错觉

三日后，金绪博便回府了，金大同却借故留在了翎东军金司令家。金清桥自是热情招待，忙收拾了一幢楼给他住，又派了一队侍卫，保护他的安全。

采云本打算回梅县，却遇着总理的三公子，金大同又答应为福衔宝的事费力，愿意帮忙在金司令面前说说好话，采云便留了下来，一心营救衔宝。不料，这几日去探望衔宝，却遭他盘问。问她究竟托了谁的关系，连他父亲都无法打点的翎东监狱，如今竟好酒好肉的招待起他来。采云心中感激大同，面对衔宝，一时竟解释不清，只待他出来再说，支吾着让他安心便是。

一连几天，大同都带着采云游山玩水。金司令早命厨房不必支使采云，又另备了上好的房间给她住。大同也时常派人送些饰品、摆件等礼物给她，虽不十分贵重，却也很让采云过意不去。

这天午饭后，大同的侍卫梁副官，又提了一盒衣物给她，说是三少约她下午去骑马。采云道了谢，进屋换了衣服，正是一套飒爽的骑马装，米色的披肩偏又托出一片温婉来。

大同见了她，很是满意她这身装扮，汽车直开到郊外才停下。侍卫们牵了马来，采云局促道："我不会骑马。"

大同拿了骑士帽给她戴上，说："也不难，我教你。"一边递了缰绳给她，吩咐她抓住了，又让她握住马鞍，套上脚蹬，将她扶上了马背。侍卫牵着马走了几圈，又告诉了她一些动作与技巧，采云慢慢地也不那么害怕了。侍卫松了手，她便绕着马场小跑了两圈，那马也非常温驯，她便大了胆子，又跑了几圈。

大同笑着冲她喊道："你很厉害嘛，这么快就学会了!"采云得意地冲他一笑，大同也跨上一匹马，说："我们去场外跑跑。"侍卫们也纷纷骑上马在后面跟着。采云也追了上去，大同因念着她刚学会，并不敢跑快，反倒落在了她后面。采云回头笑道："你要追不上我了呢!"大同笑道："我这就追来了，你可要小心!"又回头吩咐众人不必跟着，自扬鞭催马追了起来。

二人在林间追赶了嬉戏，渐渐地跑得远了。又奔行了一阵，大同说："我们停下歇息一会儿吧，你别太累了。"采云见他言语温柔，又时时为自己考量，心下暗自感激，便放慢了速度，下了马，便放任马儿在地上寻着草根啃食，二人坐在坡地上歇息。

采云背靠一棵树，风吹汗落的寒意慢慢袭来，仰头望着明净的天，觉得心中开阔了许多。四周静极了，偶尔传来一两声马儿响鼻的声音，采云闭了眼，仿佛贪婪这林间泻下的斑驳阳光。大同握着马鞭，静静地看着她，只觉得时间宛若静止了，竟有一种天荒地老般的错觉。

待二人起身牵马，却不见了采云骑的那匹，大同骑马附近找了一圈，竟遍寻不着，不由笑道："老马识途，它大抵知道找回来的吧。"二人便又等了等，却仍是不见。大同又命了众人不许跟来，他平时军纪极为严明，众人莫敢不遵的，如今定是不敢贸然前来。眼见天色将暮，大同便扶采云上马，自己却拉了缰绳，向

她笑道："今日我倒要破个例，也替人牵回马。"

采云知他平日极尊贵，如今却替她牵马，很是过意不去，不肯上马。大同道："回去的路大概有几十里，你若是走回去，只怕要累病了。"又笑道："我原是带你出来散心的，若折腾病了，岂不是我的罪过！"

采云推辞不过，上了马，大同一路与她说笑着。天色渐渐暗下来，已看不清他的脸色，朦胧中却听他说："与你共乘一骑，倒是我的心愿，只是如今对着你，我竟不敢了。"采云心头有些慌乱，又听他叹道："我对你的心意，你知也罢，不知也罢，终是……"他顿了顿，忽然住了脚，低低地唤她："采云。"

采云心中惊慌，不知该如何是好。这段日子，他对她若隐若现的深情，她何尝不知。只是她心中已有了衔宝，和他周旋也是为着衔宝的缘故，如何再装得下他这份感情。

他忽然拉了她的手，说："采云，若是你先遇到我，我们会不会……"

"不会！"采云打断他的话，身子一抖，挣脱他的手。心中暗叹，自己与衔宝青梅竹马，他再早，又能早过谁呢。

黑暗中，他只觉得血气上涌，握着缰绳的手也紧紧地攥起。自幼他便养尊处优，凡是他想要的，众人莫不争先恐后地捧了与他，何曾受过半分拂逆，他也从未对谁如此伏低。自从见了她，她的一颦一笑便映入自己脑海，仿佛中了魔般地挥之不去。在梅山的偶然相遇，他只当是昙花一现，万不料竟会再遇上她。他只当是有缘，全然不顾她已与别人有了婚约，倾尽全力地珍惜这茫茫人海里的再次相遇。他敬她怜她，费尽心思地逗她开心，却更沦陷在她的笑颜里，万劫不复。如今她那么坚定的一声"不会"，直如一把利刃刺得他心口生疼，却也令他清醒：她与他这般亲近，不过是为了救福衔宝。

他的心蓦地冷峻起来，自己身为总理府最干练的三少，这万里江山未来的接班人，如今竟为着一个女子，如此优柔寡断，实在不该。当下翻身上马，一纵缰绳，扬鞭促马飞奔起来。

采云不防他突然跳上马来，与她共乘一骑，又被他紧紧勒在怀里，动弹不得，心下恼怒，说："你放我下来!"金大同并不理会，冷冷道："入夜这林子里不安全，我们需快些赶回去。"采云挣扎着，用力推他的胳膊，他却把下巴抵在她肩上，把她揽得更紧，说："坐好了，摔下来可不是闹着玩的。"

采云又羞又怒，推打着他，却见他纹丝不动，张口便向他臂上咬去。金大同吃痛，眉头微皱，却不松手，只双腿用力一夹马腹，皮鞭一抽，那青马立刻嘶鸣着狂奔起来。采云无奈，只得松了口，伏在他臂上不敢动，他的头抵在她肩上，呼出的热气拂上她的耳垂，令她心头一阵紧张。

奔行了约莫半个小时，见前面已有汽车的灯光传来。原来梁子程副官见金大同这么久还没回去，怕出意外，率了人马前来迎候。

大同住了马，众人见他与采云共乘一骑，心下担心，唯恐大同责怪打搅了他二人，皆噤了声。

大同下了马，又扶采云下来，她却突然挥掌打了过来，"啪"的一声脆响，他竟结结实实地挨了一下。众人皆吓呆了，大同也不料她竟这般任性，当着众人不给他脸面，沉下脸对梁副官说，"送颜小姐回去。"

"是!"梁副官替采云拉开了车门，大同却瞥见她眼中含泪，又觉得自己胳膊上一片濡湿，低头看了，才知她在马上时，竟一直伏在自己臂上哭泣。心中又大是不忍，也随即坐了进去，吩咐司机开车，众人皆前呼后拥着，往司令府行去。

天刚蒙蒙亮，就下起雨来，一整天都是灰蒙蒙的，像一直未曾亮透一般，空气中透着阴冷。采云连门也不开，饭也懒得吃，只靠了窗盯着那雨幕。晌午过后，下人来禀，说是三少请她晚上去吃西菜，她只道身子不舒服，命人回了。

一连几天，采云都躲在房里，不大见人，大同倒也不曾再有邀约。一日晚饭后，采云见院中清静，便披了大衣裳走了出来。今夜晴朗，夜风寒凉，吹得人骨头刺痛，那天上挂着一轮月，虽然圆满，却那么小、那么远。拐至一僻静处，却

见一株白梅映着风灯，开得正浓。采云伫立梅边，只觉得满眼秀丽难掩凄凉，她与衔宝也曾月夜赏梅，吹香弄蕊，清景无垠，如今却真是依梅愁绝，除却天边月，无人知。

正心头发酸，忽听人说："这么冷的天你倒出来逛，仔细吹坏了身子。"抬眼看去，金大同穿着长衫立在不远处，他原是穿惯了西式衣服，极少穿长衫的，如今一袭靛蓝色的棉袍长衫，却也尽显儒雅。一双眸子如寒夜星辉，光华流动。颜采云因那日恼他，当着众人的面打了他，今日见了他不免尴尬，他却神色如常，仿佛已忘了那天的不快。

金大同那晚原恼她任性无情，暗下决心不再理她，夜里却辗转为她思量，不消半日，竟消了气。又派了人去请她吃西餐，不料竟被她回绝了，一时更觉得生气，不由发了狠，一连几天没理她。谁知她竟把自己关在房里，大同又恐她闷出病来，反倒生了担忧。今日见着她，果真比前些日子清减了些，又见她立在梅树下，形影孤单，甚是可怜，心里的那丝恼怒早抛到九霄云外，又软语温存起来。

他陪了她慢慢踱着，月光淡淡地映着她，仿佛淋湿了她的眼睛，那如水的眉眼颤颤地拨动着他的心弦，如一场安宁的梦，缠绵了他一生的柔情。

她忽然说："这些日子多蒙三少照顾，采云感激不尽！采云多谢三少厚爱，只是我与衔宝早已心心相印，况已有婚约，我自不会负他。如今衔宝身陷囹圄，我也断不会弃他而去，我与衔宝的事，还请三少成全！"

大同听她一口一个"三少"，知她急于和自己撇清关系，又听她这一席话，处处维护福衔宝，对自己竟如此决绝，连一点幻想都不留给他，不由怒极反笑，说："好一个成全！你颜采云倒是有情有义！"

采云自认识他，从未见他这样连名带姓地叫她，知他必是怒了，但一想，为了衔宝终究要快刀斩乱麻的，倒也不惧，只看着他。

金大同怒极，拔了枪只朝着空中"啪啪啪"连打了几枪，直把一匣子子弹打光。采云不由吓了一跳，金司令府中的侍卫听见枪声，忙赶了过来，却见是他二人，又不知发生了何事，也不敢上前。大同道：“无事，你们都退下吧。”众人方散了去。

待回了屋，采云依旧心中忐忑，心想如今开罪了他，衔宝的事怕更是无望，不由灰了心。不料，第二日一早，金府的下人竟领了衔宝进来。采云见了他，眼圈一红，就哭倒在他怀里。二人细细诉说别后情怀，采云方知金司令已放了衔宝，家产之事也不予追究。采云知是大同帮忙，心下不免又对他感激起来。衔宝又问：“你究竟托了什么同学的关系，竟有如此大的能耐？”

采云正待回他，梁副官却敲门进来说：“颜小姐，三少请您一见。”说着，递来一张信笺。采云看了，却是邀她再游虎山。她正待推辞，却听梁副官道：“我家三少明日即回总理府，还请小姐不要推辞。”采云心想，今次一别，怕是再也不会相见了，她言辞激烈触怒于他，他却依然帮了他，这份情怕是再无回报之日。也不再推辞，转向衔宝说：“你等我一等，待我回来再与你细说。”便跟着梁副官出去了。

福衔宝心下疑惑，又听梁副官说起三少，不明白是哪个三少，又见带他来见采云的丫头宝珠端茶上来，便问她三少是谁。

宝珠说：“还有哪个三少？可不是总理府的三公子！”又笑道：“三少八成是看上颜小姐了，这段时间二人形影不离，游山玩水，看戏吃饭，可羡煞了这翎东的小姐贵妇们。”又指着妆台旁的一个箱子道：“光是这衣服首饰可都送了几大箱了，小姐也赏了一些给我呢。”她这些天原是被指派来服侍采云的，自觉着采云若攀上了总理府的三公子，自己也跟着沾光了，此刻少不得卖弄起来。

福衔宝只觉得脑中轰然一片，分不清东西，心也跟着刺痛起来。怪不得连父母都打点不通的翎东监狱，突然待他客气起来，福家与荣县长结下这样大的梁子，自己竟也轻易地被放还，连一应家产都分毫未动。又想着采云去探望他时，神色支吾，原来是这个因由，如今听见三少来请，便又撇下他独自去了。

一会儿又思量，采云对自己情深义重，连殉情这样的傻事都有过了，如今不该不信她。却又想如今连下人都这样说，可见平日里她与总理府的三公子何等亲密。忍不住又去翻了妆台旁的那个箱子，果见一些新置的衣服首饰摆了满箱。福衔宝颓然坐在地上，只等她回来问个明白，偏这时间又过得这样慢，如此心中翻腾了数次，却才过了几分钟。

第五章
与君别离时，切切种相思

采云见了大同，听他说道：“颜小姐，请！”又见他目光疏离，几许淡然，知他是伤了心，却也说不出什么，默默地上了车。依然是坐在他身边，她却再不敢抬头看他的脸，心中竟有着莫名的伤感。他也一直沉默着，稍时，摸出烟盒，取了一支点燃，寂寂地抽着烟，车子里弥漫着浓烈的烟草味道。采云呛不过，却也不肯出声阻止他，坚持了一会儿，只觉得胃中翻搅，直难受得眼泪都要出来了，忍不住低低唤了声“三少！”

金大同这才发觉她有些异样，忙命司机停了车，刚扶她下来，她已瘫软一片，直要栽倒在地。金大同吓了一跳，忙扶了她问怎么了，采云出不得声，只是冒汗，一会儿又弓着身干呕了一阵，大同这才知她晕了车，轻轻地替她拍着背，采云吹了阵冷风，方才慢慢好了。

大同命梁副官返回去买晕车药，采云忙止住了，说：“我大概是坐车时闻不了烟味，这才难受起来。”又笑道：“我家里虽是开药铺的，我可是最怕吃药了。”大

同便笑了，命司机打开窗子，待烟气散尽了，才扶采云重新上了车。

大同见座位上还放着那包烟，忙丢了出去，对她说道：“你怎么不早说，白白受场折腾。”

采云靠在车座上，冲他笑了笑，身子无力地滑进位子里。刚才出了汗，又灌了些冷风，此时只觉得浑身酸软无力，连话也不想说。

大同见她这般模样，不由叹道：“我总是拿你没办法，见了你就硬不起心肠来。”梁副官端了热茶来，大同递给她，她稍稍喝了一口，便摇摇头，重新躺着，只觉得眼皮沉重，竟恍惚着睡着了。

大同见她歪着头睡得熟，便扶了她抵着自己的肩，拿了毯子给她盖上，又吩咐司机慢些开。

快到虎山时，她却醒了，大同问她可好些了，她笑着说：“这一折腾，我倒是饿了呢。我们先吃饭，再去爬山吧，不然我可没力气。”

大同见她嘟着嘴，言语娇俏，知她是好了，便笑道：“好，都依你。”

席间，大同叫了些酒，二人竟渐渐喝出些离愁别绪来，采云眼圈红红的，心下竟有些不舍。大同也只是目光缱绻，颇有些一晌贪欢的意味。

吃罢饭，大同命梁副官率车队回去，命天黑再来接他。看看时间，才中午十一点，二人便慢慢绕上山去。

大同因决定了成全她与福衔宝，心中洒脱，只捡着欢乐的事说与她听，又向她讲述自己的理想与抱负。大同父亲本是行伍出身，治军有方，如今又手握军权，自然深遭总统府的忌恨，府院之争国人皆知。总理府虽权领全国政务，事实上各地军阀割据，时和时争，战火纷飞。总理府真正掌握的是翎东军及剡南军的一部分，至于翎西军、剡北军以及江南和西北、西南各地军队，却是鞭长莫及。自己自幼便极得父亲疼爱，亲授骑射领军之术，如今又协助父亲打理总理府各色政务，深感父亲的用心良苦，他日定一统翎东翎西、江南塞北，为父亲打下一片万里河山。

采云听得他如此抱负，心中暗暗钦佩，却又听他说："纵使赢得这万里河山，又何处觅佳人芳踪！"

采云听他语意凄凉，轻声道："那时自有更好的佳人。"

大同微微叹息，举目远眺，忽见山下树木掩映处似有人影晃动，心下大骇，却听枪声响起，子弹在身侧飞过。他忙伸手拉了采云在一块大石后躲藏，一群穿黑色长衫的追杀者汹涌而来，与那日在梅山追杀他的那群人颇为相似。他拔枪瞄向逼近的一名杀手，那人应声毙命，跌入山崖，众人听到声响，皆向他隐身处连连开枪。大同拉着采云，边跑边回身射击，皆是枪枪毙命，又有三五个人应声倒下。

大同又换了一匣子弹，回身连连射击，无奈追杀者众，刚跑出三五丈远，他随身带的两匣子弹就用光了。大同拉采云躲在一棵大树后，趁敌人不备，滚向一个刚刚被他射杀的黑衣人旁，夺了他身上的枪，又拉起采云向山上狂奔去。

采云直跑得喘不过气，二人又躲到一隐蔽处，大同低声道："你顺着这里向左边那条小路跑，我去引开他们。"

采云忙拉了他的衣袖，说："不，我要和你一起！"

大同说："他们要杀的人是我，这枪里子弹也不多了，你如今跟着我反倒受我连累。"见她摇头，又厉声道："你不为自己，难道不为福衍宝想想。"采云见他竟拿衍宝来激自己走，鼻间酸楚，心头哽咽，只说道："我不走。"大同无奈，此刻，又有三四个人追了上来，他举枪便射，一连射了三发子弹。稍稍落后些的那名黑衣人也正举枪瞄向大同，大同瞧见便又朝他开枪，不料那枪里的子弹已被他打空了。稍一愣神间，那子弹已朝他胸前飞了过来，采云见状，突然生出力气，扑在他面前，那子弹在她的背上炸响，采云只"啊"了一声，便跌入他怀里。

大同回神，抱着采云滚向旁边的低洼处，手拂处，沾满了血，采云已脸色苍白，浑身颤抖，说不出话来。大同刹那间只觉得喉咙堵塞，那子弹竟如打在他心上一般，痛彻心扉，只拥着怀里的人说："你怎么这样傻！"泪却滴在她脸上。采云因着极痛，头发已被汗濡湿，贴在额前，眼泪也溢了满脸，大同见她神色间极是痛楚，暗恨自己竟不能替她分毫，又见众人已追了过来，便抱起她又向前逃去。

正绝望间，忽听追杀者队伍中起了骚乱，大同一看，竟是舅舅冯双祥带了一支队伍前来救援，心头大喜，摇着昏迷的采云道："采云，采云醒醒，我舅舅来了救咱们了！"

冯军长的部队长年征战，自是英勇无敌，不多时便将黑衣长衫追杀者尽数剿灭，其中却有一个只是受了伤，被押到山下，冯军长逼问其究竟受何人指使，那人受不过，刚说了句"总统府"，却突然毒发身亡。

大同早抱了采云，驱车往城内赶去，这厢也拨了电话，命了翎东最好的医生驱车赶来接应。

大同紧紧地抱着怀里奄奄一息的采云，只觉得心如刀割，又俯声听闻她呼吸极为微弱，更是急怒不堪，连声催骂司机开快点，再磨蹭就毙了他全家。大同捂着她背后的伤口，血慢慢地渗入手心，似乎能感觉到采云的生命正在悄悄流逝，心中泛起的隐隐绝望，一双眼睛直盯着她的脸，几乎要瞪出血来。

采云伤得极重，又失血过多，医生们直忙到日落时分，方将那弹片取了出来。那院长方医生原是留过洋的，才三十几岁，因医术高明，已成为这翎东最好的阳州医院院长。得到冯军长的命令，早备好了病房，又亲自为采云动了手术。他此时刚打开手术室的门，就见金大同迎了上来，忙对他行了一礼，说："三少，颜小姐伤的极重，虽然弹片取了出来，今夜也是极危险，若能醒转……"话未说完，金大同已摸出一把枪，抵着他的额头，狠狠道："必须让她醒过来，否则我让你们整个阳州医院陪葬！"

方医生亦是见过世面，此时见他脸上极阴冷，眼神疯狂凄厉，握枪的手也微微颤抖，便住了口。梁子程忙上前拦住了他，只道："三少，你先休息一会儿，颜小姐吉人天相，一定会没事的。"又冲方医生点头示意，方医生便退了出去。金大同颓然靠在墙上，放下了手中的枪。

手术后，采云被移入高级病房，她因伤在背部，被护士翻转过来，伏在床上。满头的黑发遮住了脸，大同坐在她面前，轻轻地帮她整理好头发，因麻药还没过，她无知无觉地睡着，仿佛天地万物都再与她不相干。大同心生恐惧，将脸贴在她的鼻端，感受到她微弱的呼吸，这才喘了口气，慢慢坐回椅子里。又拉了她的手，一根根手指细细看来，见她指端纤细修长，指甲修剪的很圆整，如今却因失血过多，连指甲盖上都是一片惨白。大同想起在车上，她淋漓的血直溢了一路，仿佛已将身体里的血流尽了，心下极难过，只轻轻地捋她的每根手指，似乎这样能让她的手红润起来。

待输完液，已是深夜三四点了，护士收拾完药瓶退了出去。大同见她手上刚才扎针的地方，留了一个很深的红色印子，那血管也鼓胀胀地突起来，便命梁副官备了热毛巾来，自己慢慢地替她敷着。

病房里烧着暖气，这屋子隔音很好，采云的呼吸又轻弱得几不可闻，只觉得四下里静悄悄的。医院的被子床单都是白的，墙壁也粉得雪白，头顶惨白的灯光照着，更觉得一片苍白。大同忽然害怕这茫茫的白色，心里想：待她好些了，就搬回司令府养着，或者给她备一套粉色的被子，这样惨白的颜色总让他不安。

恍惚中，忽见四下里正飘着茫茫白雪，自己正在为采云下葬。她躺在一个极大的水晶棺中，宽大的白衣托着她轻薄的身体，头发散乱，紧闭的眼中似乎还有泪滑落。他正一捧一捧地向水晶棺上撒土，采云白色的衣裳突然溢出鲜红的血，那血越来越多，慢慢地将她的白衣染透，采云竟慢慢地从棺内浮起。那情景极为诡异，大同大声惊呼，却发不出声音。另一个自己正拼命地往坑内推土，要将水晶棺埋起来，他走过去阻拦，那人却仿佛根本看不到他。大同骇极，只拼命喊道："不要！"这一喊，却醒了，原来竟是场梦魇。大同忙起身凑近采云，见她呼吸尚好，一颗心稍稍安稳，跌坐在椅子上，却觉得浑身粘湿，原来竟惊出了一身汗。

大同抬腕看了看手表，还不到四点钟，起身走到窗子旁，夜极黑，却不知何时飘起了雪。大同忆起梦里的情形，心中极为烦躁，想打开窗户吹吹冷风，又怕

采云受了寒。取了根烟出来，刚要点燃，又想起采云白天受不了烟味而晕车的情形，连忙又把烟掐断了。他那样一个叱咤无畏的人，此刻却不知该如何是好。

天终于亮了，医生和护士们又来给采云量血压、测体温，她却还是没醒。方医生说采云的生命体征已比较稳定，只待她醒来后，细心调养，便无大碍。大同这才松了一口气，梁副官忽然来报，说总理府的廖秘书求见。

金大同在医院的会客厅里接见了廖明远秘书，原来与总理府关系密切的眭军、勐军起了冲突，如今已经开战，金总理命大同回府商议。大同略一思索，命人备了纸笔，提笔给父亲写了一封信，让廖明远带了回去，却说自己在翎东还有要事处理，需再耽搁些时日，让父亲按自己信上的意思处理，廖明远带了书信回去复命。

大同又命人置办了一套轻软的蚕丝被，给采云的房间里换上。那淡淡的粉色丝被上，绣着紫色的醉芙蓉，极清雅柔软，衬得采云如浮在紫色云霞上，枕畔的那把青丝如水般倾泻着。大同见她眉间微蹙，似乎睡梦里也疼痛着，便伸出手，轻抚她的额头，舒展她眉间的忧愁。

忽听她“嗯”了一声，大同忙俯身看她，她睫毛微动，大同激动得心怦怦乱跑，轻轻唤她“采云”，她却又沉沉睡去。大同便又如掉进茫茫大海里，苍茫四顾，看不到任何东西，心中辗转无奈地飘浮着。时间过得这样慢，一分一秒都充满了煎熬。

夜晚时分，采云终于醒了，辨认了眼前的人，轻声道：“三少。”不料说话的力气却扯得全身疼痛，忍不住皱了皱眉。大同满脸笑意地看着她，说：“你醒了？背上可痛得狠？”又道：“叫我大同，不要叫我三少。”又担心她说话用力会扯痛伤口，又说：“你刚醒，还没力气，不要说太多话。”采云见他满目担忧，冲他强自一笑，点点头。大同又叫了医生，又是一番忙乱。检查完毕，众人散去，大同又问她要不要吃点东西，她摇了摇头，无力地伏在枕上，忽然说：“衔宝。”大同一怔，笑容有一瞬的凝固，又微笑着说：“我这就派人请他过来。”

福衔宝在金司令府早已等得不耐，大同遇刺之事并未对外声张，连司令府也当作极机密之事，是以衔宝根本不知采云受伤之事。如今听说三少请他过去，想着采云昨天跟他出门竟一夜未归，不管怎样，总要当面问个清楚，便跟来人上了车。却见那汽车直开到阳州医院，衔宝心下疑惑，那人却并不透露半句消息。侍从敲了门，听见金大同说了进来，便打开门，请衔宝入内。衔宝走进去，见一极英俊贵气的公子立在床边，床上似躺着一个女子，她伏在枕上，看不清容颜。衔宝正迟疑，却听那女子唤他"宝哥哥"，走近一看，却是采云，她似是受了伤，脸色极苍白，衔宝忙拉了她的手道："采云，你这是怎么了？"

金大同之前遭采云拒绝，心下已决定成全她与福衔宝，谁料此番劫难中她竟挺身为他挡枪，令他大受震动。他原以为江山社稷远比儿女情长重要，却在采云受伤昏迷后，几欲发狂，觉得若她死了，自己这辈子怕是都无法快活起来了。遂决定不再退让，与福衔宝一决高下，誓要赢得采云芳心。福衔宝进门，他便打量着他，见他身材修长，气度风雅，怪不得采云心心惦念着他，又想起采云暗里为他流了许多眼泪，心中便有些恨福衔宝。若是采云与自己在一起，一定不让她流泪。此刻却听得她叫他"宝哥哥"，心中不由妒火中烧，又见福衔宝拉了采云的手，更是怒不可遏，便冷冷地替采云答道："她受了枪伤，此刻刚醒，不宜说话劳神。"

福衔宝转向他，心想他这般华贵威仪，门外又守着那么多侍卫，莫非他就是采云所说的三少，便问道："阁下可是总理府的三公子？"

金大同冷哼了一声，说："正是。"

福衔宝便向他行了一礼，大同微微欠身，说："采云需要多休息，你过些时候再来看她吧。"

福衔宝又低头去看采云，心中原本有很多疑惑，如今见她这般模样，却只留一片担心，满脸忧色地看着她。采云挂念衔宝，此刻见了他，说不上两句话，却又觉得累，只闭了眼，昏昏沉沉地趴着。衔宝便道："你好好休息，我就在外面。"

见采云点了头，他便退了出去。

大同见采云睡熟了，也出了病房，见福衔宝坐在走廊的椅子上，便邀了他同往会客厅。

“我喜欢采云，我会和你竞争到底。”福衔宝原本对金大同与采云的关系起了疑，如今见他如此直白道来，不由怒道：“我与采云青梅竹马，况现在已有了婚约，你可知道！”

“我当然知道，青梅竹马如何，婚约又如何，只要她还没嫁给你，我就可以和你公平竞争。”金大同原是不羁之人，又受过新式教育，对俗约颇不以为然，以为只要他不耍手段，不以强权压制福衔宝就问心无愧。

福衔宝怒极，“唰”地站了起来，碰翻了椅子，说：“想不到总理府的三公子竟如此不知廉耻，利用强权夺人妻女！”

金大同笑道：“我说与你公平竞争，自然不会用强。”

福衔宝冷笑道：“我与采云拳拳深情，岂是你几句话就挑拨得了的？”

金大同也笑，说：“采云对你一往情深不假，她今日却为我挡枪，心里未必没有我。我也有信心，他日定能让她对我一往情深。”

“无耻！”福衔宝怒骂着，摔门而去。

第六章
倾尽天下，抵不过青梅竹马

第二日，采云稍稍有了点精神，医生也准她吃流食了，大同正看着丫头给她喂粥，梁副官来报，说司令府有金总理的电话等着他。只得披了大衣，去了司令府。

原来畦军、勐军的冲突已无法劝和，如今也已两败俱伤，金总理欲采纳大同的计划，派自己的亲信部队去收编此二军。因畦军、勐军中也有些部将，曾在金总理麾下征战过，总理已写了言辞恳切的信，需一个能代表总理的人，过去进行安抚收编，金大同得父亲亲手调教，又是总理府的三公子，当是不二人选。大同虽答应了父亲，却因惦着采云的伤势，迟迟不肯动身。

这日午后，阳光很好，又无风，大同便开了窗子。阳光透过薄薄的轻纱，静静地倾泻在床上。采云正侧身俯在床上，一只手伸出被外，垂在床边，手上拢着一只鲜红的玛瑙镯子，越发显得皓腕纤细娇弱，那镯子几欲撑不住要脱落下来。大同忙扶了她的手，塞进被子里去。细碎的阳光洒在她脸上，映出淡淡的一片朦胧，金大同有些恍惚，便凑近了去看，鼻尖几乎要抵着她的脸了。福衔宝饭后也过来看采云，见病房门开着，便轻轻走了进来，不想竟见着这样一幕。

衔宝愤恨地下了楼，却撞见冯军长正吩咐侍卫，说三少命令速去总理府取一套点心模子。原来大同见采云病中饮食不佳，想起自己小时候爱吃的东西，如今竟吩咐厨房一一重新做来，哄采云多吃些东西，盼她能早日恢复。衔宝也撞见过几次，那东西有的奇怪，有的倒也精致，采云倒也不大尝，不由心中冷笑一声，转身离去。却听冯军长大着嗓门嚷嚷道："等颜小姐恢复了，三少怕是要请我们喝喜酒了！"众将士都附和着大笑起来。

又过了两三日，金大同见采云已能翻身，也能说会子话了，稍稍宽了心，便与她告辞，留了舅舅冯军长派兵守着，自己打算回总理府去。刚整肃了队伍，准备出发，忽见小丫头来报，说采云不好了。

大同大惊，忙跑回病房，却听护士说，采云已被推去抢救室了。大同忙问怎么回事，小丫头哭着说："您走后，福少爷来看过颜小姐，小姐让我去备点心。我回来时福少爷已经走了，小姐却吐了一地，人已经昏过去了。我忙叫了医生，又去通知您。"

原来采云这几日已断断续续向衔宝解释了一切，言语中对大同颇为感激，衔宝只是淡淡的。今日来看她，又听她说起大同少年英雄，要去收编大军，沙场征战总是危险之类的话，见她话中透着关切，又想起金大同说的她为他挡枪，她心里未必没有他的话来，只觉得血气上涌，忍不住讽刺道："你既关心他，何不随了他去?!"

采云并不知大同与衔宝间的芥蒂，见他忽然说出这样的话来，就解释道："他对我们有恩，我原是感激他。"

衔宝只是冷笑："他位高权重，又少年英雄，与你倒也般配。"

采云见他竟说出这样不堪的话来，不由噙了泪道："你竟是怀疑我吗?"

衔宝说："我倒是不想怀疑，可如今谁不知你与三少关系密切，同进同出，游山玩水的。你为着他，连命都不要了，替他挡了枪，他又为你包下这阳州医院，日日在你床前候着，你们竟是一点都不避嫌了！”

采云悲泣道：“我起初与他周旋，也不过是为着救你……”

“我倒受不起你这样的大恩，传出去，我们福家在梅县可无立足之地了。”

采云见他这样，竟无话可说，眼睁睁看他负气而去。一时缓转过来，细思他的话，犹如万箭穿心，连呼吸都痛楚万分，忍不住“哇”的一声将刚吃过的晚饭和药都吐了出来。霎时泪如泉涌，又觉得万念俱灰，竟晕了过去。

金大同恨不得毙了福衔宝，飞奔到手术室里，方医生迎过来道：“颜小姐伤口撕裂，又受了刺激，我们会全力抢救，请三少外面候着。”一边命护士请他出去。

一个侍卫过来请他示下，说队伍已经整肃好了，问他几点起程。梁副官忙把那人呵斥了去，又问他要不要把福衔宝抓起来。大同原是极恨他，又寻思若抓了他，采云醒后知道了必然生气，再不能让她受刺激了，遂挥了挥手，说：“由他去吧，不必动他。”

衔宝和采云口角后，独自去喝闷酒，一会儿想采云原是为救他，自己不该与她计较，一会儿又想起她与大同关系密切，着实让他难堪。反复思量，终觉得采云有伤在身，自己不该惹她生气，还是该回去向她道歉。不想竟喝醉了，待店家打烊时叫醒他，见已是深夜，不便打扰她，随便找了家旅馆住下，决定明日再去向她道歉。

梁副官出去吩咐众人先散了，又回来小心翼翼地问金大同，“三少，总理那里如何回复?”大同叹道：“你去司令府给总理府打个电话，说我暂时抽不开身，不能回去。”不多时，梁副官又回来说道：“三少，总理请你亲自去听电话。”见他只是盯着手术室的门，又说：“三少先去司令府听电话，颜小姐醒了，我马上过去报告三少。”大同点了点头，下楼上了车。

金总理在电话里大发雷霆，命大同马上回去，金大同只推说这里还有要事，金绪博怒道：“什么要事！还不是为着一个女子，想不到你竟堕落到如此地步！”

大同见父亲已经知道，也不隐瞒，说："她为我受了伤，如今昏迷不醒，我断不能丢下她不管。"

"她受了伤自有医生替她治疗，你留在翎东有什么用！你是总理府的三少，要背得起责任，我平日是怎么教导你的，如今在这紧要关头，你竟为了个女人临阵退缩，到底还分不分得清孰重孰轻！"金总理在电话那端已是怒极。

"不管什么情况，我现在都不能离开翎东。"金大同亦极固执。

"你这个逆子！"金绪博"啪"的扔了电话，怒气冲冲地推掉了桌上的一堆公文，却见长子金大善走了进来，叫了声"爸爸"。

金大善与妹妹金碧琪是金总理的正室夫人王氏所生，金总理后又看中冯军长的妹妹，便又纳为妾室，生了大同。因大同聪明能干，性格洒脱，颇得金总理喜欢，金总理待他，竟比那嫡长子大善要亲密许多。

金大善肃然立在书桌旁，金绪博看着比自己还高的长子，不由心生感慨，时间过得可真快，孩子们如今都长大了，自己却有些力不从心了。想起大同的忤逆，心下气恼，又想着大善虽不善言辞，却也是个孝顺的好孩子，便神色温和起来。又听大善道："爸爸为何事忧心？儿虽不才，也愿为爸爸分忧。"金总理心下稍感安慰，却又思虑大善太过老实，怕镇不住那帮人，此事派他去恐有些不妥，便淡淡岔开了。

福衔宝喝多了酒，直睡到日上三竿才醒，匆忙洗漱了，便来医院看采云。刚上了楼，忽然迎面有人一拳挥了过来，打得他鼻血直流。福衔宝大怒，与那人撕打起来，侍卫们听到动静，忙将他二人拉开了。福衔宝这才看清，打他的人竟是金大同。金大同眼睛赤红，被众人拉开了，还一边骂着："福衔宝你个王八蛋！你敢再踏进这阳州医院半步，老子就毙了你！"

福衔宝挨了打，又被人赶出医院，只觉得是奇耻大辱，竟自丢下颜采云，回梅县去了。颜老爷向他打探采云情况，他语含讥讽，说采云攀上高枝儿，与总理府的三少逍遥快活呢。颜老爷受了羞辱，心中愤恨，怪采云败坏门风，又向福家赔了礼，便带着丫头轻荷到翎东接采云回去。

这阳州是翎东的省会，非常繁华富庶，年关将至，街上更是人头攒动，车水马龙，县城的人们都来这里采办年货，越发熙熙攘攘热闹非凡。

采云伤口撕裂虽无大碍，却因压着万钧心事，忧思过度，竟发起烧来，时而清醒，时而昏迷。颜老爷见了她这种境况，极是心疼女儿，一句责备的话也说不出来，又开了方子，亲自为女儿煎药调理。采云清醒后，见着父亲和轻荷，眼泪潸潸而下，父亲亦满心凄楚，说："你只先养好身体，一切有爹爹给你做主。"轻荷也是百般劝慰。采云见父亲舟车劳顿，又满脸憔悴，知道父亲担心自己。自母亲去世后，父亲虽口中不说，心下是极疼她的，相依为命这么多年，自己早已是父亲唯一的依靠。为着不让父亲忧心，采云强自收了泪，只安心静养。

这厢军务自是等不及，金总理无奈，不得不派了大善去处理。又安排了几个心腹干将，终于顺利收编了畦军、勐军。金大善立了功，颇得总理赞赏，冯军长得知后，埋怨大同因小失大，错失良机。大同倒不为意，见采云好转，心中高兴，每日只是想尽了法子，弄些有趣的玩意儿逗她开心。传到金总理耳中，金总理自是恼怒，又听大善说，阳州医院住的那个女子已与别人订了婚，是大同强抢了来的，大同还打了那女子的未婚夫，争风吃醋闹得满城风雨。金总理气不过，直叫人快去绑了大同回来，幸得冯氏劝解，说已收到大同的信，过两日就回来过年。

颜老爷见采云好转了些，因惦着出来得急，柜上还有几个较严重的病人，自己出来这些天，恐那几人病情有变，决定先回梅县一趟。便嘱咐轻荷好生照顾采云，大同也自告奋勇，说定会好好照顾采云，颜老爷只淡淡说，"有劳三少了。"金大同又派车送他，他亦推辞了。

又过了几日，采云能下地走一会儿了。这天，她正倚在躺椅上看书，大同走了进来，见了便笑道："你才好点，医生嘱咐不能劳神，可不许看小说了。"一边合了她的书，又说："不如我说故事给你解闷吧。"见采云笑着点头，他便说道："传说仙界里住着一位温柔善良、美丽纯洁的月亮女神，还有一个非常爱她的男

子，他们每天晚上都在天空中漫步，遥望天际。两人早已心心相印，发誓海枯石烂，至死不渝。可是却遭到了一个邪恶精灵的嫉妒，精灵想把月亮女神夺走，便心生毒计，它告诉男子，只有采得凡间的野玫瑰献给月亮女神，才能与月亮女神忠诚相守、至死不渝。男子相信了精灵的话，便瞒过天神私自下凡，去寻找野玫瑰，然而他却不知道，自己一旦离开了仙界，就再也回不去了。他虽在凡间采到了野玫瑰，但通往仙界的大门却已关闭，从此便与月亮女神仙凡永隔，再也无法深情相拥。所以当人们仰望星空的时候，就只能看到月亮孤单寂寞的悲泣了。”

采云听了，唏嘘不已，大同却变戏法似的从身后拿出一枝玫瑰，举到她面前说：“幸好你不是月亮女神，我们永远都不会仙凡相隔。”他眼底蓄满深情，俊朗的面容直映入她的瞳中。采云收回目光，淡淡地看着窗外的落日，说：“我也乏了，想躺一会儿，你去别处逛逛吧。”

大同走后，采云倚在床头，望着那株鲜艳欲滴的红玫瑰。她没接，他便放在她刚才看的书上。这般寒冷的季节，竟还有着如此璀璨的盛放，那花瓣一层层旋转包裹着，热烈的颜色铺在淡青的书面上，那样的鲜红娇艳，那样的馥郁华美，自是染尽芳菲，吹开锦绣。采云忽然叹了一声，心底浮起幽幽情思，这样的浅言欢笑，终不过是一场浮欢梦魇，总该找个机会跟他说清楚。

第七章

卑微如尘，做你临窗守望的月

转眼已是新年，因着颜老爷铺上的几个病人情况不稳定，颜老爷无法抽身，已派人送信过来，说大抵要等年后才能动身来看采云，如今采云身边只有轻荷伴着，大同百般放心不下。母亲冯氏几次派人来催大同回去，采云也劝他说："我这些日子已大好了，又有医生护士陪着，不会有事的。这样的大节里，你该回总理府去，总要一家团聚的好。"大同也因着收编畦勐二军之事触怒了父亲，便决定回去两天。再三叮嘱轻荷好生照顾采云，又派了梁副官留在医院，有什么情况随时给总理府打电话。

总理府热闹非凡，下人们喜笑颜开地忙碌着，母亲见了他当然喜不自胜，忙让他向总理请罪。除夕夜，餐桌上摆满了丰盛的饭菜，大善、碧琪连连向总理敬酒，大同却惦着采云，恐她孤身凄凉，颇有些心不在焉。冯氏暗中拉了拉他，示意让他向父亲敬酒，大同站起来，向父亲举杯，又说了些祝福的话。金绪博脸色和缓，道："年后，还有几项重大事务，你要到各地去处理。你不在家这段时间，

已积下了不少政务。”大同却道：“过两天我还要到阳州医院去……”金绪博“啪”地一拍桌子，众人都肃静下来，垂首坐着，餐厅里顿时鸦雀无声。金绪博怒道：“你今天回来，我还以为你知错了！想不到，你居然还惦着那个女人，倒是连军国大事都不理了！”

大同争辩道：“我没有说不理，只是需等些时日，待她好了……”

金绪博脸色发青，怒道：“你滚！你马上就给我滚出总理府！”冯氏忙上前推大同，“你这孩子，还不快向父亲道歉！”

大同只不动，夫人王氏坐在总理身旁，微微冷笑着。金大善忙说：“爸爸，三弟也是担心颜小姐安危，那些政务再放一放，等颜小姐好些了，三弟自然就会回来了。”

金绪博白了一眼大同，怒道：“如今时局不稳，到处都在打仗，哪一样不是十万火急！想不到总理府竟出了你这个逆子，为一个女人争风吃醋大打出手，还嫌不够丢脸，如今连正事都不管了！你看看你自己，你还有没有个治国理政的模样了！”

碧琪笑道：“那颜小姐必是个倾国倾城的美人，把弟弟都迷住了。”王氏忙拉了她道：“碧琪，在你爸爸面前，不要胡说！”

金绪博越发生气：“你是长本事了！倒学着商纣、幽王不爱江山爱美人了！我命你马上把留在翎东的队伍和侍卫给我撤回来，我倒要见见那姓颜的是个什么样的祸水！”

大同见大善和碧琪一旁煽风点火，心中冷笑，又见父亲说出这样的话来，便怒道：“你怎么责罚我都行，不要诋毁采云，她是我的救命恩人，不是你们口中的什么红颜祸水！没有她，你儿子早在别人枪下毙命了！”

金绪博气得直呼“逆子”，又命人把他赶出去。

金大同披了衣服便往外走，口中道：“不用你赶，我现在就走！”

大同负气离开总理府，驱车返回阳州医院，已是深夜，梁子程见了他，心下疑惑，便问道："三少，你怎么又回来了？"

大同不答，只问道："采云这里一切可好？"

梁副官道："晚上医生和护士才来检查过，颜小姐一切安好。"

大同抬头望了望采云住的那幢楼，说："没事了，你下去吧。"

高高悬着的煤气灯照着那幢三层高的小楼，大同伫立在楼下，望着采云住的那间病房的窗户，只望得见隐隐拂动的窗帘。他从口袋里掏出一支口琴，吹了起来。

采云躺在床上，看着另外一张床上已经熟睡的轻荷，想起往年在家守岁的情形。她与轻荷总要贴了满屋的窗花，父亲会买些花炮，燃过后便满地红红的爆竹屑，屋内也烧着红红的炭火，温暖如春，又摆了满桌的点心碟子。她与轻荷两个便比谁熬得久，轻荷总是熬不过，最先睡着。她便在轻荷睡着后，插了她满头的绢花，第二天嬉闹着取笑她。如今自己头一回在外面过除夕，医院里最是清冷无趣，忽又想起衔宝，只觉心头突突乱跳，竟不敢再想下去。正百般辗转难眠，隐约飘来一阵绵绵乐声，细听下，竟不是笛箫琴筝之类，只觉得声色流痕，层层抽丝般触动心弦，宁静灵动却仿佛又有着不着痕迹的忧伤。采云细细地倾听着，慢慢安宁下来，不知不觉睡着了。

第二天一早，轻荷刚服侍她梳洗了，大同便走了进来。她心中好生奇怪，却也忍不住眼中溢满了欢喜，惊问道："你怎么来了？"

大同笑道："我原打算过来陪你守岁的，不想竟迟了。"

采云疑惑道："你竟不在总理府陪着家人？"

大同只不理，说："你可用过饭了？我陪你一起吃早饭吧。"

二人又闲话了一阵，大同忽然想起给她新买的几本小说，便起身去取。拿下挂在架子上的外套，口袋里有一节绿色的东西掉了出来。采云笑道："这是什么东西？倒没见过。"

大同拣了起来，笑道："这是口琴，与我们的笙有些像。"一边递给采云看。

采云翻转看着，也笑道："这倒小巧有趣，声音好听吗？"

大同说："我吹给你听。"他刚吹了一小段，见采云掩口而笑，便停了下来，她却问道："昨夜是你在吹口琴？"

大同笑道："你竟听到了。"

采云点点头，又说："那曲子倒好听，叫什么名字呢？"

"阿瑞苏。"大同答道，又说："你若喜欢，我教你吹这支曲子。"

忽听轻荷说："小姐的笛子吹得那么好，这口琴自然也不是什么难事。"

大同惊喜地看着她，采云有些不好意思，说："别听她瞎说，我不过略会一点儿而已。"

大同拍手笑道："玉人梅边吹笛，等你身体好了，可要让我领略一下这般雅趣风光！"

"小姐如今还不大能走动，等完全好了，那梅花大概已经落尽了。到时三少若到我们梅县去，可只有叶子看了。"轻荷笑道。

大同也笑："那倒无妨，若能与你家小姐合奏一曲，即便啃梅枝也没什么！"

轻荷"扑哧"一笑，说："我去看看小姐的药煎好了没有。"一边走了出去。

见轻荷走远，采云担忧道："你家里可好？怎么突然又赶过来了呢？"

大同怕她担心，只笑道："他们自然是好的，我是见家里那般热闹，你这里却只有轻荷与你做伴，怕你们两个太冷清了。怎么，你竟要赶我走吗？我已跟家里说了出来的，如今这大过年的，我可没地方去了。"他边说边做出一副可怜兮兮的模样，采云不由被他逗笑了，说："我哪里能赶你走呢，这阳州医院都是你包下的，倒只有被你赶的份。"

大同见她说得可怜，忙笑道："我留你都来不及，哪里会赶你走。"又说："我巴不得留你一生一世。"忽又想起这里是医院，说这样的话极是不妥，连忙又接着说："留你一生一世地在我身边。"他原是顺着她的话玩笑，至这最后一句，却是倾尽了全力的深情。

采云正与他玩笑，忽听见这样的话，心中怦怦乱跳，不敢再抬眼看他，却依然感觉到他热烈的目光，盯得自己脸颊发烫。他这样一个出身高贵，养尊处优的风流人物，却对自己这般情深义重。自己不过是一个普普通通的弱女子，有着最平凡普通的梦，只要能与心爱的人相守相依，相夫教子白首偕老，过着世间最平淡的日子，这便是她幸福人生的全部梦想。他的世界却是她一生也难以企及和触摸的，仰望一个人会有多卑微，恋上一个人会有多寂寥，爱上一个人会有多绝望，守候一个人会有多凄凉。她深深知道，她不敢。

慌乱过后，满心冰凉，她抬起头，凝视他的眼睛，清清楚楚地叫了声："三少！"

这一声"三少"，生生把他的心撕裂，金大同自幼便被人唤三少，这熟悉的两个字，不知被多少人叫过。有谦卑的，有敬畏的，有不屑的，有亲切的，唯有从她口中吐出的这两个字，让他如坠冰窟。她那么清晰地提醒着他，她如此介意他的身份，他与她的心仿佛隔着万丈红尘，竟再不能抵达。

这阳州城年下自是热闹非凡，光是那爆竹便每天持续不断地响着，夜晚的烟火也甚是好看。听说上元节更是有赏灯、舞龙、舞狮、跑旱船、踩高跷等各色大戏，采云便叫轻荷自己出去逛逛。轻荷到底是小孩子，见采云身体好了些，大同又时常过来陪她，服侍采云和大同一起用过晚饭后，自己便高高兴兴地逛灯会去了。

大同见窗外月色极好，便拉开了窗帘，又关了灯。月光倾泻进来，映得满室银辉，大同又燃了一截蜡烛，烛火昏黄的颜色平添了一些暖意。他从口袋里掏出口琴，对采云笑道："今天这么好的月亮，我给你吹一曲《月之爱人》倒很应景。"他坐在椅子里，眉目温暖，轻轻地吹来。采云托着腮，静静听着，只觉得时而缠绵深情，时而又悲切凄凉，抬头看那窗外的月亮，但见月明无声，皎皎清寒。忽然又想起大同说的月亮女神的故事，心中暗叹，失去爱人的月亮真的在寂寞悲

泣吗？

大同一曲吹毕，见她仍痴痴地望着那轮满月，轻轻地笑了笑，低头在一张纸上刷刷地写着什么。采云回过神来，却见他已合了钢笔，将纸递了过来。采云在烛光下细细看起来，却是这曲《月之爱人》的填词：

水映月儿满伤阙
月儿思水弯盈圆
莲望月儿静夜晚
月儿湿莲薄雾晨
月光是谁的风铃
绕醒我安宁梦境
雨儿是谁的叮咛
拨弄着我的神经
你是阿修罗的使者
敲碎我绵绵的心情
你是奈何桥畔的爱人
惦念着我前世的誓言
我望夜晚一秒钟
露水浸润我眼睛
我望着你一分钟
你回望我漫漫一生

采云先是淡淡地笑着，看到“誓言”二字，却蓦然想起衔宝，往昔那般情意绵绵的誓语，仿佛仍在耳边萦绕。想起相约梅山殉情时的坚定，“你若不离不弃，我必生死相依。”字字如刻在心间，如今却不忍听闻，一颗心也似千疮百孔失了力气，一生一世的约定，谁还敢记起？他那么刻薄的话，他那样绝情地弃她而去，只怕，只怕……颜采云只觉得心中刺痛万分，那薄薄的一片纸，似有千钧重，她手指颤抖着强自隐忍，却终是撑不住，伏在桌上泪如雨下。

金大同看着她哀哀低泣，一颗心沉沉地往下坠。她无时无刻不想着福衔宝，任自己怎样努力，她总会在不经意间想起与福衔宝的点滴，哪怕再微笑，也印着悲伤。一种无力感包围着他，他忽然觉得凄凉寂寥，百般温存的话，怎敌他们的经年光华。他哀伤地看着她，悲悯暗生。

轻荷看了会儿舞狮子，又逛了会儿灯市，见众人都到河边放花灯祈福，便想着也为采云放一个。河水离岸边较近的地方，都已被先来的人放满了，轻荷少不得走远些，一直转过一个浅滩，方寻着一处地方。她高兴地把手里的花灯放入河中，看着它渐渐飘远，这才拍了拍手，准备回去。却忽见那浅滩边坐了一个人，旁边竟有满满一篮花灯，他正一个个点了慢慢放入水中。轻荷觉得奇怪，又见那人似有些熟悉，便走近了去看，不想竟是福衔宝。

原来福衔宝见颜老爷来了一趟翎东后，对他竟很是淡漠，问及采云的情况，他却恼怒地回了声“还活着”。福衔宝心中奇怪，派人打探了，方得知自己那些莽撞的话，竟气得采云病势转危，心中懊悔不已。顾不着与家人过团圆年，即刻赶了过来，探望采云。不料，自从那日与金大同厮打后，那阳州医院的守卫果真得了令，再不肯让他进去，更无人肯与他传话，他从年前直守到上元节，竟再没见着采云一面。今日又买了些花灯，替采云祈福，希望她能早点好起来。

如今不想竟见着轻荷，衔宝忙问她采云身体如何了，又求她想办法让他与采云见上一面。轻荷只说小姐身子好些了，又说见面的事还得问问小姐和三少。福衔宝心中失落，却也无奈，又告诉了她自己住的旅店，嘱咐她若有消息，派人通传一声。

轻荷回来，见采云已睡下，不便惊扰她，便也自去睡了，第二日方将偶遇衔

宝之事说与她听。

采云听了，早将他那些狠话抛诸脑后，再不料竟是大同用强，不让她与衔宝相见。正恼怒间，见大同笑盈盈走来，便劈头问道："你竟不许衔宝见我?"

金大同那天原是怒极出口的话，梁副官得知他爱慕采云，便当了命令来执行。大同倒不知福衔宝又来过，便笑道："你这是什么话？我何时不许他见你了?"

采云急道："我听说你还打了他，你怎么可以这么霸道，你那些侍卫个个都有枪，他怎敢与你起冲突!"

大同见她一心护着福衔宝，心中不快，又听她提起打他的事，不由怒道："我是打了他，还下了令不许他来见你。我那些侍卫虽有枪，却也不敢撒野，倒不会像他那般把你气晕过去!"

采云只说道："我要见他。"

金大同怒极，面色冷峻地望着她说："你说我霸道，我倒要霸道一回！你身体复原之前，我决不会让他来见你。"

采云气得满脸通红，说不出话来，他却咚咚咚地下楼了。

第八章
易弦再听，堪堪难舍初心

上元节后，金大同在母亲和冯军长的催促下，不得不回了趟总理府。冯军长提前在城外等他，见了面便遣开众人，与他密谋道："我听说大善那边正在活动，有夺你理政大权的意思。"

大同冷笑一声，说："这两年，他倒一直处心积虑揽权。"

冯双祥道："你这些天也太不像话，上次眭勐二军的事，倒让他捡了个便宜。"

大同有些不耐烦，只说："那样两支小部队，他收了去也没什么用，再说还有不少旧部与我们这边有交情，若真有事，帮谁还不一定。"

冯双祥点点头道："有舅舅的大部队给你做后盾，我们自是不怕他。"又说："总理面前，你总要多留心些，别被人拿住什么把柄。"

大同颇不为意，觉得自己帮父亲理政这两年，事事公正严明，大善手段再高明，一时半会儿倒拿不住他什么把柄。

不想回府后，金总理直接把他叫到书房，让他把手头上积压着的事务都移交

给大善，大同见父亲面冷如霜，心中也甚是不忿，便赌气一件件都交付大善了。金大善在父亲面前虽极力推辞，在大同面前也忍不住趾高气扬起来。

一连几天，竟不曾见着金大同，采云以为自己触怒了他，心中虽有些忐忑，却又觉得是终须了断的事，这样撒开手也好。轻荷却又听梁副官说，金总理对大同失望，这次叫他回府，是要削去他处理总理府事务的权力，转交大公子金大善。采云听了，心下又深感不安。

三日后，金大同返回阳州医院，采云虽恼他，却还是问他情况如何。金大同笑道："没有的事，你只安心养病，别听他们胡说，不过是我母亲骗我回去一趟。"二人虽说着话，却始终觉得淡淡的隔着些什么。

采云放心不下衔宝，让轻荷借出去买胭脂水粉的由头，替她去探望衔宝。轻荷在街上转了半晌，才悄悄地往衔宝上次所说的旅店找去。找到他的房间，敲了门进去，却见衔宝已收拾好包袱，正要出门。轻荷不由问道："二少爷要出去?"

衔宝见是她，不由长叹一声，跌坐在椅子上。原来梁副官见这些天，金大同总闷闷不乐，又暗中打探到福衔宝竟在翎东，猜想定是大同与采云为着福衔宝闹了别扭。便自作主张，找了福衔宝，威逼他离开翎东。福衔宝起初不肯，不料店家竟赶他离店，又找了其他旅店，也一律不肯留他。梁副官又派人传话，要他为自己在梅县的家人和生意着想，速速离开翎东。福衔宝知他虽不过是总理府的一个副官，却权势冲天，连这翎东司令府的兵马都有权调动，自己一个人倒不怕他，只是念及家人安危，及父亲打拼家业的不易，不得不忍气吞声，答应下来。虽写了信，却知道自己必定没法拿给采云，如今却见轻荷来了，便把那封信递给她，让她转交给她家小姐，自己要先回去了。

采云看了信，见他满纸的忏悔歉意，心下早原谅了他那天的鲁莽。又见他写着念及父母家人，不得不赶回梅县，又让她保重自己，不由生了疑惑。细细盘问轻荷，"他可说了些什么?"

轻荷想了想说："倒没说什么，只说他对不起小姐，又说什么不敢置家人安危于不顾……”

轻荷后面这句话学得极拗口，说得眉头都皱了起来，采云却像明白了什么，把那新买的一盒胭脂一摔，恨恨地盯着满地狼藉。

大同正走了过来，听得她房中声响，疾步推门而入，问道：“怎么了？”

颜采云满面怒气，说：“我还想问你呢，你倒是对衔宝做了些什么？”

大同撇见桌上还未收起的信纸，笑道：“福衔宝向你告我的状了？”又跟轻荷开玩笑说：“我倒不防还有你这个小红娘替小姐传信的。”轻荷尴尬地低了头，说：“我去给你们沏茶。”待轻荷离去，大同又对采云嬉皮笑脸道：“你看，我虽说不让你们见面，你们还不是私相传递。”

采云正色道：“谁私相传递了，我和衔宝是有婚约的。”

大同面色微僵，又听她说：“你到底对他做了什么，竟逼他不许留在阳州城内。”

大同奇怪道：“我何曾对他做过什么？”

采云怒极，脱口而出道：“你拿他家人安危威逼于他，还说不曾对他做过什么，想不到你竟如此卑鄙！”

他的心抽痛起来，用一种失落而哀伤的口气说：“卑鄙？我在你心中竟如此不堪？”又说：“我不过是爱你，这般疯狂而不可抑止地爱上你。我巴不得把全天下最好的东西都给你，可你却什么都不要，你只要他，哪怕他给你的只是无尽的伤害。”

颜采云眼里蓄了泪，轻声反驳道：“没有。”

大同惨淡一笑，说：“梅山上他弃你与不顾，你受伤后他又气得你昏厥，可你只要见了他，便忘记这种种不堪，只记得他的好。你们经年情谊，我虽然不能比，可我对你亦是问心无愧，我待你的真心，只会比他多，不会比他少。”

采云的泪已滚了下来，说：“可你也不该拿他家人安危相挟，宝哥哥那样一个至善至孝的人，你何必为难于他。”

大同说："漫说我没有胁迫过他，即便我真做了，他竟不肯为你抛舍分毫，也是不值得你这般心心挂念的。"

采云目光有些黯淡，说："你以强权逼他，他还能怎样？"

大同突然握了她的手，眼中似燃着簇簇火苗，目光炙烤着她说："采云，我比他爱你。若有人逼我，我定会舍下一切，只要你。"

采云惊慌地挣扎着，手腕被他捏的生疼，只挣不脱，含了哭腔说："你放手，你弄疼我了。"大同却蓦地将她往怀中一拉，炙热的唇便吻了上来。采云躲闪不及，被他拥在怀里，只拼命地扭转头去。他肩膀用力，抵着她的下颚，一只手绾着了她的腰，另一只手捧着她的脸，低头吻她，她再也动弹不得，只慌乱地闭了眼，瑟瑟发抖，他几乎深入骨髓地紧紧相拥，带给她从未有过的温暖而疯狂的感觉，只觉得如触电般眩晕迷乱。她拼命地捶打他的胸膛，却被他吻得渐斩透不过气来，直憋得眼泪都下来了，他终于松开了她的唇，她却倒在他怀里慌张地喘着气，一边止不住地咳了起来。

他忙问，"怎么了？"采云直羞得不敢看他，拿袖子遮了脸，哭着说："你出去！我不要再看到你！"

他上来拉她，她一甩手，满脸羞愤地说："可是我不要你，我只要宝哥哥，我爱的人是他，不是你！"

他浑身一震，满心的欢喜褪去，生出一种寒意来，他无措地站着，看着她梨花带雨的面庞，只觉得头脑里轰然一片，什么也听不见，什么也看不清，他的万丈雄心，他的显贵门第，都只能让他痛感失去的无奈与仓皇。他挣扎着想说些什么，却一句话也说不出来。

金大同仍是每天几趟地过来看她，有时也不进去，只在她门外站一会儿，隔着窗子看她有时在看书，有时与轻荷闲话，有时摆弄着台子上的小布偶。他们见了面，也总是淡淡的，说不上几句话。他与她就这样隔阂起来，看着她渐渐脸色红润起来，他却觉得有什么东西在悄悄流逝，有一种抓不住的惶恐与烦躁。

父亲来医院时，正月已快过完，采云也好得差不多了，便决定和父亲一起回梅县去。大同挽留不过，担心采云受不了舟车劳顿，便派车送他们回去，却遭她父女二人极力推辞，终究只送他们到车站。

到了家，采云果然受了些风寒，又恹恹地生起病来，所幸病势轻缓，颜老爷开了药，嘱咐让她小心调养。

轻荷检点衣物，却发现箱子里夹带了一只没见过的盒子，便拿来给采云看，采云打开来，竟是一只剔透的玉笛。他送她的衣服首饰，回来时她一件也没带，却不知何时，他竟把这玉笛放入她们的行李中了。

衔宝得知采云回来，忙去看她，又听闻她病了，便买了两盒上好的血燕。他进了门，正在院子里徘徊，听得轻荷叫道："二少爷！"遂忐忑着走到采云的屋子里。轻荷刚端了药过来，屋子里弥漫着淡淡的苦涩，衔宝见她坐在大椅子里，身上披着灰格子的羊绒披巾，手中捧着一个手炉，穿着一双墨绿色的棉鞋，正踩在火盆架上烤火。

衔宝走过去，在她身旁立住，说："你回来了？"

采云转着手中的手炉，轻轻"嗯"了一声。突然有些伤心，想着二人从前的亲密无间，如今他却处处透着小心翼翼。

"我给你带了两盒血燕。"福衔宝又说，越发觉得局促不安。

她却突然仰起脸，冲他笑道："我不过是受了点风寒，哪里就吃起这东西来了。"她隐起心中的伤感与隔阂，笑得无邪而清甜，仿佛仍是小时候那个追着他四处疯跑的小丫头。

福衔宝心中一软，她总是这样，小时候两人玩耍闹了别扭，不管是谁的错，她总是先低头主动找他说话，仿佛怕他从此走掉，或者再也不理她似的。眼中似有泪涌了上来，福衔宝忙极力忍住了，说："采云，对不起！"

她低了头，扇动着濡湿的睫毛，把泪强自抑了回去，说："我不怪你，我从来

都没有怪过你的。”

轻荷把桌子上的药端了起来，说：“小姐，你先吃药吧，都快冷掉了。”

福衔宝接过药碗来，舀了一勺喂她，采云喝了，泪却大颗大颗地掉进碗里，她便揉着眼睛说：“这药好苦，你帮我喝一半。”

衔宝知她心中委屈，却不肯责怪自己半分，对着他隐忍泪水，强展欢颜。她越这样，自己心中越难过内疚。只含了泪说：“好！”端起碗喝了一大半，冲她道：“这剩下的你可要自己喝掉。”

小时候采云生病，每次总要等衔宝过来才肯吃药，父亲无奈，便让轻荷去叫衔宝。采云便让他帮她喝一半，衔宝果真每次帮他喝掉一大半，还细心地带了些糖果糕点过来，悄悄给了轻荷，让她不要告诉颜老爷。每次剩下另一半时，衔宝总要板起脸，像个大人似的训她：“这剩下的你可要自己喝掉！”

这样一碗酸苦的药，又令他们回到从前的种种温馨里，二人相视一笑，仿佛从来不曾有过芥蒂。

采云又将养了月余，常见报纸上有军阀时战时和的消息，虽隔得极远，人们不免也有些慌乱，总恐时事有变。父亲也叹道：“只怕时局不稳，你与衔宝的事还是早些办了的好。”

衔宝与采云的婚期本来定在五月里，如今经历了这许多事，待平定下来，两家便又开始着手筹办婚礼。父亲终日在外头忙碌着，又嘱咐她说：“如今天气暖和，你身子也好了些，平日里和衔宝多出去走走。看到什么喜欢的东西，就添置些，你娘去得早，也没个细心疼你的人。”采云听得眼中发酸，扯了父亲的胳膊，撒娇道：“爹爹你最疼我。”

颜老爷叹道：“爹爹终没你娘体贴知心。”想起夫人早逝，如今女儿出阁竟无人帮她打理，不由眼圈微红，又说：“你这孩子一向懂事，但是嫁人总是女孩子一辈子的大事，马虎不得，你也别委屈了自己，替爹爹省俭。但凡你看得上的东西，爹爹总会弄了来陪嫁给你。”

采云见父亲有些伤感，便笑道："好好好，我明天就和衔宝出去逛，挑嫁妆去，一定挂个满身的珠宝回来。"她故意夸张地比画着，逗得父亲摇头微笑起来。

这天一大早，衔宝便来接她，说是东街上新开了一家燕皮馄饨，味道甚是鲜美，邀她去尝尝。采云才刚醒，慢慢梳洗了，又换了衣服，这才开门出来。衔宝见她戴着那次逛戏园时他给她买的帽子，心中欢喜，笑道："早上还有些凉，你戴着帽子遮遮风也好。"

已是三月初，早春时节，草长莺飞，采云这般又伤又病的，竟许久不曾出门。今天出来，见着处处青嫩绿茵，生机勃勃，也有些早开的花儿，夹杂其间，心情竟大好。晨晖照着他们，将影子拉得又瘦又长，采云只觉得脚步轻盈，一路上与衔宝谈笑甚欢。

来至这家新开的馄饨店，竟有许多人在排队。采云起初还兴致盎然地四处张望，等了一会儿，渐渐不耐起来，便对衔宝说："不如我们去别家吧。"

衔宝笑道："既然来了，不妨再等会儿，已经等了这半天了。你若饿了，我先去给你买份豆浆来。"

采云道："我倒不是饿，只是觉得等得闷。"

衔宝笑道："你呀，总还是小孩子心性。还记得小时候，我掏了一只快孵化的小鸟，叫你来看它出壳。它刚啄到自己脖子下，你就等不及要帮它。"采云也想起小时候的蠢事的，笑道："我也是替它着急，不想竟害了它。"又说："吃东西又比不得这个，又没什么非等不可的。"

衔宝道："我再去问问，若还要等，我们便去别家吧。"刚站起来，却有伙计过来请他们，说是有空位子了，他们便上了二楼。这家铺子店面不大，里面倒还收拾得干净整齐。不一会儿，馄饨上来了，晶莹剔透的薄薄一层皮，裹着一抹翠绿，又撒了些虾皮、蛋皮，看着便觉悦目。采云先尝了口汤，不由赞道："味道果真不错！"又吃了一只馄饨，不料竟是荠菜的，更添了惊喜，便对衔宝说："现在

竟有荠菜吃了呀?”衔宝停了筷，看着她笑道：“你这么久不出门，倒像是隐居了一般，竟不知今夕何夕了。”采云调皮地朝他吐了吐舌头，衔宝又舀了几只碧绿通透的馄饨，放进她碗里，说：“只要你觉得喜欢，等这半日，也是值得了。”又说，“你多吃些，过会儿我们去绿汀州踏青。”

出了店，衔宝又去买了只蝴蝶风筝，叫了两辆人力车，他二人便往郊外行去。青山妩媚，杂英芳菲，阳光映出一片和煦柔软。大株的海棠打了片片花苞，盈盈待放，桃花却已有些颓败了，生出细嫩的绿叶来，高大的玉兰擎着硕大的花朵，隐在路边的树林里，流泻出暗暗馨香。

下车后又走了一刻钟，才抵达绿汀州，已有三三两两的人群在这里游玩。一阵风吹来，掀起阵阵绿波，采云便催促衔宝，快把风筝放起来。一边自己先擎了风筝，看衔宝放线，想起小时候他们一起放风筝，她总在前面擎着风筝跑，却跑得不够快，常常一松手，那风筝就跌下来了。跌了几次，她就生气了，嘟着嘴在一旁坐着，他便一个人飞跑起来，终于飞起来了，她拍着手大笑，待风筝飞得又高又稳了，他便把线圈递给她，看她在那里又蹦又跳地惊呼：“好高啊！好高啊!”衔宝看她又举着风筝，便笑道：“你身子才好，别累着了，还是我来吧。”

“不!”采云跺着脚，执拗地说：“都怪你！从小就不肯让我放，我到现在还不会放风筝呢。”

衔宝已把棉线扯出来一大截来，见她这样，便笑道：“好，那你可要跑快些。”

“起风了！起风了!”采云一边喊着一边跑了起来，衔宝忙扯了线，跟她跑了起来，采云手一松，那风筝借着风高高飞起，她得意地回头看了衔宝一眼，说：“你总说我不会放，看，现在飞起来了吧!”话音刚落，那阵风过去了，风筝摇摇晃晃地又一头栽了下来。

采云气恼地一甩手，坐在草地上，见那几株狗尾巴草摇曳欢畅，便狠狠地扯了一把，向那草丛里胡乱抽打。一边看衔宝收了线，重新放起来。

见那风筝越飞越高，采云早忘了气恼，又拍手欢笑起来，“飞起来了！飞起来了！”衔宝冲她笑了笑，一边放线，一边慢慢地往她这边移动。采云接了线，衔宝便在她旁边坐下，一会儿帮她把线收紧，一会儿又退几圈线，那风筝越飞越稳。天空滢蓝，白云悠然，采云越发起了兴致，太阳越来越暖，渐渐地热了起来，她手中握着线圈，便对衔宝说：“好热啊，你帮我把帽子取下来吧。”衔宝便抬手摘了她的帽子，她一头的乌发霎时被风吹乱，他坐得这样近，那发丝舞动着拂在他脸上，痒痒地让他不忍拨开。

下午又去了冯记看衣料，采云细细地挑了颜色花样，师傅给她量尺寸时，衔宝却在一旁嘱咐道：“还要比现在的尺寸小一些才好，到时候脱了夹衣，你怕是更瘦了些。”采云笑道：“就不许人家长胖些吗？”他二人兴致很好，又逛了几家金店，衔宝帮她选了一支翠珠多宝钗，她却嫌珠子镶嵌繁密，自去看一支翠玉流苏步摇，衔宝却说颜色太素净了。采云忽又看见一枝金簪，坠着几串细细的金花流苏，倒觉得精致有趣，伙计一边取了给她细看，一边说：“这支叫金雨芳华，流苏有些意思，是用玫瑰花串起来的。”她蓦地心中一动，低头看那串流苏，果真是串着一朵朵金玫瑰，她想起那私自下凡为月亮女神采摘野玫瑰的仙界男子，又想起大同放在她书页上的那枝玫瑰，心中莫名地有些感伤。衔宝见她紧紧捏着这支金雨芳华，神色落寞，便轻声说：“不如我们买下这支吧。”她却回了神，松开手道：“不要了，我不喜欢这流苏。”

衔宝见她似乎有些倦意，便去对街的徐记茶铺喝茶，见路边有卖报的小童，便随手买了份报纸。采云正低头用盖子拨着茶盅里的浮叶，忽听他笑了起来，不由问道：“有什么值得高兴的新闻？”

福衔宝把报道递给她，神色里夹着鄙薄，采云奇怪，接了报纸来看，一副巨大的照片映入眼中，金大同正搂着一名欢场女子交杯痛饮。采云只觉得脑中轰然一片，再看不清下面的字迹，脸上一阵发烫，忙将报纸扣在桌上，只默然看着窗外。却听衔宝说：“总理府的三少也不过是个宿醉欢场的酒色之徒。”

衔宝见她不作声，又道：“你现在看清他的真面目了吧。”

采云只觉得尴尬，并不扭头看他，说：“跟我们有什么关系呢。”

福衔宝冷笑一声，说：“你当初还去求他，他肯帮你，八成也没安什么好心。”

采云冷冷道：“他终究是放了你，又不欠我们什么。”

福衔宝还想说什么，见她脸色极难看，便闭了嘴，只默默喝着茶。

出了茶铺，采云说乏了，衔宝便雇了车，送她回去。她下了车，就在街道旁跟他说了再见，便匆匆进去了。衔宝立在大门外，见天色尚早，若是往常时候，她定会邀了他进去说一会子话，今天却这样把他丢在门外，必是自己刚才惹恼了她。福衔宝心中暗自懊悔，越发痛恨金大同，站了一会儿，便坐车回去了。

第九章
情深不寿，此身如寄，心无归

采云回到家中，见轻荷正在绣一块帕子，轻荷见她回来了，放下手中的活计，叫了声小姐，便去给她端茶。采云只觉得那帕子鲜红的颜色刺目难耐，拿起篮子里的剪刀便铰了起来，轻荷见了，忙过来劝她，让她仔细别铰到手了，一边夺了她的剪刀。采云丢开剪刀，走到桌边，端起杯子喝茶，不妨那茶竟极烫，她手一抖，那滚烫的茶水直泼到脚上，杯子也摔得粉碎。轻荷忙过来扶她，又帮她脱了鞋子查看，幸好她穿着羊皮小靴，倒不曾烫伤，只有些发红。轻荷扶她去床上休息，又劝慰了一阵，方去收拾茶盅碎片，采云呆呆地坐着，忽然间泪流满面。

一连几天，衔宝来请她出去，她只推说烫了脚，不想出门。又连着下了几场雨，采云越发懒得动弹，衔宝常过来坐着与她说话，她也总淡淡的，言语稀少。

天终于放晴，这日午后，衔宝又邀她去听戏，采云却说总是那几出，都听腻了。衔宝见她手上拿着《易安词集》，劈手夺了来看，采云无奈，另捡了一本小说看。衔宝翻了一会儿，突然笑了，起身对采云说："你等我一会儿，我去去就来。"

衔宝走后，采云自掩了门在房里看书，不料竟睡着了。梦里见金大同迎风站在悬崖上，似要跳崖，自己拼命拉他，却拉不住。二人同时坠入深崖，极尖硬的石头划得她手臂生疼，竟疼醒了。采云醒来，果然觉得手臂好疼，用力一抬，又酸又麻，原来自己睡着时枕着胳膊，手臂抵在桌子角上硌痛了。采云回想梦中的情景，暗自好笑，他怎会去跳崖，即便跳崖，他身边那么多侍卫，也用不着自己去拉，自己真是杞人忧天了。忽又听得院子里有些叮叮梆梆的响声，轻荷又笑着在说些什么，便揉了揉酸麻的胳膊，走了出来。

采云开了门，见衔宝正在院子里的那株香樟树上架着秋千，已经差不多做好了，他正拿着一大把绿色藤蔓，仔细地绕在绳索上。采云知他这些日子变着法地逗自己开心，如今又做了这个，心下有些感动，便走了过去，笑道："怎么想起弄这个来了？"

衔宝见他神色和缓，心中深感安慰，笑道："我是看了易安的《蹴罢秋千》，便想着给你也做一个解解闷。"

他绕好了青藤，便对采云说："好了，现在可以来试一试了"。采云笑着扯了扯绳索，又听他说："放心，我绕了两圈，这个是极牢的。"

采云坐在秋千上，衔宝笑道："抓紧了，我可推起来了。"一边轻轻地推了她一把，采云便摇晃起来，衔宝越发用了力，她便高高地飘荡起来，裙裾飞扬，如蝴蝶般盈盈而舞。

婚期将至，采云如所有待嫁新娘般含羞期待，各色物什早已备好，每日里不过是和衔宝四处游玩，时光轻快流转。

这天黄昏，二人逛了一天，正往回走，衔宝突然叫住了她，说："采云，你……"

采云见他神色犹豫，不由停下脚步，疑惑道："怎么了？"

福衔宝迟疑着说："我听说……"

采云见他吞吞吐吐，心中有些奇怪，说："到底什么事？"

福衔宝狠了狠心，说："我听说你在翎东的时候，曾和金三少外出骑马，一夜未归，可有此事？"

采云听他说起翎东，不由起了惶恐，这些天，她连报纸都不敢看，再不敢知道那个人的消息，也不敢再回想从前的种种，只待安心地做他的新娘，他却偏偏又要提起，还夹着这样不堪的追问。采云脸色煞白，心底慢慢转冷，奋力逼回眼中的泪，目光悲切地看着他："衔宝，你究竟在怀疑什么？"

福衔宝有些慌乱，忙上来拉住她说："好妹妹，我不问了，我再不问了。"

天仿佛刹那间黑了下来，夜幕如鬼魅般地包裹了他们，采云只觉得眼前一片黑暗，再看不清衔宝的模样，心底涌出无限悲凉。

采云回至家中，到前厅问候过父亲，便走进后院，轻荷正焦急地倚在廊上张望，便走过去问她。轻荷忙拉了她进屋，关好门，说："小姐，我今天在街上看到梁副官了。"采云心中扑腾扑腾乱跳，难道他又来梅县了？轻荷又递上一封信笺说："这是梁副官让我交给小姐的。"

采云定了定神，说："知道了，你去给我打些热水来。"待轻荷走后，方展开来看，原来梁子程约她明天一早在永福茶楼相见，说有要事相商，请她务必赴约。

采云草草用了晚饭，心中越发慌乱。想起在翎东时，梁子程对她极为尊重，如今到底要不要去见他呢？他又说有要事，他是大同的副官，要事难道是指大同的事？大同能有什么事呢，前些日子不还是那般风流快活地登报吗？采云想起那天的报纸，仍旧有些恼怒，却又想与她有什么相干，自己有什么可恼的呢。突然又想起他莫不是病了，或出了什么事？能出什么事，他有那么多侍卫守着，可那天在虎山也还遭人伏击了呢。一颗心直惴惴不安，辗转到深夜方才睡着。天才刚亮，她便醒了，忙梳洗了，便悄悄出了门。竟一直等不到人力车，正焦急间，忽见一辆汽车在身旁停下，梁子程走了下来，替他打开车门，请她上车，采云匆匆看了一眼，便坐了进去。

那永福茶楼大概还不到营业的时辰，四下的门都闭着，梁子程却带她绕到后门，那里站着两个守卫，见他们走来，便行了礼，等他们走进院子，便关了门，守在门外。

采云见这情形，以为定是大同约他，心中便紧张起来，紧紧捏着手袋，手心里慢慢出了汗，踩着楼梯竟有些脚软。好容易上了楼，梁子程打开一间房门，对她说："颜小姐，请!"

她整了整呼吸，朝房间里看去，却空无一人，一颗心瞬间放下，却又有着淡淡的失落。

梁子程替她斟了茶，又向她行了礼，方说："谢谢颜小姐赏脸赴约，子程冒昧了!"

采云忙说："无妨。你说找我有要事相商，到底是何要事?"

梁子程说："是三少的事。"

采云听了，低了头拨弄手袋上的蕾丝。又听他说："三少自从在司令府遇上小姐，便一见倾心。子程自幼追随三少，从未见三少对哪个女子如此用心。小姐受伤昏迷的时候，三少那样的铁血男儿，竟背着人偷偷落泪，又祈祷愿折寿一半换小姐醒转，子程路过听见，方知三少对小姐一片深情。"

采云紧紧攥着手袋，那蕾丝快要被她扯下来了。脸涨得通红，狠狠压下了泪，抬起头，倔强地看着梁子程说："那些都过去了，梁副官何必再提起。"

梁子程却不理会，继续说："子程得知三少心意后，便一心想帮三少，我见三少不肯用强，便自作主张不许福衔宝去探望小姐，又威逼他离开翎东，不料，却让小姐与三少起了误会。子程在此向小姐道歉，希望您不要怪罪三少，一切都是子程私自行事，与三少无关。"说完，又向她深深行了一礼。

采云方知误会了大同，想起自己脱口而出骂他卑鄙，他竟也不为自己辩解。她心下有些尴尬，说："我已与别人有了婚约，不管怎样，我和三少都不可能在一起。"

梁子程叹了口气说："自从您离开翎东，三少竟意志消沉，每日里纵情声色，时常被一些别有用心的人登诸于报，想必您也看到过了。"

采云心下难过，咬了唇不吱声。梁子程又说："我也不曾料到，三少如今这般荒唐，竟是为着让总理将他逐出府去。"

采云听了极诧异，问道："他这是为何？"

"有一次，三少喝醉了，我套了他的话，他竟是为着小姐的缘故。说小姐介意他的门第，若他只是一介平民，或许倒有机会让小姐看到他的真心。"采云听了梁子程的话，心下极难过，想不到他为着她，竟如此折磨自己。口中呜咽道："他何必如此……"

梁子程见她心生牵挂，便说："我这次来，也是想请颜小姐去见见三少，也只有您能劝得了三少。"

采云心下凄然，说："我这个月初八就要嫁人了，我不能去见他。"

梁副官听闻，不由脱口说："初八？竟只有五天了？"

采云点了点头，梁子程沉默了一会儿，说："您被福公子言语激病那次，三少正有紧急军务要办，却为着您不肯起程。新年那天，又为您和总理闹翻，连夜赶回翎东，想必小姐也还记得。上元节后又被总理催促离开翎东，三少却因担心您的伤势，执意不肯，令总理大为失望，被削去理政之权。如今三少故意做出放浪的样子来，也是为着能让您看到他的真心。三少为着您，拼了江山前途不要，我们跟随他的这些人，却不得不替他担心，他这样权势堆里打滚的人，若失了势，只怕是连命都不保了。子程求小姐，看在三少对您一片痴心的份上，能移驾到总理府劝劝他。"

仿佛有什么东西在心底翻转盘旋，自从回了梅县，她便收拾好所有过往，把他禁锢在某个角落，深深封印起来，不去触及，不做思量，她受不住那样的煎熬。以为这不过是一场过眼云烟的相遇，不过是一段流年哀伤的繁华。如今这封印却轰然倒塌，如一株缠绵疯长的藤蔓，伸进她的四肢百骸，打碎她辛苦建立起来的

防备。他待她那样好，他的心意她又何尝不知道，这突如其来的深情让她混乱，狠心掩埋他一片痴情，不过是害怕遭受措手不及的伤害。他又深知她的担忧，却守口如瓶默默计划，放弃世人仰望的光华，剥离身上的门第辉煌，只为能与她四目相望。这样的无悔抛舍，这样的倾尽天下，她又如何能报答。

有泪奔涌而出，她听见自己声音冰凉："我不能去见他，我不能。"

"我最迟明天上午十点钟回总理府，小姐若是改主意了，随时可到永福茶楼找我。"耳边传来梁副官极渺茫遥远的声音。

采云跌跌撞撞回了家，轻荷见她脸色不好，忙上前来扶。她失神般地推开她，忽然又说："去买报纸，最近的都买回来。"轻荷忙点了头，又听她说："以后，每天都备着给我吧。"说完，便像失了力气般地颓然坐下，轻荷担心地看着她，见她挥手让她出去，便走到前院，吩咐阿海去买报纸。采云忽然看见那只锦盒，便取了过来，轻轻打开，一只剔透的碧色玉笛泛着隐隐流动的光，触手温凉。采云默默凝视良久，终于提起笔来给大同写了一封劝慰的信，匆匆折好，便让轻荷送去永福茶楼，交给梁副官。

轻荷正在路边等黄包车，不防突然听到衔宝叫她，心下一惊，手中的信跌落地上，衔宝弯腰拣了起来，却见她神色慌张。衔宝起了疑，问道："你家小姐写的信？"

轻荷惊慌地点了点头，却忙又用力摇摇头，一边伸手去夺。

衔宝回身一挡，满脸严厉地看着她，轻荷慢慢低了头，叫了声"二少爷。"

衔宝再忍不住好奇，把信打开了看。他冷哼一声，心中已是怒极，脸上挂着冷笑，拉着轻荷便往后院走去。

采云正坐在窗下，忽听人极用力地撞开了房门，见衔宝怒气冲冲地拉着轻荷，不由站起身来。福衔宝将轻荷用力一扯，便将她直摔倒在地上，采云忙走上前来，却不料他扬手一巴掌便狠狠地劈在她脸上。

采云站立不稳，直撞到桌子上，只觉得耳中轰鸣，脸颊立刻肿痛起来，她捂着脸，满眼不解地看着他。

“颜采云，你真是个水性杨花的贱人！”福衔宝一双眼睛红得像要吃人，将那信扯成碎片，撒了她满身。

采云身子发颤，站立不稳，轻荷忙起身扶住她，她嘴唇哆嗦着，无力地吐出一句话：“我只是想劝劝他。”

“我们还没成亲，你就让我做起了王八！”福衔宝面目狰狞，额上青筋暴起。

“衔宝，你听我解释……”颜采云瑟瑟发抖，如一片风中的落叶。

“在司令府你们就好上了是不是？你跟他骑马一夜未归，你早失身于他了是不是？你替他挡枪，就是因为你爱上他了是不是？你告诉我，你告诉我啊！”福衔宝一步步走过来，抓着她的胳膊用力地摇晃着。

采云拼命摇头，大滴的泪滚滚而下。

“我怎么这么傻，居然还会娶你这样不贞的女子！”福衔宝用力推开她，踢开椅子，摔门而去。

采云跌倒在地，看着他暴怒而去的身影，心中撕心裂肺般疼了起来，满腔的委屈悲苦却再不能言，只用力捏着手中的帕子，仿佛那是她最后的救命稻草，如血的残阳拢上她孤寂而苍白的容颜。

华灯初上，金大同却已微醺，拉着芙蓉阁的翠缕连连碰杯。一群衣衫华贵的公子哥进了门，带头的那个边走边嚷道：“翠缕，凌少来看你了，还不出来跪迎！”一群人听了，哄笑不止。

翠缕有些吃惊，金大同却仿佛未闻，只看着她笑，说：“你怎么不喝了？”

一群人已拥着总统府的大公子凌少，穿过屏风，直奔西厅而来。带头那个是财政司长的表侄谢仁，见翠缕正被金大同拉着，便笑道：“哎哟！可有日子没见着三少您了，居然在这芙蓉阁躲清闲了。”众人哄笑着，又听一人说：“三少卸了总理府的政务，自然得闲了，哪里像我们凌少，忙得都没空来看翠缕小姐了。来来

来，翠缕小姐还不快敬凌少一杯!”说着便去拉翠缕，金大同一脚踢开那人，笑道：“瞎了你的狗眼，没看见翠缕小姐正在陪本大爷吗!”

那人受辱，却扭脸去看凌少脸色，凌云风冷笑道：“我若是非要抢一抢三少的美人呢?”

金大同含笑悠然喝下手中的那杯酒，突然拔出枪，对着谢仁的腿“啪！啪!”开了两枪，谢仁惨叫着跪倒在地，众人都诧异地看着金大同。金大同满不在乎地瞟了凌云风一眼，说：“那我就先打断你的狗腿。”

枪声惊动了大厅里的客人，众人惊恐起来，得知是总统府的凌少与总理府的三少争风吃醋，便有好事者大胆围观起来。凌云风见众人指点议论不堪，怕事情闹大被父亲责罚，忙使了个眼色，众人抬着谢仁匆匆离去。

第十章
当时轻别离，死生知何时

金大同在芙蓉阁与凌云风争风吃醋并开枪伤人一事，很快被登报，街头巷尾议论纷纷，内阁中人也颇有微词，一些与总理府素有积怨的人更是慷慨激愤。金总理一怒之下，将金大同逐出总理府，脱离父子关系，并登报告知天下。冯军长与梁副官等人百般求情，却遭金绪博严厉呵斥。

金大同听闻采云初八成亲，忙赶去梅县，到了城里，却有些徘徊。上次在梅山，他不过是偶然误入，如今赶来见心心想念的人儿，竟有些慌乱却步。这里如世外桃源般静谧，采云是不是也如此般地过着属于她的平静生活，自己却像个掠夺者一般，要来打破她的幸福与安宁。

夜幕低垂，金大同伫立墙外，看着那株高大的苦楝树，茂盛的枝丫已伸出墙来，密密的叶子织出一片青绿，花儿正开得艳，袅袅娜娜，像笼着一层淡紫色的薄雾，极清丽淡雅。那一抹苦香早已让蜂蝶却步，却和着风丝丝缕缕沁入他的心脾。

忽然传来一阵哀怨的笛声，正是那曲《月之爱人》，金大同凝神细听，只觉得凄凉不堪。她马上就要和衔宝成亲了，为何吹出的笛音竟如此悲凉？金大同再顾不得许多，抬手“砰砰砰”地敲门。

颜老爷见是他，只恭敬地叫他三少，却不肯让他与采云相见。金大同便隔着院子大呼采云的名字，采云听得呼声，开门出来，再不曾想到竟是他！颜老爷见拦不住，便吩咐众人退下，留他二人说话。

“你初八便与他成亲？”沉默许久，金大同终于开口问道。

“嗯。”颜采云只低头望着自己的鞋尖。

“只有三天了！”金大同抑不住地焦急与烦躁。

“嗯。”颜采云却如木偶般呆呆地看着地面。

“采云，你不能嫁给他！”金大同疯了般地抓起她的手，“自从你受伤昏迷后，我就知道我有多爱你！我不能失去你，采云，你是我的，你不能嫁给别人！”

颜采云任由他将她的手腕捏得发红，心如死灰，只轻轻地摇了摇头。

“采云，你跟我走！我已经不是总理府的三少了，我带你离开梅县，离开翎东，海角天涯，我们再不分开！”大同目光中充满疯狂与冲动。

采云听见他说自己已经不是总理府的三少了，眼中掠过一丝惊奇与震撼，却迅速逝去，又恢复了先前的平静与淡漠。

“采云你怎么了？”大同看着她苍白呆滞的目光，心中一阵发紧。

“我很好。”采云仰起脸，目光里一片苍凉。

“你很好？你就要嫁人了，却吹出那么悲伤的笛音。采云，你告诉我，你到底怎么了？”大同心疼地看着她。

“是啊，我就要嫁人了，我很好。”她喃喃地说着，终于掉下泪来，滴在他的手上。

大同将她拥进怀里，她没有挣扎，只是无力地靠着他，眼泪掉在他的脖子里，直溢进他的心底。和衔宝成亲，是她一生的期盼，是她全部的希望，他却不要她了，她的梦想她的信仰彻底崩塌，她守候一世的幸福也已化为泡影。她不敢告诉任何人，每天看着父亲满心欢喜地替她准备婚礼，她心痛得无以复加，却不敢哭。她真的好累，只想像现在这样，有一个可以依靠的肩头，哭出她满心的悲伤与屈辱。爱一个人，究竟要受多少伤，才得圆满；守一份情，究竟要卑微成怎样的姿态，才能相许；倾一次心，究竟要经历多少的磨难，才会永恒。

她这样凄凉柔弱地倚在他怀里，那压抑而悲哀的低泣，把他的心都揉碎了。他就这样拥着她，一动不动，像捧着一颗晶莹剔透的琉璃，一不小心就会打碎了一般。他把脸贴在她的发间，那支微凉的玉钗印在他的脸上，压出一枚浅浅的蝶形印痕。

采云终于止了泪，退出他的怀抱，揉了揉发红的鼻子，仰起脸说："我真的没事，你不用担心我。"她嘴角上扬，眼睛里却无一丝笑意，那样努力坚强的模样，像个倔强的孩子。

大同无奈地看着她，又听她说："你不该与金总理闹矛盾，我原是想劝劝你的。"她想起信被衔宝撕毁的事，眼圈又红了，忍着泪说："为了我，闹成这样子，不值得。"

"我这一生都陷进去了，还有什么不值得的呢？"大同深深地看着她，"这段时间，我也曾想忘了你，可是我做不到，怎么麻痹自己都没有用。"他微微叹息，"没有你，生命于我已没有意义，更何况这些权势名望！"他忽然又满眼狂热，握了她的手说："采云，你跟我走！我现在已不是总理府的三少，你不用再介意我的身份，我们离开这里，天下之大，我一定能为你撑起一片安身之地。只要能和你在一起，我愿意付出一切代价！"

她眼中有一刻的感动，却仍是轻轻地摇了摇头，说："我只是个再平凡不过的女子，实在不值得你为我这般抛舍。"她又轻轻笑了起来，"我就要嫁给衔宝了，我会过得很幸福，衔宝会很疼我的。"她静静地笑着，眼中却流露出绝望的神色来。

"为什么？为什么你心中只有福衔宝！我对你，我对你……"大同哽咽着，心

中悲痛。

“和衔宝在一起，是我一生的梦想，你不会懂!”颜采云悲悯地看着他，不知是在可怜他，还是在可怜自己。

“好！好！我不懂!”大同匆匆抹了把泪，扭转脸，只觉得目光无处安放。手指忽然触到衣袋里的那支口琴，便掏了出来，握在手中，反复地摩挲着，终于举到唇间，低低吹了起来。

还是那曲《阿瑞苏》，那样舒缓安宁的曲子，却被他吹得凄凉无比，采云闭了眼，默默听着，只害怕一睁开眼，泪就会抑制不住地掉下来。她那样无助的悲伤，深深地刻在他的心上，他这样纵横天下的风云男子，却什么也做不了，只能哀伤地吹这一曲《阿瑞苏》。一种不可言喻的伤怀如流水般漫延悠长，缥缈的旋律若即若离在耳畔低低倾诉，那灵动的琴音如在月色里穿行，令人不忍驻足聆听，孤独的泪水和着淡淡的忧愁飘向梦的远方。

五月的雨，淡着凉薄的气息，在屋檐上淅淅沥沥，那一树苦楝花凄然凋零，叩问满院萋萋芳草，陌上相思何堪忆，梦里清秋何所怀？天遥地远，万水千山，知他寂寥归何处？

“大同，我们以后再也不要见面了。”她轻轻的话语打断他飞扬的琴声。

有一种挫骨扬灰般的疼痛，他停下来，无措地看着她。

“我和衔宝会好好的，你也一定要好好的。”她眸光清澈，满心怜惜，“我已经看了报纸，你与总理不过是些误会，我希望你能回去向总理认错，他是你的父亲，一定会原谅你的。我不想看到你为了我，和家人闹成这样子。你如此，我一辈子都不会安心的。”

她的怜惜又让他生出了希望，“只有和你在一起，我才能好！采云，跟我走，求求你跟我走!”

“你知道，这是不可能的。”她垂了眼睑，轻抚着那支玉笛，“我们的世界隔得太遥远，即便你卸下所有的光环，我们也永远不可能在一起。我不会抛下一生都在期盼的梦随你而去，更不能弃父亲于不顾，丢下他独享安宁，更重要的是，我不爱你，我从来都没有爱过你。”

她说得那么坚定，仿佛他只是一个路人。金大同凄然笑道：“你不爱我？你不爱我会为我挺身挡枪舍命相救？你不爱我会对我事事担心处处挂念？”他走近她，目光灼灼地盯着她，“你不爱我，何必这样反复提醒？”他突然抱紧他，声音中透着蛊惑，咬着她的耳朵说：“你不过是在骗自己，你在拒绝自己的内心。”

采云身子一抖，那玉笛从桌面上急速滑落，她不由“呀”了一声，大同飞身去接，玉笛稳稳地坠入他手中。

他又俯身去吻她，她想起在阳州医院的那一幕，脸腾地涨红了，心中慌乱不堪，忙推开了他，连连后退，直抵到身后的大衣柜。她瑟瑟地抖动着，满眼含泪，低下头，无措地捏着自己的手指。

大同心中柔软，不敢再碰她，只温柔而深情地唤她：“采云!”

她局促地过来坐了，扯着袖口的花边，轻轻说：“大同，你不要逼我。”

“采云，你在怕什么？追求真爱是没有错的，你不该这么懦弱。”

“是的，我懦弱，我不敢。”采云抬起头，眸光中泪光点点，凄凉笑道：“我不会为你舍弃什么的，你不必再妄想!”她忽然又站了起来，眼中透出清寒，说：“你该回去了。”

金大同只觉得此生从来没有过的绝望涌上心头，百般辗转却说不出一个字，捏着玉笛的手微微发抖。他站起身，将笛子轻轻放入桌上的那只锦盒里，慢慢地整理好，仿佛再无事可做，再无理由可逗留一般，怔怔地看了她一会儿，转身离去。

却听到采云叫了声“大同!”他转过身，看到她小心地取出那支玉笛，说：“此刻虽无梅景，也让我为你吹上一曲吧。”

他倚着窗静静地听着，是那曲缠绵哀怨的《月之爱人》，她吹得极好，笛音轻透灵澈，在这样下着微雨无月的夜里，却生生吹出一片茫茫月色来。他微微含着笑，愿沉醉在这一刻的天长地久里，永不醒来。

曲终人散，终将逝去这份永远的真爱。金大同掩饰着满心的不舍，微笑着说："采云，我会照你的意思，一定好好的。只是，我不想再回总理府，从此后，浪迹天涯，有这回忆里你的笛声相伴，我也是这天底下最快活的人！"他目如点漆，飘逸俊朗，那玉树临风的姿态仿佛要永远印在她的心头，深深地与她道一声"珍重！"此生也许只能在梦里相见了。

轻拭去满脸泪光，掩埋好满心凄伤，采云倚窗独立，遥望苍苍夜空，茫茫细雨绵绵如沙，湿了窗棂，朦胧了眼睛。想着他寂寥雨夜里独行的落寞，不敢伤怀，不敢思量，他终不是她的守望。只是，此去经年，还有谁会轻叩她的心扉，问一声可感寒凉。

不觉更渐阑，仍独坐如莲。谁忍将月的眼眸捂上，谁怜惜风的百转回肠，谁惊醒夜来香的凄怆，谁听闻青苔的忧伤。这一夜的烟雨沧桑了谁的容颜，鸢飞蝶舞的回忆散落一地，盈盈飘零无痕。

五月初八，极晴好的日子。采云穿着簇新的嫁衣，听着前厅嘈杂的热闹声，心中竟极不安，那一对耳坠戴了许久，扎得耳朵生疼也没能戴上。轻荷在一旁忧心地叫了声小姐，接过她手中的坠子，轻轻地帮她戴好，说："我听阿海说，福家院外的树上都披挂了彩绸，此刻一定也正忙碌着。"轻荷亲见她与衔宝的那次吵闹，事后采云怕父亲担心，嘱咐她不要透露半分，福衔宝这几日竟再没来过颜家，小姐整天惴惴不安，她自然都看在眼里，如今见她这样慌乱，便说起福家的情形宽慰她。采云感激地拉着她说："好妹妹……"，轻荷见她眼中含了泪，忙笑道："今天是小姐的大日子，应该开心才是。"采云忍了泪，笑着点了点头。轻荷又帮她仔细地挽着头发。

采云转脸望着梳妆台，镜中女子华服盛装流光溢彩，粉面含春娇艳动人，盈盈双眸光华流转，如一汪碧波清潭。暗暗寻思，她与衔宝不过是些误会，还有这一生的时间，总有机会解释清楚。心慢慢地宽慰下来，不管是怎样的芥蒂，她相信，只要自己用一生的真心与深爱，定会融化掉那些曾经的不快与介怀。心中暗生甜蜜，双颊愈发绯红，一双灵动的眼睛深情脉脉，直映得镜中人儿娇羞无限。

轻荷替她梳好头，二人正嘀咕着说话，听得外头有人叫她，便替采云关好门，走了出去。采云看着屋内的陈设，慢慢地生出许多不舍来，自己出嫁后，这闺房就要冷清下来了，不由站起身，一件件细细轻抚而过。轻荷忽然又推了门进来，把一份报纸放在桌子上，笑道："小姐你略等一等，吴妈那里还有点事叫我，我去去就来。"采云正开了抽屉，拣起一对心形檀木梳，笑着回她："我就在房里，你去忙你的吧。"

采云将梳子把玩片刻，仍放进匣子里，关了抽屉，站起身来，看见桌上的报纸，便走过去拿了起来。映入眼帘的字迹突然巨大而陌生起来，压得她透不过气，她有些恍惚地移开目光，前院里喧哗的声音提醒着她，一切都是真实而正常的，她不由定了定神，重新看手中的那份报纸。"总理三少被逐后失势遇刺，生命垂危……金总理伤心顿足，疑三少已遇害。"那墨黑的字像突然流出鲜红的血来，她吓得失手将那报纸跌落在地。

她惊恐地捂着心口，只觉得自己的心像要跳出来一般，她用力地呼吸着，强迫自己平静下来，又颤抖着拾起报纸，仔细看完。原来，金大同前天与她告别后，只身一人北上，刚到阳州城，便遭人暗杀，至今生死未卜。

曾以为，他与她从今后永不相干，如今听闻他的消息，却这般心痛发狂。他伤得怎么样了，他还活着吗？前日还那样鲜活俊朗地站在她面前，为她吹琴的男子，此刻竟……她不敢想，从来没有像这一刻一样害怕想起那个字。

"我要去看他，看他平平安安地站在我面前，他答应过我，一定会好好的。我不相信，这一切都是假的！"采云扔下报纸，扯下满头珠翠，匆匆换了身衣服，拿起手袋便往外走。忽然又折了回来，翻箱拿了些银钱，又将那玉笛用一大块布包好，慢慢开了门，见后院无人，便悄悄从后门走了出去。她拦了一辆黄包车，连连吩咐车夫"快去码头"。

第十一章

渊殇如我，怎给你一丝暖热

那船摇摇晃晃行了足有四个时辰，日落时分，方靠了岸。采云下了船又雇了辆脚力车，急急往城内赶去。车夫拉着她跑了几家大的医院，却都不像有收治总理府三少的样子，采云便让他去阳州医院。果见阳州医院门口守着些侍卫，采云便付了钱，下了车。

采云刚一靠近医院门前，便被侍卫呵斥着赶开，她忙陪了笑，说："这位大哥，我有急事找梁子程副官，烦劳您通报一声。"那侍卫上下打量她一番，她忙拿出那只玉笛，说："这件信物也请您一并带了去。"这玉笛原是极珍贵之极，侍卫看了便信了几分，她又拿了几张票子塞给他。侍卫接了玉笛，说："既有信物，便去给你通报一声。"却把那票子挡了回去，说："我们这里不比旁处，这个使不得。"采云讪讪地收回了，见他叫了另一名侍卫进去通传，自己仍警惕地盯着她。

采云正等得满心焦急，忽见梁副官并一个随从走了出来，忙走上前去，却又被那侍卫拦住。她只好退回原地，冲梁副官挥手，梁副官看到她，快步跑了过来，那侍卫向他行了礼，他只向采云道："颜小姐，快请!"

采云随梁子程急急向里面走去，一边问道："大同他怎么样了?"

梁子程面色冷峻，沉声道："三少现在很不好。"她听了，一颗心怦怦乱跳，竟再不敢问。

又听他说道："三少差一点被击中心脏。"她心下极骇，只觉得腿脚酸软，如踩在云端一般，踉跄着几乎栽倒，梁副官忙扶了她一把，说了声"颜小姐，当心!"她站住了，方觉得背上冷汗涔涔，颤声说："他，他……"

"弹片已取了出来，但是还一直昏迷着，医生说他潜意识里，竟无丝毫求生欲望，怕是难以醒转。"梁子程的话句句如铁锤般击在她心上，她强忍着满心的疼痛与恐慌，说："他现在在哪里，我要见他。"

梁子程带她走进一个院子，这里灯火通明，守了层层侍卫，采云猜大同就住在这里，心中悲伤难抑，大颗的泪掉了下来，忙悄悄拭了，跟着梁副官进了一间屋子。

这里却不是大同的病房，几位医生和一个外国人，正围着一位年纪约五十上下的威严长者，那医生里面，采云只认得上次帮她医治的方医生，他们似乎在讨论着病人的情况，那位长者却是满脸忧色。梁副官向长者行了礼道："报告总理，这位就是颜小姐。"采云一惊，方知他就是大同的父亲，忙向他行了礼，金总理只是冷冷地扫了她一眼。

梁副官又说："属下听方医生说，三少现在最危险的情况就是求生意识薄弱，三少最牵挂的人是颜小姐，若有颜小姐守在三少身边，三少或许会有所感应而醒来，所以属下冒昧请了颜小姐进来，请总理定夺。"

金总理沉默不语，方医生却与那个外国人用西文交谈起来，过了一会儿，他对金总理说："总理，我和马克医生商讨过了，三少已经昏迷两天了，继续下去，很容易引发神经系统损伤，如果三少能对外界的刺激有反应，就有希望脱离危险了，我们建议让颜小姐试试，"金总理听了，又抬头看了采云一会儿，冲梁副官点

点头说："你带她去吧。"

梁副官刚带采云出去，冯军长却带了随从押着一人走了进来，早有侍卫向方医生示意，方医生便带了众人退了下去，冯军长又喝退了左右侍从，这才对金总理说："大同受伤的事已探得一些消息，此人便是当时的目击者之一。"一边推了那人过来，呵斥他道："快把你见着的情形再说一遍。"

那人忙颔首怯懦着答道："小的不曾看清什么，小的只看见一群穿长衫的蒙面人追着一位公子哥开枪，小的吓坏了，小的躲在店里不敢出来。小的真的什么也不知道，请各位军爷饶命!"那人说着便跪下了。

总理看了看他，冯军长挥了挥手，便有侍卫将他带了出去。金绪博便对冯军长说："究竟是什么人，胆敢加害我儿!"

冯军长道："您与三少登报脱离父子关系后，怕是有人见他失势，便痛下杀手。"

"他若不做出那些荒唐事，我怎么会逐他出去！居然跟人争风吃醋，还开枪伤人，这个不争气的逆子!"金绪博提及此事，仍余怒未消，"啪"地一拍桌子。

"三少此事虽糊涂，可他毕竟是您的儿子。三少最近连连遭人暗算，上次在虎山，若不是得颜小姐挺身相救，怕已经中招了，如今又被刺杀，敌人究竟是冲着三少还是冲着总理您来的，此事到底还是要彻查清楚。"冯军长道。

"他再不争气，也是我总理府的人，谁动他便是与我过不去！双祥，我命你加派人手，动用一切力量彻查此事，一定要让加害大同的人血债血偿!"金绪博说着，站起身来。

"遵命!"冯军长应道，又迎上前问："总理可是要回府处理政务？我派车子送您。"

金总理摇了摇头说："有大善在府中打理，我也不急着赶回去，等大同脱离危险再说吧。"

"总理对三少一向最是疼爱，何不收回逐他的消息，也令那些对三少虎视眈眈的人多些敬畏，如今尚未查明刺杀之人的来路，三少怕是仍有些麻烦。”冯军长又道。

金总理叹了口气，说：“我逐他出去，一是想敲打敲打他，二来他也闹得太不像话了，我总要给大家一个交代，此事过段时间再说吧。”又转脸对冯军长说：“你是他舅舅，也多管束些他，他一向聪明知分寸，最近怎么尽干些糊涂事儿。”

“是！是！”冯双祥连连应道，又说：“颜小姐此时过来，倒有情有义，三少对她很是看重，有她陪着，也许很快就醒过来了。总理日理万机，对三少的事也不要太忧心了，属下们定会竭力去办，总理也要多保重自己的身体。”见金总理脸色和缓了些，便又说道：“总理还没用晚饭吧，我令他们去准备，双祥陪您用些。”金绪博点了点头，与他一起走了出来。

采云随梁副官拐进后面的那幢楼，方是大同住的病房，侍卫较前院少了些，大同住在一楼的病房，是个很大的套间。采云进得里间，方看到他躺在床上。一颗心不由得揪了起来，三步并作两步走上前去，见他剑眉舒张，面容依然英朗清举，却没有了往日的光华轩昂，他正睡得沉，仿佛梦里有什么值得他留恋的东西，那样沉醉安宁。“大同。”采云轻轻地唤他，似乎怕惊醒了他一般。

有杂乱的脚步声传来，采云回头看见方医生正带了护士过来，忙让开了些，站在一旁。方医生给大同做了各种测量，一旁的护士重复着他报出的数字，仔细地做着记录，采云看着他们忙乱，自己却觉得一点都帮不上忙。方医生扶了扶眼镜，突然对她说：“颜小姐，你可以多陪他说说话，说说他感兴趣的或对他非常重要的人或事，只要能刺激到他，就有可能让他早点醒来。”采云忙点头应着，他朝她微微笑了笑，便带了众人离去。

采云复又在他床前坐下，盯着他紧闭的眼睛说：“大同，我是采云，你醒醒好不好？”他依然睡得那么沉，采云抬眼看着床头挂着的输液管子，一滴滴正清亮地滴下来，眼泪便也和着那滴液暗暗滑落。忙悄悄拭了，低头看着床边，他的手搭

在床沿上，扎针的地方贴了白色的胶布。采云双手托着他的手臂，将他的手往里面放了放，她一边轻轻地帮他挪动，一边凝神屏气地看着他的脸色，似乎生怕自己一不小心会弄痛了他。

她静静地看着他，这位人人敬仰的三少，此刻却像脱离了红尘俗世般地静谧，没有了霸气张扬，也没有了悲喜忧伤。她似乎从来都没有这么认真地看过他，每次总在他或轻浮或真诚的试探里惊慌躲闪，她也从没料到自己会为了他，不顾一切地疯狂逃婚。她伏下身子，趴在他手边，纤手滑着他指尖的纹路，轻声说："大同，我这是怎么了？我该怎么办？大同，你告诉我好不好？"潸潸泪落如雨。

梁副官在外间咳了一声，采云忙坐直了身子，面上泪痕犹存。梁副官手上拿着大同送她的玉笛，轻轻放在床头的桌子上，说："这么贵重的东西，小姐请收好了。"采云哽咽着说了声"谢谢梁副官"。

梁副官有些吞吞吐吐地说："颜小姐，今天不是你大婚的日子吗？"

采云点了点头，抛泪不止。衔宝一定恨死自己了，她该怎么向他解释，她匆匆跑出来，父亲那里可怎么向迎亲的人交代。她只觉得自己忍不住要大哭出来了，忙拿帕子捂了脸，急急跑出病房。她绕开那些侍卫，只朝暗处奔行起来，不想却撞上一个人，采云连声向他道歉，那人也不应，压低了帽檐，转身匆匆走开。采云心下奇怪，忽然又觉得那人好生面熟，待回想起来，不由出了一身冷汗，竟忘了哭，忙返回大同的病房。

梁子程暗悔自己言语不妥，见她捂着脸跑了出去，心中颇感不安，正犹豫着要去追，却见她又跑了回来，惊慌地对自己说："他……他……"

梁子程忙请她坐了，说："颜小姐，您别着急，慢慢讲。"

"他就是去年在梅山追杀三少的人。我看见他了！"采云心头急乱不堪。

梁子程"霍"地站了起来，拔出了枪，极紧张地问："谁？"

采云被他吓了一跳，也站了起来，说："我刚才跑出去，在院子里撞上一个人，他就是去年在梅山追杀大同的人，大同手臂上的刀伤就是他砍的。"

梁子程冲门外喊了声“来人!”立刻涌进四五个侍卫，他冷静地吩咐道：“你马上去通知守卫，从现在起，不许任何人出入。”那侍卫得令而去，他又对另一个侍卫说：“你去请冯军长过来，说有要事相商。”一边又安排病房和总理那边加派守卫。

整个医院都紧张起来，采云进里间看了看大同，他仍安睡着，窗外灯火通明，看得到士兵们来来回回地走动，采云心中也敲起了急鼓，走到窗前，匆匆闭上了窗帘。

冯军长很快来到大同的病房，梁副官低声向他汇报后，又请了采云去外间，冯军长便问道：“颜小姐可看清那人什么模样，穿什么衣服?”

采云回想了一会儿说：“他个头有梁副官那么高，长脸，下巴略宽，穿灰色长衫，戴着一顶黑色礼帽，打扮得像个商人模样。”

冯军长又说：“颜小姐怎知他去年在梅山追杀过三少?”原来此事大同并未向别人提及过，连梁副官和冯军长都不知。

采云有些尴尬，面色微红，说：“实不相瞒，我与三少去年八月就在梅山相识，当时他被一群蒙面人追杀，后来我们在梅山的仙洞里躲了一夜，才下山离开。”

冯双祥有些疑惑地看了看她，采云越发觉得不好意思，自己和一个萍水相逢的陌生男子，在山洞里躲藏一夜，说出来的确难以让人相信。

梁副官却来解围道：“去年八月三少是曾去过梅县，后来也还让属下派人去寻一枚失落的戒指。”采云感激地看了他一眼，又听冯双祥道：“既然上次追杀大同的是一群蒙面人，颜小姐如何又认得那人模样?”

采云道：“这个人当时举刀砍我，我吓坏了，是三少伸手替我挡了，三少与他搏斗时扯下了他的面巾，所以我记得他的模样。”

冯双祥点了点头说：“如此多谢颜小姐了!”又问梁副官：“可封锁了医院?”梁副官点点头，他便又带着人匆匆出去了。

梁副官见冯军长出去了，便对采云说："你不必担心，冯军长一定能抓到这人。"采云点了点头，他又说："三少曾几次三番遭人刺杀，冯军长也非常忧心。冯军长行事缜密，这次若抓到此人，一定能替三少讨回公道。"

采云道："究竟是些什么人，竟如此恶毒！三少如今都已经昏迷不醒了，他们还不肯放过他吗？"

梁副官道："像三少这样身家地位的人，自然有不少人忌恨着，他平日里有权有势，令人忌惮三分，身边时常又有人跟着，一般倒奈何不了他。如今失了势，那些政敌或忌恨他的人，莫不想趁机想要了他的性命。这道理三少自己何尝不明白，却到底还是让总理将他赶出府了。"

采云想起那次他去梅县，请她帮忙劝阻大同，自己当时顾虑重重，竟无所作为。如今大同这般险境，自己倒颇有些责任，不由心中自责起来。走到里间，见大同依然无知无觉地昏睡着，便伫立在他床前，只痴痴地看着他。

不多久，便听闻冯军长已抓到那人，正押了审问。医生又过来给大同拔了针，做了检查。梁副官留了她在里间陪着大同，自己带了人在外面守着。

四下里又恢复了宁静，采云想起医生说让她陪他多说说话，便又坐了下来，伏在他耳边，却不知道该说些什么。她不知道他对什么事感兴趣，也不知道什么东西对他是最重要的，她似乎根本就不了解他的一切喜好。她焦急地环视四周，看到桌上的玉笛，忙拿了过来，对他说："大同，我吹笛子给你听好吗？"她低低地吹了起来，细细吹完那曲《月之爱人》，又吹了自己拿手的《落梅》《梅引》《梅花雪》等，他却依然闻所未闻般地沉静。她住了笛，竟不知该再做些什么，呆呆地看着他，突然觉得自己好笨、好没用，她悲伤地将脸贴在他手上，眼泪簌簌掉落。

第十二章
岁月入眉头，喃喃

入夜，梅花镇上正热闹非凡，因这梅县首富、玉海酒庄的福家办喜事，给全镇的大小酒家都送了免费的上等玉梅酒，宴请全镇的乡亲们。虽然福家因新娘子失踪，闹了天大的笑话，这酒钱到底还是免了，大伙一边开怀畅饮，一边津津乐道地猜测着福家会怎么收场。

福衔宝摇摇晃晃地进了自家酒庄，看着众人吵闹不堪的样子，便高声呵斥道："滚！都给我滚！"

伙计忙迎上来扶他，旁边的一桌客人认出了他，便大笑道："哟，这不是今天的新郎官嘛！"

众人哄堂大笑，纷纷议论起来，忽然有人高声说："新郎官，这良宵一刻值千金啊，你怎么上这儿来了？"旁边的人便跟着哈哈大笑起来，又有人端了酒杯上来，走到他面前笑道："新郎官，怎么不见新娘子啊？我们可都想跟新娘子喝一杯，大伙说是不是啊？"众人哄笑不堪，福衔宝拿了酒杯直朝那人砸去，他已有些

醉意，没砸中，那人越发得意，说："新娘子是不是跟野男人私奔了啊，哈哈哈！"福衔宝"哗"地掀了面前的桌子，大喊道："滚！都给我滚！"一边又叫掌柜过来将众人赶走。掌柜不敢违逆，命伙计将众人劝走，他一个人跌跌撞撞地上了楼，喊道："拿酒来！"

一杯杯酒浇下肚，越发愁绪恨意翻飞。颜采云，为什么？你为什么要这样对我！福衔宝捧了酒坛咕嘟咕嘟拼命大喝，伙计们也不敢劝，掌柜只命人一旁远远地侍候着。

福衔宝喝到夜深，灌得眼中血红，头痛欲裂，却依然清醒无比。很小的时候，采云便跟着他，像个小尾巴，总是"宝哥哥""宝哥哥"地叫个不停。她父亲原不是梅县人，早年携她母亲在这梅花镇上开了家药铺，方才落户在此。自己母亲与采云的娘亲偶然相识后，便成了知交，二人时常往来，他才与采云亲近起来。采云受欺负了便会来找他，开心或不开心了也来找他，他小时候挺烦这个小尾巴的，有时候故意丢开她，不带她玩，她便哭得眼泪汪汪地到处找他，还拿了她娘给她做的小布偶送他，他便心软了。他们一帮小孩子玩捏泥人，她怕把漂亮的衣服弄脏了，常抱着布偶坐在石头上，像个小公主。他们一起下河摸鱼，总把抓到的鱼放在河边沙子围起的水坑里，让她在一旁守着，她常趁他们走开后，悄悄放掉几条。有一次被返回的一个男孩子看到了，向众人指责她，衔宝还与他们打了一架，从此再不去河里摸鱼。

想起儿时的种种，福衔宝微微含笑，到底是什么时候开始喜欢上她的呢？大概是她长大后，叫他"宝哥哥"时总含羞的样子打动了他吧？又或许是他们一起放风筝时，她又蹦又笑的模样印进了他心底；又或是她拂上他眼眸的青丝，惹下了他一生的牵绊；又或是她早已在自己生病时，要他喝掉一半的药里，深深种下了爱的蛊毒。

福衔宝苦笑着下了楼，手中还提着一大瓮酒，伙计过来扶他，他摆摆手示意不用，自己跌跌撞撞地出了玉海酒庄。

爱上她，他便不愿放手。父亲威逼他与荣家结亲，他宁愿与她一起赴死，也不曾动摇过对她的真心。她与金三少那般暧昧不清，他还是一往情深地爱着她，听闻那些流言蜚语，他很痛心地打了她，可他还是愿意选择相信她，他依然真心地想迎娶她。她却给了他世上男子最无法忍受的羞辱！她居然在大婚之时弃他而去，给了他最致命的痛击！她竟如此狠心，让他受世人唾弃，遭万人嘲笑！她怎么可以这样愚弄他！采云，为什么，为什么要这样羞辱我！

福衔宝仰起头，努力不让屈辱的泪流下来，一弦淡月轻蔑地看着他，满天的星星也挤眉弄眼地嘲笑着他。

颜老爷正坐在药铺里，痴望着一排排药柜，口中喃喃道："夫人，你可知云儿去了哪里?"他忽然又极伤心地说："阿恬，今天是我们女儿大婚的日子，可是她却不见了。是我不好，我没把云儿带好，辜负了你。"他极深情地唤着夫人的小名，满目悲痛。

"阿恬，你生前喜欢去梅山观云，常笑说若能采得一片，捧在手里，必是极轻软有趣，所以我们将女儿取名叫采云。这些年，我何尝不是将她捧在手心！衔宝这孩子你也喜欢，待她又好，我才将她许与福家，谁知她今日竟做出这样的事来。难道她心中竟有什么委屈，不能对我这个爹爹讲吗？阿恬，若你还在世，云儿必不至这样糊涂啊！阿恬！"颜老爷极悲凉地对着一排药柜，老泪纵横。

福衔宝只觉得街上的灯光在嘲笑他，开着的窗户在张着大嘴唾弃他，连店铺门上高高挂着的匾额也嗤笑着向他压来。他恼怒地回骂着它们，忽然看见一个非常熟悉的字，仔细辨认了，竟然是个"颜"字，他又往下看去，边看边念："颜氏药铺"，他咧着嘴笑了笑，忽然发疯般地跑过去，冲着那匾额道："连你也嘲笑我！"他想冲上去揍它一顿，却够不着，便拎着手中的那瓮酒，使劲泼了上去。它却仍咧着嘴笑，福衔宝怒极了，浑身摸索着，掏出一盒火柴来，擦燃后便扔了上去，那匾额哄地烧了起来。福衔宝开心地笑道："让你还笑我！"

漫天火光终于惊醒了沉睡的人们，大家呼喊着“着火了”，一边舀了水来灭火。那火势却早已蔓延开来，熊熊烈火将颜氏药铺吞噬殆尽。

采云因着白天舟车劳顿，又伏在大同手上哭了许久，不知不觉睡着了。梦里依稀还是小时候的模样，她与衔宝正在放风筝，衔宝举着风筝跑，她在后面追，嬉笑中那风筝终于飞起来了，衔宝回头冲她微笑，却忽然间变成了大同的模样。她一惊，便醒了，心头犹怦怦乱跳。她抬头看了看大同，他仍是那样毫无羁绊地昏睡着，采云叹了口气，倚在他床头，轻声说：“大同，我给你讲我小时候的故事吧。”

“小时候，娘最疼我了，给我做各种漂亮的布偶，我那时也顶淘气，常气得爹爹要打我，娘便护着我。记得有一次，我又和伙伴们从高处往下跳，被爹爹撞见了，便把我抱回家，拿了棍子要打，我吓坏了，拼命哭喊。娘就拦着爹爹不让他打我，我很得意地冲爹爹吐舌头，却被娘看到了。她把我抱进屋子，说我从那么高的地方跳下来，若是摔花了脸，以后可没人肯娶我了，从那以后我就再不敢那样调皮了。娘又说，爹爹打我他自己也会很心疼的，让我以后不要惹爹爹生气。我点点头，又跑去问爹爹心还疼不疼，逗得他们哈哈大笑。大同，我是不是很傻呀？”采云喃喃地絮叨着儿时旧事，曾经温暖美满的家，犹如隔世的尘埃，那样遥远而缥缈，揭开这尘封的记忆，那样的幸福欢乐，却又清晰如昨。

“可是，有一天，我却忽然发现娘不见了。”采云吸了吸鼻子，继续说道，“爹爹说娘去了天上，可我每次抬头看天，都只见到大片的白云，找不到娘。我就故意做错事，让爹爹打我，因为也许爹爹打我时，娘就会出来护着我了。可是不管我做错什么事，爹爹却都再也不曾打我。我于是就恨爹爹，猜一定是他把娘藏起来了，爹爹却带我去山上采药，说等把药晒干，把铺里那一排大药柜都装满了，娘就会回来了。可是那药柜里的药每天都会被病人带走一些，怎么也装不满。后来我大了些，才知道娘再也不会回来了。”她已是满脸的泪，却仍说道：“我那时候才知道，人死了就再也不会回来了。我好害怕这种失去，却总是做梦，梦到爹爹也死了，常常从梦里哭醒，却不敢告诉别人。”

她呜呜地哭着，身子瘫软下去，只用力抓住他的手，说：“大同，我也好害怕失去你，你不要死，不要像娘那样忽然就不见了，我求求你……”她伤心地再说不下去，伏在他手臂旁，悲泣难抑。

突然有只手抚摸着她的头，采云吃惊地抬起脸，看到大同醒了，正吃力地抬着胳膊。她“霍”地站了起来，又哭又笑道：“大同，你醒了？”大同艰难地点头，采云“扑哧”一笑道：“你吓死我了！”忽又泪如泉涌。一边擦着眼睛，一边对外面喊道：“梁副官，三少醒了！”

众人皆推门而入，梁副官惊喜地叫了声“三少”，见他果然醒了，忙吩咐侍卫去请医生和总理。采云倚在床头含笑看着大同，他也看着她，微微扯了扯嘴角。

医生检查后说，大同醒了，便无大碍了，大家都放下了心，金总理对采云也和颜悦色了些，命人备了房间，请她去歇息。大同却拉了她的手，不肯松开，采云无奈，少不得仍在他床前陪着，没多久，天就亮了。

采云见他又睡着了，便起身整理了一番，走到外面，对梁子程说：“梁副官，如今大同转危为安，我就要回去了。”

梁子程极惊诧道：“颜小姐怎么就要回去？”

采云道：“我昨天情急之下，弃婚离开，衔宝和家人一定急坏了，我如今要回去向他们解释清楚。”

梁子程低头想了想，说：“三少醒来，若看不到您，情况很难预料，复又转危也很难说，您一定不能在此时离开。梅县那边，不如请颜小姐写封书信，我派人马上送过去，也是一样的。”

采云摇了摇头，说：“弃婚这样的大事，又岂是书信可以解释得了的。我现在就要回去。”她边说边往外走去。

梁子程见她态度坚决，心中一急，赶上前去，“扑通”一声跪在她面前，拦住

了她的去路，采云吓了一跳，忙请他起来。

梁副官却说："三少如今这般危难，属下虽愿意以性命相报，却也帮不了分毫。唯有求颜小姐留下，方能救得了三少，小姐有何差遣，在下一定听命唯谨！"

采云本心底柔软，见他这般恳求，便说："那我再等一等，梁副官你快请起吧。"她从没受过别人的跪拜，只觉得极不自在。见梁副官起了身，便匆匆回到大同病房里。

大同又睡了两个时辰，醒来时见采云在身边，便满脸笑意。他挣扎着想坐起来，采云忙叫了梁副官过来帮忙。大同靠在枕头上，歇了一会儿，拉了她的手说："采云，我还以为今生再也见不到你了。"他原是为着离别时的话，听在她耳中，却刺心无比，掩了他的口，说："你好不容易醒了，又胡说些什么。"忽又觉得不妥，抽出手来，满脸羞躁地转过身去。

金大同只觉得有佳人相伴，伤口也不很疼了，笑道："我睡着的时候，倒不知是谁在我耳边胡说了一堆。"

采云心中奇怪，回转身，笑道："你昏睡中竟听得见我说话？"

大同道："我也不知道，只觉得极困极累，想好好睡个觉，可总有人跟我说话，叫我的名字，把我吵醒了。"

采云笑道："你这个觉都快睡了三天了。"一边端了水给他。

大同却不接，皱了眉说："我是病人，你喂我吧。"

采云说："你伤在左边，右手也疼吗？"

大同满脸痛楚道："疼！疼死了！"采云疑他是装样子骗她的，却还是拿了调羹喂他。大同心中甜蜜，不由微露笑意，又怕她看出破绽，忙皱起眉头。

大同喝了些水，越发有了精神，说："我迷迷糊糊中似听到一阵笛声，倒是极好听，你再吹给我听可好？"

采云笑道："你八成是在做梦吧，我可没听到什么笛声。"

大同瞟着桌上的玉笛，只是笑，采云沉下脸道："我不过是将它拿来还你。"

大同不敢再开玩笑，忙岔开话题，采云心中挂念父亲和衔宝，低低叹了声，说："你将养些精神，快些好吧。"

福衔宝被关押在梅县大牢，对纵火烧死颜老爷一事供认不讳。杀人偿命，本就无半点可通融之处，更何况落在与福家积怨甚深的荣县长手中，福家前来求情的人，莫不遭到荣阔堂的百般羞辱痛斥。

荣若仙虽然也深恨福家毁婚无义，又作克夫之言辱她名声，却还是在第二日夜里，携了丫头冬香去看他。狱卒们认得她是县长千金，当然不敢拦她，又猜她必是来羞辱福衔宝的，偷笑着侧耳倾听。

福衔宝样子十分凄惨，身上竟还有不少伤，当是受了父亲特别关照的缘故。荣若仙上前就狠狠打了他一巴掌，冬香忙上来扶她，说："小姐当心手疼！"又唾了衔宝一口。荣若仙看了冬香一眼，冬香便走了出来，冲那些狱卒大声说："还不都给我滚得远远的，想跟他一样坐牢啊。"众人忙四散着躲开了。

荣若仙又骂了他一会儿，福衔宝只是仿若不闻。荣若仙冲冬香使了个眼色，冬香忙解开一个包袱，冲福衔宝低声道："你快换上这套衣服。"衔宝奇怪地看着她们。冬香又拿了假发套给他戴上，见他还愣愣的，急道："你怎么还不明白，小姐要你扮成我，救你出去。"

福衔宝极是震惊，自他酒醒后，知道自己烧死了采云的父亲，便极痛悔绝望，知道采云必无法原谅他。进了这牢房后，更是当自己死了一般，不料竟还有生还的机会，救他的竟是县长千金荣若仙。

他抬头感激地看着荣若仙，她却不看他，只骂道："福衔宝，你这个白痴、大傻瓜！"他按冬香的吩咐换好衣服，冬香帮他弄好假发，又化了妆，嘱咐他一会儿出去时蹲着身子走。他一一应了，冬香又套上他脱下的衣服，朝里躺下了。

荣若仙带了他出去，口中仍不停地骂着，狱卒们见她生气，并不敢上前来，福衔宝低着头，匆匆跟在她身后，他们竟极容易地出去了。荣若仙见四下里已很

安全，便停了下来，说：“你手中的包袱里还有些钱，你马上离开梅县，不能再回家去，他们怕是很快就会发现了。”福衔宝心中感激，张口刚想说什么，她却又说道：“你不必谢我，我不过是让你知道，我究竟是不是克夫的命！”说完，一扭身就走了。福衔宝站在岔路口，心中极惦念母亲，犹豫着要不要先回家一趟，又想起荣若仙的嘱咐，怕辜负了她一片心，终于狠心往相反方向走去，消失在茫茫夜色中。

第十三章

不如不遇，不如不知

三日后，采云执意要回梅县，大同劝不住，不由怒道："你既已逃婚，如何还回得去?"

"我不是逃婚，我只是因为担心你，来不及和家人说清楚。"采云极倔强，"我要回去和衔宝解释清楚，求他原谅。"

大同冷笑道："你也想的太简单了。你大婚之日弃他而去，令他蒙羞，他岂能轻易就原谅你了!"

采云心中也极不安，却仍说道："是我的错，我总要回去面对。"

大同原以为她为他逃婚，此后必会和他在一起，不料她如今却还要回到福衔宝身边，满心愤恨地抓起她的手，说："你有勇气回去面对福衔宝，就没勇气面对我吗？你敢逃婚，却不敢留在我身边，让你承认你心中有我就这么委屈你吗?"

她的手被他捏得生疼，噙着泪说："我这样一走了之，爹爹怎么向福家交代?我不能让爹爹代我受过。"

他叹了口气，松开她，见她腕上已浮起红红的指痕，知是自己太过用力了，便叹道："你总是……"他忽然冲外面喊道："梁副官！"

梁副官应声进来，他吩咐道："你马上去备车，我送采云回去。"说着，便下了床。

采云吓了一跳，扶着他说："你不用起来，当心伤口。"

他言语温柔，说："我陪你回去。"

"万万使不得！"采云急道："你才好一点，怎能这样舟车劳顿！"他只不理，冲梁子程道："还不快去！"

梁子程忙应了声"是！"往外走去，他又嘱咐道："不许惊动旁人！"

梁子程很快就开了车来，他挣扎着上了车，采云少不得跟上去扶他。梁子程刚想劝他，他竟掏了枪指着他说："闭嘴！快开车！"采云吓得半晌不敢说话，车子一溜烟出了医院大门，拐上了大街。行了好远，采云才试探地叫了声："三少！"他脸色和缓，说："我不放心你一人回去，我陪着你。"见她仍怯怯的，笑道："竟吓到你了，无妨，我不过是装出凶样子吓他们的。"采云见他一副哄小孩子的模样，不由"扑哧"一笑。

车子出了城，郊外满树的青翠欲滴，风过处，绿意流动蜿蜒，如一匹匹清爽的丝缎。火红的石榴花正开得艳，一树树如火如荼，璀璨怒放。偶尔掠过的人家，篱笆上爬满了野蔷薇，一簇簇无风自舞，盈盈似有暗香流动。密叶翠幄重，浓花红锦张，在静谧的阳光下，掩映起满院幽情。

梁副官开得极稳，车子并不颠簸，采云仍很是担心大同，走了不多久，便停下来歇息。到了中午，也才走了不到一半的路，在一处农家打了尖，梁副官去检查车子，他二人便坐在院子里歇息。大同见那一架蔷薇开得浓，便过去采，刚扶了花枝，却听采云笑道："你快饶了它吧，也不过鲜艳几天，倒被我们折来，平白无故地糟蹋了。"大同住了手，又听她笑道："你若喜欢，多吸几口香气也就罢了。"

大同果真深吸了几口，笑着走了过来，说：“看在你的份上，我就饶了它吧。”二人笑着走了出来，见梁子程正在查看轮胎，便立在一旁说话，那一大片深绿色的艾草，散着淡淡的苦香弥漫开来。

绿意悠悠，阳光静好，她在身边轻言浅笑，恍惚所有的幸福都凝聚在此刻，心底似有花儿绽放，甜蜜芬芳四溢。他微微闭着眼，像怕惊醒这美梦，这样静谧清浅的时光，若能停留，他愿倾尽一生的快乐繁华。可是他留不住她，在他危难时她弃婚而来倾心守护，却在他醒来后还是执意要回去那个人的身边，如果他知道，如果他知道会是这样，他情愿，他情愿就那样沉睡一辈子，留她在身边。可是他醒了，醒来在她无边的泪海里，他怜惜她的悲伤，他明了她的无望。只要她开心，他宁愿幻化成一株挺立的树，用最卑微的守候抚平她眉间的忧愁，用最孤单的期盼祝福他生命中唯一的真爱。

她已经睡着了，伏在他的肩头像只温顺的小猫。他轻轻地笑了笑，看她眉如远山，有着风雨吹不散的缱绻。那时秋风遮不住潋滟，嫁衣艳艳初相见，梅山崖畔，我遥望你的侧颜，却读不懂你眉间。黄昏庭院，旧时飞燕，映着风雪清寒，谁听闻时光的变迁，飞马踏烟，历历晴川都游遍。醉时独酌的呢喃，为你痴，为你欢，留我的心在你身边，笑说天地浮云淡。最后的斜阳凄残，依旧归时容颜，你已再无牵绊，梦里浅笑翠钿发间缠。

再陪她这一程，就要将她送还到别人的怀抱，他残忍地对自己笑笑，望着茫茫前方，希望这条路永远也走不完。可终于还是快到了，采云竟也是十分慌张的样子，不敢抬眼看向窗外，局促地咬着唇。他握了握她的手，眼睛里满含温暖和力量，她感激地冲他笑笑，知道这一切无人可替她面对，心却还是安稳下来了。

那一条条街道仿佛总也走不完，那一座座院落似乎总在逃避躲闪，手心里溢满了汗，暮色中薄薄的光映在她脸上，斑驳流转，她如一朵在命运里辗转飘零的花，悲怆凄艳，他想伸手去捞，却怎么也够不到。

车子终于停了下来，如一曲生命的弦戛然而止。她与他说着些什么，他却什

么也没听见，他看见她下了车，走进那间院落，心里有什么东西终于被掏空，他软软地跌坐在位子上，如一片茫茫浮云，只是目不转睛地看着她，看她这最后一眼。

那门却久叩不开，他有些缓过神来，挣扎着下了车，梁副官扶了他走上前去。采云已忍不住满脸的泪，定是父亲恼她，不给她开门。梁副官又去敲门，过了许久，那门终于开了，轻荷悄悄地探出头来，见是采云，便哭道："小姐，你可回来了……"

"老爷他……老爷被大火烧死了……"轻荷泣不成声道。

采云一怔，笑道："你这死丫头，胡说些什么！"一边也顾不得扶大同，急急跑进院子里，轻荷追上来道："小姐大婚那天失踪，老爷受了福家迎亲之人的一遭羞辱，夜里便去药铺了。谁知，谁知竟被大火烧死了。"

采云听了，只是笑，"你这丫头可是要死了！我弃婚出走是犯了大错，如今回来了，任凭爹爹责罚便是，你何必编出这样的话来诅咒爹爹。"她边说边推开轻荷，往前厅里走去。

大同也吓了一跳，忙问轻荷："药铺怎么会起火？"

"听说是二少爷放的火。"轻荷说。

"哪个二少爷？"

"还能有哪个，小姐的未婚夫福衔宝啊。"轻荷心中焦急，匆匆应道。大同心中极为震惊，万万想不到福衔宝竟下如此毒手。

采云见父亲不在前厅，便转身向父亲的房间走去，轻荷上来拉住她说："小姐，老爷已经不在了，小姐你醒醒！"采云愤怒地推开她，说："你再胡说，我让爹爹把你赶出去！"她飞快地跑过去，推开父亲的房门，口中唤道："爹爹，云儿回来了！"

房间里空无一人，采云愣了愣，又跑到后院，推开自己闺房的门，笑道："爹爹是来看云儿了吗？"屋子里仍没有声音。她又跑到厨房、存放药物的库房，一一打开门来，大声叫着“爹爹!”轻荷只追不上她，大同也忙过来拦她，她忽然起了什么，嫣然一笑，说：“爹爹一定还在铺上忙碌着，我去叫他回家。”

她跑得极快，大同刚一迈步想追，只觉得伤口痛楚难耐，梁副官忙扶住他。轻荷大惊，只喊道：“小姐，你不能去铺上!”一边追了出去，却被门槛绊倒，重重摔倒在地。

大同命梁副官去开车，忍着痛坐进车里，在轻荷的指引下驱车追赶，见她已跑得云鬓松散，好容易追上她，轻荷却说到了。下了车，映入眼帘的是一大片焦黑，已看不出颜氏药铺的模样，邻近的店铺也有些烧坏的地方，黑惨惨地歪斜着，附近惨白的灯光照着，说不出的恐怖诡异。

采云只呆呆地看着，忽然说：“我要回家。”轻荷扶她上了车，她缩在座位里，也不说话。到家后，便跑进自己的房间里，口中喃喃道：“我常常做这样子的噩梦的，我一定是魇住了，我要睡觉，睡醒了就好了。”说完，便躺在床上，和衣睡去。

大同见她如此，只觉得心中酸痛，待她睡着，便吩咐梁副官把颜老爷的灵位布置起来，又叫了轻荷询问详情。

“着火时已是深夜，铺里的药材又极易燃，直烧尽后火势才渐熄。”轻荷抽泣道，仍止不住满心惊恐。

大同也觉得不寒而栗，看着采云蜷缩在床上，单薄的肩头不堪一掬，心中悲叹，这样凄惨的事她如何能接受。

“福衔宝与你家小姐也算是青梅竹马，如何下得了如此毒手!”大同恨声道。

“听说二少爷当时喝醉了，药铺着火后他还在一旁哈哈大笑，差点连自己也烧着了。官府来抓他时，他也供认不讳。”轻荷道。

大同握紧了拳头，恨不得立刻将福衔宝抓到面前来打个稀烂，却还是慢慢地在床前坐下，守着采云。

采云昏昏沉沉，只觉得还是三四岁时的模样，爹爹将她高高举起，她伸手够

着树上爬着的牵牛花，采了许多，自己簪了满头，还要给娘戴。一阵风吹过，吹落了她头上的花儿，她哭喊着去追，娘却突然不见了，她哭着扑向爹爹的怀抱，爹爹也突然消失了，她跌在地上，浑身摔得好疼，只是拼命地哭，嗓子却哑了，再作不得声。

"采云！采云！"大同见她在睡梦里颤抖不已，连忙摇醒她。

"娘！"她终于哭出声来，却惊醒了。见大同在身边，便有些不好意思地说："我又做噩梦了。"

大同鼻中酸楚，几乎要掉下泪来了，极力挤出笑容说："醒了就好。"

采云见轻荷仍满脸泪痕，心中忽然害怕起来，这个噩梦之前似乎还有个噩梦，到底是真的还是梦魇？她看着他二人的脸色，小心翼翼地说："爹爹，爹爹在哪里？"

"小姐！"轻荷伏在她床边，呜呜大哭起来。

那不是梦魇，她做过许多次的噩梦居然成了真的，她瑟瑟发抖，却还是抱着一丝幻想，口中说道："爹爹，云儿错了，云儿以后再也不惹爹爹生气了，不要丢下云儿一个人。"忽然自己也觉得无望，泪水默默而下，她再发不出一点声响，连哭泣也失了力气。采云闭了眼，那眼泪只汩汩地流着，身心都变得空荡荡的，也并不觉得悲伤，只有一个念头萦绕盘旋着："爹爹，带云儿一起走吧。"

一连几日，采云似不辨晨昏暮晓，只觉得一切都轻飘飘的，如浮在云端，无知无觉地或昏睡或哭醒。大同百般劝慰，她也只是不理睬，一片痴傻茫然。大同见她心灰意懒，竟有些昏昏自绝的意味，心下极骇，少不得刺激她说："颜老爷死得这么惨烈，杀父之仇不共戴天，你是他唯一的女儿，总要替他讨个公道。"采云果真有些醒转，挣扎着起来，说："我要去问问福衔宝，他为什么这样狠毒！"

"二少爷当天就被县长下了狱，可是，听说后来又越狱逃跑了。"轻荷扶了她道。

"逃跑？"大同诧异道："他莫非有通天的本领，竟可以从牢里逃跑？"

“我要去福家，一定是他们将福衔宝藏起来了!”采云跌跌撞撞地往外跑。

大同心中难过，之前担心她消沉自绝，故而拿话激她，如今见她这般悲愤，又觉得太过凄厉残忍。

远远地便听闻福家哀乐阵阵，那声音蜜意悲壮催人肝肠，采云听见了，便哀哀悲泣不止。大同命梁副官上前打探了，原来福府夫人赵氏自福衔宝纵火后就病倒在床，又惊闻衔宝外逃，病势转沉，于昨天夜里病逝了，福家今天正在为赵氏治丧。采云满心恍惚，住了步说不出话来，那一片白漫漫人来人往，将她与曾经的过往永远隔绝，恨也罢痛也罢，总是再也回不去了。那些消逝了的往日，仿佛隔着一块积满灰尘的玻璃，看不清，抓不着。世事将岁月隔开，从此生命里再无法与他重合。

时局已颇为动荡，西北的靖军与西南的臻军混战月余，两军陷入胶着状态，金总理掌控下的剡南军也屡遭剡北军挑衅，总理府除了日常政务之外，竟要处理大批各地频频传来的战报。金大善虽有意插手战事，无奈对此并不谙熟，提出的议案常遭总理驳回，心中颇不服气。金总理心下感念，若大同在，必能定国安邦。得知他陪颜采云赶赴梅县，心中大为恼火，不顾冯双祥苦劝，执意与他断绝父子关系。金大善暗自得意，一边牢牢把控总理府政务，一边暗中活动总理控制下的剡南军和翎东军部将，发展自己的势力。

金大善是总理府的大公子，又风头正盛，接手了金大同的各项政务职权，还时常在金总理的授意下处理军务，而原本被金绪博极为看重的三公子大同，此刻不但被削去职务，还被逐出了金府。这样分明的局势众人自是看得清清楚楚，对金大善越发敬畏奉迎起来。翎东军司令金清桥治军颇为专制跋扈，早有属下对他不服，但迫于他的势力并不敢挑起事端。金大善向翎东部将抛出橄榄枝后，便有张、谢二师暗中回应。金大善不但赏了二人许多财物，还许诺日后必提拔他二人统领翎东和冯双祥部，二人感恩之际，为金大善办的第一件事，便是清理支持金

大同的旧势力。冯双祥首当其冲，他既擅长带兵打仗，又深得金总理信任，却是力挺外甥金大同，对金大善的拉拢嗤之以鼻。更因冯双祥数次在金总理面前夸赞大同能干，鼓动金绪博收回与金大同断绝父子关系之命，金大善对其愈发恨之入骨。

金大善鼓动张、谢二师对冯双祥发难，冯双祥皆予以还击。内讧之事被告至总理面前，他也不作分辨，与张谢二师一起受了处分。冯双祥被降为军长，金大善暗自得意，又派人赴梅县监视金大同的一举一动。冯双祥洞察金大善的心思，替大同担心，数次派人请大同回府，大同却已无心名利，皆三言两语打发了来人，只陪着采云医心头之伤。冯双祥无奈，派兵清理掉金大善的部分密探，暗中保护大同。

剡南军与剡北军终于开战，金总理命冯双祥派兵支援，冯双祥一心要大同回来掌管军务，只按兵不动。金大善趁机在总理面前进言，建议削了他的军权，却惹得金绪博大怒，命金大善不得插手军务，又派翎东军司令金清桥出兵，助剡南军一臂之力。大军开拔，浩浩荡荡，连梅县这样的小地方都惊动了，人们终日里议论纷纷，只怕这仗很快就打到梅花镇了。

冯双祥极力为大同奔走，又暗中派人查探金大善，欲揪其把柄，将他从总理面前踢开。这天忽然有侍卫来报，说上次在医院被采云认出的那名杀手终于招认了，冯双祥冷冷一笑，不管是谁，敢动大同，他必让他下地狱！

冯双祥命人带了他来，那人全身上下无一处好的地方，定是受不住极刑这才招认。那人断断续续地说，自己是受镜花堂的老板指示，带人刺杀金大同的。这镜花堂是京城最有名的胭脂铺子，老板姓崔，不过是一商贾人士，居然敢刺杀总理府的三少，其中必有内情。冯双祥又命人将崔老板详加审问，幕后黑手竟直指金大善的妹妹金碧琪。

冯双祥立刻进行全面部署，并不惊动金碧琪，又将牵涉此案的所有人重新细细审问，果然发现了些蛛丝马迹。其中一个曾替崔老板发号施令的小头目，竟与金大同虎山遇刺之事有些瓜葛。冯双祥亲自审问，并抓了这小头目的一双儿女，这人起先抵死不认，冯军长当场开枪杀了他女儿，小头目几近崩溃，少不得招了。他并没有参与虎山之事，只替人传过信。

“你替何人传了什么信?”冯双祥阴冷的眼神令人不寒而栗。

“将三少虎山之行的事，传信给何参谋。”小头目见他凌厉狠毒，为着儿子性命无虞，不由一一道来。

“哪个何参谋?”

“凌少的近侍何宏。”

“总统府的大公子凌云风?”冯双祥见扯上总统府，有些吃惊。

“是。”那人并不敢隐瞒，点头应道。

“也是崔老板令你传递消息的?”冯双祥脸上浮起一丝阴惨惨的笑意。

“因我与何参谋是同乡，有些交情，崔老板要我将三少行踪泄露给他，我便在与何参谋吃酒时，佯装酒醉告诉了他。”

“崔润兴这只老狐狸!”冯双祥“咔嗒”一声将子弹上了膛，怒气冲冲地走了出去。

第十四章
绿荫昼静，共酌流霞

翎东、剡南的联合军队与剡北军血战正酣，一山之隔的翎西军阎司令部却雄霸一方，整饬有序。翎西军这几年吞并了几支小军阀，势力范围不断扩张，与翎东军隔山对峙。阎笑天治军严明，兵强马壮，财聚巨万，各地军阀对其颇为忌惮，是以到处都战火纷飞，这翎西却一派悠然安稳的模样。

阎笑天携女儿阎雅媛视察驻防回来，侍卫刚牵了马，阎雅媛便笑道："爸爸此时仍按兵不动，是要坐山观虎斗了？"

阎司令哈哈一笑，说："还是女儿懂我的心思。"

阎雅志也笑着说："妹妹若是个男子，领兵打仗起来，哥哥我可要甘拜下风了。"

阎雅媛褪了手套，笑道："虎父无犬子，哥哥心思缜密，在战术谋略、军需补给上，妹妹可自愧不如。"

阎雅志对父亲说："剡南剡北之战，兵力悬殊太大，我们也要添把火，让他们多斗些时日才好。”

阎司令点点头，阎雅志又说：“翎东、剡南联合部队对剡北军已成合围之势，我们若派一队人马截了他们的粮草……”他话还未完，阎雅媛便“扑哧”一笑，说：“这支队伍得扮成剡北军的模样，我们翎西军可什么都没做。”

阎雅志忽然叹了口气，说：“真替我未来的妹婿担心，将来不知要被你欺负成什么样！”

阎雅媛直跺脚，说：“爸爸，您还不教训他，哥哥欺负人！”

阎司令也笑了起来，说：“能被我女儿欺负是他的福气，不知道将来哪个臭小子能有这个福气！”

雅志忙笑道：“必得是世家望族的英雄少年，方配得上我们媛媛。”

阎司令颇以为然地点了点头，雅缓虽性格泼辣，到底是女儿家，也禁不住父亲和哥哥这般打趣，捂着耳朵说：“不听！不听！”一扭身跑开了，他父子二人立在原地哈哈大笑。

夏日正长，新荷飘香，采云依然深陷悲痛不能自拔。这日正恹恹梳洗，大同忽然闯了进来，拉了她就往外走，采云被他塞进汽车里，手里还攥着那把檀木梳，听他说：“我带你去一个地方！”说完，他便坐在了驾驶的位子，发动了车子。

采云也不问他要带她去何处，只茫然地捏着梳子，看那一双心形，如今只有半边，孤零零地躺在自己的掌心。

行了许久，那路上渐无人烟，唯有他们这部汽车呼啸而过，扬起一阵尘烟。天忽然变暗了，大片的乌云仿佛顷刻间压了下来，刹那间，暴雨便哗哗而落，溅在地上，裹起一阵尘土的气味扑入鼻喉。雨幕极密，耳边只听闻唰唰的急促雨声，车窗上的雨水漫漫一片，纵横而下。一道炫目的闪电在空中划过，生生劈开那黑暗云层，巨大的响雷也随即在空中炸开，扯出更匆匆的雨幕。

大同减了速，将车子停靠在路边，坡边急流夹着泥沙滚滚而下，虽只有条条

小股，汇集一处却也翻腾汹涌。

采云支着额，看窗外暴雨如注，忽听大同说："这样急的雨，你害怕吗？"

采云将脸贴着那窗玻璃，说："怕倒不怕。只是这样绵绵不止的大雨，生生逼人生出绝望来。"

"我却害怕，怕这样诡异而可怖的电闪雷鸣。"大同说。

采云吃惊地回过头来看他，他眼睛里有些自嘲的意味，扶在方向盘上的手却微微有些颤抖。

"小时候，母亲常随父亲四处奔波，我被交给阿姆们带。打雷下雨的时候，我总是锁着门，一个人躲在房里。闭紧了眼睛，可仍能感受到耀眼的闪电从空中劈来，仿佛要抠出我的眼睛。我便蒙了被子躲在床底下，可那雷声轰隆而至，我骇得无处可藏，尖叫着在屋子里到处乱窜。有时候躲在衣柜里，有时候爬到橱顶上，有时候便把书柜里的书扔了满地，自己躲进去。第二天，总是让阿姆们一顿好找。"采云听他说着，心底慢慢变得柔软，他这样无畏刚强的男子，幼时也不过是个普通孩子，那般弱小可怜。

"后来，我搬去和哥哥们一起住。我仍是很怕打雷下雨天，大善知道后，就和碧琪一起捉弄我。有一次我们三个玩捉迷藏，他们把我骗到一个废弃仓库里躲着，然后他二人便跑回家了。我躲了好久都不见他们来找我，直到天黑了，我才走了出来。突然间便电闪雷鸣下起了暴雨，我怕极了，拼命哭喊着，四周却只是一片空荡荡的。那样黑的夜，我疯跑，闪电便追着我劈来，我哭喊，雷声便压过来淹没我的声音……"大同回忆着往事，身子微微发颤，用力抠紧了方向盘。采云心下不忍，伸手抚上他的指间，大同松开了方向盘，用力握紧她的手，采云低了头，轻声唤他："大同……"

他忽然将她拥进怀里，紧紧搂着她说："那样黑的夜，我疯跑，闪电便追着我劈来，我哭喊，雷声便压过来淹没我的声音……采云，我害怕……"他将脸贴在她肩上，像个无助的孩子。这样陌生而又熟悉的怀抱，让她的心渐渐复苏过来，他温暖的气息融化她伪装起来的淡漠，他依恋的声音唤醒她心底最初的温柔。采云伸手轻抚他的头，他坚硬的发刺在掌心微微有些扎手。他抬起头，吻上她的眉心，轻声说："采云，我只有你，不要丢下我……"他低沉的声音颤入她的耳中，她闭了眼，不敢看他，却感觉有滚热的泪滴落到脸上，耳边又传来他喃喃的声音："采云，我爱你，不要丢下我……"她睁开迷离的双眼，看见他的泪正和着他满目的疼惜滚印入自己的眉间。"采云，你这样折磨自己，我好心疼……""采云，我爱你，你不知道我有多爱你……"他絮絮地说着，忽然发了狠，狂乱地吻了上来。采云吃了一惊，慌乱地推着他，他却攥紧了她，疯狂地掠夺她唇间的芬芳，炙热的吻和着他的眼泪扰乱她的呼吸，她再挣扎不得，无力的粉拳捶打着他结实的肩头，渐渐地沦陷在他霸道的气息里。

天地间一片昏暗漆黑，响雷阵阵，紫蓝色的闪电在空中妖异绽放，雨雾茫茫中，这车子宛如大海里的一叶扁舟，孤寂地伫立在风雨中。大同拥着采云，看那如鬼火般次第亮起的恐怖闪电，心中却安稳宁静，只要有着怀里的人儿绵长相依，这世间便再没有什么可以令他惧怕颤抖的了。

雨停了，道路上仍溪流片片，大同摇下车窗，一阵风挟着清凉扑进车内。采云趴在车窗上，指着坡边一处残红，说："这是什么花，飘了满山，怪可怜的。"

大同下了车，踩着泥泞走过去，拾起一朵，又上了车，拿给她看，说："这个就是朝开夕合的木槿了。"

那花瓣已污浊不堪，采云拿帕子接了，忽听他说："有女同车，颜如瞬华。将翱将翔，佩玉琼琚。"

采云微微错愕，抬头问他："你在念什么？"

大同笑道："我说这木槿花像你。"

采云看了看那朵木槿花，皱眉道："我就这般凄惨模样？"

"你可知在西方，木槿花的花语是什么？"大同凑过来，看着她手里的花，问道。

采云摇了摇头，他便说道："木槿花的花语是温柔的坚持。虽朝开暮合，但每一次闭合，都是为了下一次更绚烂地绽放。就像太阳不断地落下，却又会再次升起；就像春去秋来四季轮转，却是生生不息永不间断；就像这人生，起起伏伏虽然难免，对梦想的坚持却难以改变。更像是爱一个人，虽有纷扰与低迷，但只要懂得温柔的坚持，爱的信仰便坚如磐石不可动摇。"他眸光璀璨，深情地看着她。采云低了头，他又握起她的手，说："你要像这木槿一样，风吹不倒，雨摧不垮，只有坚强且开心地活着，才能让你在天上的父母安心。"采云再忍不住，扑在他怀里痛哭不止，"我不想让爹娘不安，可是我怕我做不到。"他心疼地抱紧她，轻拍着她的肩，说："有我在，我会陪着你，一切都会好起来的。"

车子又开动起来，道路泥泞，颇不好走。采云便问道："你要带我去哪儿呢？"

大同边笑边说："你终于想起来问我了，倒不怕我把你卖了！"

采云瞪了他一眼，大同忙说："你可还记得，去年冬天我跟你说的话？"

采云怔了怔，摇摇头说："你说的哪句话？"

"明年雨季，我带你再来虎山观瀑可好？"

是有那样一个明媚的冬日，虎山上敷着白雪，他们站在那一排晶莹剔透的冰挂前，他曾说："明年雨季，我带你再来虎山观瀑可好？"那时正梅飘簌簌，那时正堆雪积玉，那时他目光灼灼，那时她倚梅愁绝，那时她曾脚步绵软，踏进他清晰的脚印里渐行渐远。

流年翻转，他与她已这样近，她一路心不在焉地走过，他却记得与她说过的每句话。那一声她不曾理会的邀约，他却当作诺言般郑重其事地来兑现。眼底有升腾的雾气悄悄弥漫，她扯着他的衣袖，呜咽着唤他："大同。"

大同忙停了车，她悄悄拭了泪，笑着说："你可是疯了，这么远的路，你身上还有着伤……"泪又滚了下来，她将脸枕在他的手臂上，呜呜地哭着说："我不要去看瀑布，我要回家。"

"好，我们回家。"大同调转方向，徐徐朝来路归去，她伏在他臂上悄悄流泪。

犹如那一夜，他们骑马晚归，他将她勒在怀里，她挣不脱，伏在他臂上暗暗低泣。

冯双祥果然手段非常，镜花堂的崔润兴终于招认，金大同梅山遇刺一事，是受二小姐金碧琪之令，虎山行踪泄密却是金大善的授意。冯双祥在总理府外悄悄拦截了金碧琪，金碧琪仗着自己是总理千金，料定无人敢动她，起初并不配合。冯双祥竟命人对她动刑，金碧琪哪里受过这种苦楚，很快就将实情招来。原来她一直都是在帮哥哥金大善，刺杀大同的人员也是金大善安排的，有时候也写过名单给她。冯双祥忙命人悄悄搜出这份名单，见上面果真是金大善的笔迹，心中暗暗得意，决定收网。

冯双祥命金碧琪写了供词，许诺只清算金大善，不追究碧琪的所为。却以迅雷不及掩耳之势，将金大善及其党羽一举抓获，审问后写下供词，将众人悉数杀光。金碧琪见哥哥惨死，只伏在地上不住地向冯双祥叩头，冯双祥仍命士兵开了枪。

冯双祥这才带了各种供词和证物，去向金总理汇报，金总理听闻大善、碧琪已死，惊惧震怒之下一病不起。冯双祥控制总理府的近侍，逼迫金总理收回与大同断绝关系之令，金总理已痛失大善、碧琪，如今只有大同这一脉骨血，便又登报与大同恢复父子之情。冯双祥这才带了人马，赴梅县迎接大同回府。

翎东、剡南联合军出师不利，被人烧了粮草，断了补给，形势转危，少不得撤了部分兵力，回到翎东进行休整，再听候调令。

绿荫昼静，夏夜里流萤飞舞，采云与大同正携手看繁星如雨。皎皎夜空，炯炯月华，温热的风拢入袖中，远处的蛙声和着蝉鸣，在静谧的夜幕下交替欢唱。大同忽然指着远处的夜空，笑道："采云，快看，那里有流星。"采云顺着他指的方向望去，那惊鸿一瞬的辉煌，刹那间流坠而去。

"呀，我还没来得及许愿！"采云忽然醒悟，蹙眉惊呼道。

大同拉了她坐在身旁，笑道：“有我在你身边，还要许什么愿呢？”又抬手抚平她的额头，说：“总是皱眉，要生出皱纹了。”

采云将头一扭，佯装生气，说：“生出皱纹来，你便不喜欢了吗？”

大同揽了她的肩，伏在她耳畔说：“我恨不得能与你顷刻间白头，永不分离。”

夜色忽然变得柔情似水，她如夏夜里的一株玫瑰，在最灿烂的时刻，吐露的芬芳如梦般妩媚。

第十五章

花笑频频，翠袖黄衫不是春

隔天一早，梁副官刚出了门，便看到肖旅长并十几个侍卫守在门外。肖旅长带兵勇猛，很受冯双祥的器重，梁子程见了他，心中诧异，上前问道：“肖旅长怎么到梅县来了？”

“我等奉命来接三少回府。”肖旅长道，又和他往前走了几步，说：“冯师长马上就到，你还是先进去通知三少一声吧。”

“总理原谅三少了？”梁子程惊喜道。

肖旅长并不答他，只说：“剡北战事吃紧，冯师长命属下等来迎接三少，回去主持大局。”

梁子程进屋刚与大同汇报完此事，冯双祥已带着十几位得力干将，走了进来。

大同冷冷道：“你们走错地方了吧，我已经和总理府没有任何关系了。”

冯双祥携众人向他行了礼，说：“总理已登报与三少恢复父子关系，还请三少跟我们回去。”

大同不理，又听他说道："金大善、金碧琪勾结总统府，刺杀三少，泄露军情，现已被我处决。金总理病势沉重，已有数日不思饮食，请三少速速回府，安定大局。"

"你竟杀了大善、碧琪?"大同极骇，不相信地看着冯双祥。

"我不过是遵照总理的意思，让刺杀三少的人血债血偿。"冯双祥面不改色道。

"你！你竟跋扈至此!"大同虽与大善、碧琪不合，却毕竟是同父异母的兄妹，听闻此消息不由震怒，心中暗想，一定是舅舅先斩后奏威逼所致，爸爸未必下得了手杀死大善和碧琪。

"爸爸现在怎么样了?"又想起他说总理病势沉重，不由心急如焚。

"总理想见三少。"冯双祥道。

大同只把那桌上的杯子朝他面前一摔，瓷盅"啪"的一声坠地，跌得粉碎。

冯双祥眼皮都不抬，说："车已备好，请三少回府!"众人皆附和着说："请三少回府!"

"滚！都给我滚出去!"金大同丢下众人，怒气冲冲地向后院走去，梁副官忙跟了上去。

肖旅长欲上前去追，冯双祥拦了他说："我们去外面等吧。"

暑气已上来了，采云仍立在花荫下，大同见了她，便放慢了步子，轻荷递了茶过来，他接了，只放在手中辗转。

"他们是来接你回去的吧。"采云开口道。

"大公子和二小姐已被处死，总理又病倒了……"梁副官话还未完，见大同面色阴沉地看着他，便住了口。

"你不必怪他，我都听到了。"采云掐了一片叶子，说："出了这样大的变故，你是该回去。"

他走上来，牵她回了屋，扶她坐下，说："我放心不下你。可是爸爸如今病重，我也要回去看看他。”

“你快些回去吧。”采云站起身说：“我这里有轻荷陪着，有什么可放心不下的，你赶紧随他们回去看看总理吧。”

大同见她并无恼意，便说：“我走后，你可不许再哭了。”

采云笑道：“我几时哭了。你快些去吧。”

大同又叫了轻荷，叮嘱她好生照顾采云，又要将梁副官留下，采云说：“你回去后定会有些要事处理，梁副官是你的得力助手，跟着你还能帮上些忙，留在我们这里反倒不便。”大同略想了想，便说：“那你就自己保重，待爸爸好些了，我便来看你。”又嘱咐她夜里早些关好门，无聊时就和轻荷多说会儿话，别闷坏了自己。采云“扑哧”一笑，说：“你快去吧，这会儿怎么尽说些无关紧要的。”大同看着她，微微叹息一声，说：“那我走了。”采云微笑着点点头，看他渐渐走远，终忍不住低下头，红了眼圈。

金总理见着大同，直摇着他的手，老泪纵横。大同跪在他床前，见往日豪迈振奋的父亲，如今病卧床上如风中烛火，心头涌起悔恨，悲泣道：“爸爸，都是孩儿不好，大同任性胡为，惹爸爸生气，孩儿知错了。”金绪博想起他们兄妹三人小时候承欢膝下的情景，如今却只剩下大同一人，悲从中来，拍着他的头说：“回来就好，回来就好。”

大同回府后，除了处理些紧急政务，便每日陪护在父亲床前。金总理精神稍济，但终是年纪大了，受了这样的打击，虽有医生精心为他调养，身体状况却并无很大起色。总统府趁势发难，联络众人弹劾金家，金大同多方游说力挽狂澜，总算为父亲保住了总理之职。金总理私下里叹道：“如今时局动荡，总理、总统之职都不过是个虚名，既无实权，又走马灯似的换个不停。我们还是要早做准备，把精力放在支持我们的军队上，开疆拓土，打出一片真正的天下。”大同听从父亲的意见，专心整饬队伍，将金绪博辖下的翎东、剡南军和冯双祥部，及去年收编

的畦、勐二军，一一重新整肃划归。

畦、勐二军的主将熊得昌发来电报，近日与他隔河而治的寥东军频频来犯，他欲集结队伍，与寥东军决一死战，请金总理示下。大同与父亲商议后，便批复他速战速决，同时预防寥西军趁乱来袭。金绪博谈起熊得昌，便说："他当年也是我麾下一员猛将，是个带兵打仗的好手，如今也是你叔叔辈的人物，对着这些人，你要恩威并施、以德服人才能镇住他们。"

大同点了点头，对父亲说："爸爸打算怎么处理冯双祥？"

金绪博叹了口气，说："冯双祥骄奢跋扈，加害大善、碧琪，手段狠毒残酷，但他是你舅舅，对你忠心耿耿，领兵打仗也颇有才能，又掌控着精锐部队。你如今正是用人之际，还是先收为己用，助你平定天下。平时对他多加防备，待局势稳定，再做打算。"

大同愤愤不平道："他犯上作乱，控制总理府近侍，威逼爸爸，也不能再这么纵容他。"

金绪博摇摇头，说："他一心拥护你，所以才出这样的非常手段，你现在还不是他的对手，也没必要树敌。冯双祥在众部将中颇有威信，有他助你，你也能省去不少麻烦。如今你不但不能动他，还要提拔他，让他恢复军长之位，他才能更尽心地拥护你。我怕是好不了了，这打拼下来的部队还要你一一接手掌管。"

大同见父亲言语伤感，心中也有些难过，忽听父亲问道："我给你的那枚戒指可在？"大同忙寻了出来，放在父亲手里，那枚形状奇特的戒指像镶着一颗锋利的六芒星，稍一转动，却又似一朵轻俏艳丽的金色鸢尾花。金绪博看了一会儿，便命大同收好，不要再带到外面遗失了。大同素来听父亲说这枚戒指很重要，可除了形状有些奇特外，并看不出有特别贵重之处。刚想开口询问，忽然有人来报，说前线发来重要战报，大同挥了挥手，命那人出去，自己与父亲道了别，方走进了办公厅查看电报内容。

原来翎东、剡南部队与剡北军激战时，不时受到小股剡北军骚扰，翎东军司令金清桥怀疑这小股部队并不是真的剡北军，而是翎西军阎司令部伪装的。于是派探子查探，果真是阎笑天部从中作梗，特来请示要不要拉长战线，痛击阎笑天部。大同命金清桥暂缓与阎笑天正面冲突，打算自己亲赴翎西与阎笑天交涉，又命冯双祥派部将支援，责令十天内将剡北拿下。临行前，想起这些天军务繁忙，不曾去看采云，便修书一封，差人送去梅县。

大同与冯双祥的部队急行了一天，便抵达剡北与翎西交界处。冯双祥欲陪大同赴翎西，却被他阻止，说："舅舅此去，需尽快拿下剡北。我与阎司令协商交涉，有舅舅大军压境，料他也不敢轻举妄动。"

金大同只带了一队近侍抵达翎西，于阎司令府谈笑风生，暗中敲打假冒剡北军之事。阎司令却与他攀谈起与金总理的旧谊，感念金绪博执政这几年，对翎西军多有照拂，力赞金绪博德才兼备，将来一统天下非他莫属。暗中却欲将他一行人干掉，女儿阎雅媛劝阻道："父亲此举不妥。冯军长与金司令的部队合围剡北，剡北军已是末路，只怕过不了几日，便被金总理的部队吃掉了。若杀了金大同，只怕冯金两军很快就扑向我们翎西了。我们虽不惧他们，到底也难占先机。金绪博毕竟还是总理，又领兵多年，手下部将众多，若没有必胜的把握，还是不要轻易与他们为敌。不如放金大同回去，等待有利时机再作图谋。"阎笑天听从女儿的谏言，好生招待了金大同，又邀他巡视翎西部队。金大同见翎西军军容整肃，装备雄厚，心中暗暗佩服。

阎雅媛忽命侍卫牵了马来，对金大同说："久仰三少威名，今日雅媛想与三少比试骑术，三少可肯赏脸与我赛一场马？"

大同愣了一下，见她已跨上马，目光炯炯地看着自己，便笑道："大同愿意奉陪！"随即也翻身上马。

"那你可跟上了！"阎雅媛发出一阵银铃般的笑声，挥鞭驱马向远处奔去，大同见阎司令携众人笑望着他们，便也扬鞭纵马跑了出去。

阎雅媛见大同快要追上她了，便用力挥鞭抽打马儿，马儿吃痛，抖动身子拼

命飞跑，雅媛手中缰绳突然脱开，半边身子几欲被抖下马去，大同惊呼道："小心！"她却已纵上马背，拉紧了缰绳，回头冲他一笑。大同见她骑术精湛，便大声赞道："阎小姐好身手！"

雅媛勒紧了缰绳，口中"驾驾"地呵斥着，飞奔如电，渐渐又与大同拉开了距离。大同挥鞭追来，他二人时而并肩齐驱，时而相互追赶，绕了极远一段路程，方又回到驻地。

刚下了马，金司令便迎了上来，说："你这丫头，在三少面前班门弄斧，成何体统！"

雅媛拉着阎司令的胳膊，跺着脚撒娇道："爸爸！"

大同忙笑道："阎小姐骑术精湛，巾帼不让须眉，大同佩服！"

雅媛冲他一笑，得意地对父亲说："我与三少今天打了个平手，他日定要一决高下！"

阎司令笑道："人家三少让着你呢！"

雅媛撅着嘴说："谁要他让！"又摇着父亲说："爸爸，我们晚上举办舞会吧，我好久都没跳舞了。"又跑过去对大同说："三少也一定要来，我正式邀请您参加我们的舞会。"大同见众人都颇有兴致地讨论舞会的事情，便含笑答应了。

阎雅媛打扮得极艳丽，参加舞会的太太小姐们众星捧月般地围着她，夸赞她的衣服首饰，又说她气色好，阎雅媛心不在焉地应着。忽见金大同进来了，忙迎了过去，说："你怎么才来，舞会马上就要开始了。"

大同笑了笑，灯光已暗了下来，音乐声响起，众人已步入舞池，雅媛看了他一会儿，伸出手说："这第一支舞，便留给三少的邀请吧。"大同忙说："荣幸之至！"极绅士地向她行了礼，又做了个请的手势，方牵了她旋入舞池。

"三少如此英雄气概，他日必创伟业。"雅媛极大胆地盯着他，满目钦佩。

大同笑了笑，淡淡地说："多谢阎小姐吉言！"

阎雅媛明艳动人，金大同英俊豪气，一对璧人在舞池中央旋转飞舞，赢来阵阵喝彩。大同笑着和她慢慢移向角落处，雅媛对着餐桌上摆的玫瑰花瓶努嘴示意道："我要那枝花。"大同伸手取了递与她，她却摘下花朵，放在他手里说："我要你替我簪上！"她神色飞扬，含笑望着他，大同看着掌心里的玫瑰花，忽然想起采云，他送她的那枝玫瑰她都不敢伸手去接。他温柔地笑了笑，替她簪在鬓间，雅媛心中欢喜，拉他又跳了一曲伦巴。

剡北大捷，众人浩浩荡荡地班师回府，大同却命梁副官派人驱车送他去梅县。他与采云上次一别，不觉已有月余光景，他时时刻刻惦念着她，却不得不处理这些冗杂事务。如今能抽身来见她，只觉得比打了胜仗还要高兴。

冯双祥闻讯后，派兵追来，说："剡北虽然大捷，受降部队整编安抚之事还要妥善处理，三少还是先回总理府处理军务要紧。"

"紧急的军务舅舅先行处理，其他的待我回去再做决断也不迟。"金大同十分执拗，冯双祥无奈，派了精干侍卫一路保护他，自己带了大部队回京。大同只命司机开快点，将那些守卫远远抛下，他早已归心似箭，只恨不得让车子飞起来，偏走了一半，车子又坏在了路上。司机下车检查后，说是一只轮胎爆了，幸而车上有备胎，当即动手修换起来。大同满心期待，却也不得不按捺着性子等，这些天他只身深入翎西军大营，不敢掉以轻心，总理事务与寥东军报也常报与他批复，剡北大捷后的部队接手调整也是他一力操办，越发忙碌不堪，如今放下心来，不知不觉竟睡着了。待车胎换好，梁副官与司机上了车，见他睡得熟，便嘱咐司机开稳些，不要吵醒他。

他竟睡了一路，醒来时不觉天色已暗，他"嗖"地坐起来，梁副官忙道："三少，马上就到了。"他隔着车窗一看，果真已到镇上，不由心花怒放，只觉得暮色下的梅花镇，竟是前所未有的美丽。

那座院落就在眼前，那么清晰安宁，大同下了车，平复下激动的心情，深吸了一口气，却忽然嗅到一股淡淡的药味。一颗心猛地揪了起来，采云病了吗？他

奔上前去，焦急地叩门，心也随着那急促的叩门声“咚咚咚”地乱响。

门终于开了，轻荷刚探出头来向外看，便被他一把拉住，焦急地问道：“采云病了？”

轻荷见是他，忍不住满心惊喜地叫了声：“三少！”

“采云人呢？”大同边说边推开门向里跑去。

“小姐在屋内。”轻荷忙应道，来不及去追大同，又见梁副官带着一个侍卫走进来，便请了他们进去。

院子里有极浓的药味，散发着浓烈而焦灼的苦，大同只觉得自己的一颗心，仿佛都被泡在这浓烈的苦涩里，突然间变得虚弱而迷乱。一种压抑而窒息的绝望涌上心头，他放慢了步子，立在廊下隔着窗子看着她。

她坐在桌前，手里翻着一本书，桌上一只青花白瓷小碗，碗中轻烟袅袅，药香弥漫。

他放下心来，含笑推门而入，口中轻唤了一声：“采云！”

采云心下微怔，疑惑自己听错了，却又听他唤了声自己的名字，她合上书，站了起来，刚转身，他便站在她面前，欢喜盈盈地看着她。

“你……”采云惊喜而恍惚地看着他，见他那么真切地站在她面前，冲着她含笑点头，终于欢喜地扑在他怀里，“大同，你来了！”这怀抱如此温暖而熟悉，她如此贪恋，如此依赖，愿时光停驻，愿凄凄长夜清泪不再，愿辛酸愁海心哀不再。

药凉了，屋子里却有温润芬芳的苦香，悄悄溢开来，氤氲透骨。

“怎么又吃起药来了？”大同关切地拉着她问。

“不过是些宁神的药，也没什么大碍。”采云轻描淡写地说。

轻荷端了重新热好的药过来，说：“夜里总是睡不安稳，睡着了便噩梦连连被惊醒，小姐现在竟很怕黑，夜里常常亮一夜的灯，总是天亮了才勉强睡一会儿。”

大同听了，细细端详采云，见她脸色暗黄，神色间憔悴疲惫不堪，又问轻荷：“这样子有多久了？”

“差不多自上次三少走后就这样了。”采云正接了药，听轻荷这样说，便笑道：“也不过是这两天有些没睡好，你便向他告我的状。”

“我也是为着你的身子，向三少告状难道还是为了讨赏不成？自从老爷走后，你心里日日煎熬着，我也是知道的，只是长期这样下去可怎么得了！大夫也说了，药不过是外力，还是要静心调养，不要忧思过度，你也总不听……”轻荷说着，竟流下泪来，又说：“三少又不是外人，如今不跟他说，可还找谁商量去？”

采云正喝着药，听她这样说，不由呛了一口，咳了一会儿，忍泪笑道：“你倒跟他成一家人了，我哪里就到了你说的地步。”

大同知她自父亲离世后，只余她主仆二人相依为命，再无人与她遮挡风雨，两个女儿家在这红尘乱世，自是凄苦难与人言，心中替她伤感，口中仍笑道：“轻荷这般为你担忧，你不赏她我可要谢谢她！”

轻荷收拾了药碗，也笑了，说：“三少不必谢我，您若能替我劝好小姐，我倒有大礼酬谢您。”

采云奇道：“你拿什么谢他？”

轻荷盯着她但笑不语，大同撑不住也笑了起来，采云猛然醒悟，满脸羞红，起身追打轻荷，“你这死丫头，倒打趣起我来了，看我不拧烂你的嘴！”

轻荷一闪身，嬉笑着跑了出去，大同忙拉了采云，说：“你饶了她吧。”

采云不依，只捶打着他，说：“都怪你！都怪你！”

大同拥她入怀，怜惜地吻着她的头发，说：“是，都怪我不好，云儿莫恼了。”

第十六章

长相厮守，今宵未忆家

入夜，采云刚朦胧睡去，忽觉有人慢慢靠前，那人张牙舞爪，一会儿变成怪兽的模样，一会儿又变成鬼魅，狂笑声刺耳惊魂，采云想逃却动不了，他恐怖的面容越来越近，在她眼前不断放大，几乎要贴着她的脸了。采云怕极了，拼了全身的力气，终于“啊”的一声叫了出来。

“采云！采云！”大同连连摇晃呼喊着她，采云醒来，仍满心惊恐，眼泪流了满脸，说不出话。大同抱着她，轻声说：“采云，我是大同，不怕不怕！”她头发都汗湿了，身子绵软无力，伏在他肩上瑟瑟发抖，过了许久，终于有了点力气，低低叫了声“大同”。

大同因惦念她睡不安稳，所以夜里过来看她，不料她竟吓成这样。心中正痛悔，采云却坐了起来，说：“我刚才又做噩梦了，吓着你了吧？”

大同见她自己吓成这样，反倒问有没有吓着他，心中微酸，摇摇头，笑道：“没事儿了，我在这儿守着你，采云不怕。”又哄她睡下，轻拍着她的肩头，说：

“云儿乖，云儿不怕，我在这里守着云儿，云儿快睡吧……”仿佛小时候，爹爹哄她睡觉，也这般轻轻呢喃，采云安稳地闭上眼睛，迷迷糊糊睡了过去。

她渐渐睡得沉，眉间也安宁舒展下来，大同熄了灯，淡淡的月光洒了进来。他白天在车上睡了半天，此刻也不觉得困，只看着朦胧月色下的她，她这般娇柔惊恐的模样深深刺痛了他。他心中已有了计较，不管天下人怎么看，不管世人怎么阻拦，他都要给她一个家，给她一个温暖安宁的家。

大同回府后，与父亲提及迎娶采云之事，料定父亲必极力反对，已准备了一大通说辞欲说服父亲。不料，金总理听闻，叹道：“我如今只有你这一个孩子，虽然盼你能早日平定天下，但成家也是大事，爸爸也希望能早抱吾孙。你既然看上那丫头，爸爸就祝福你们，希望你过得开心。”大同为父亲的一番话，深受感动，对父亲许诺道：“待和采云成了亲，孩儿必图谋伟业平定天下，实现父亲的宏愿！”金总理拍着他的肩，连声说好，眼中泪光闪闪。

与采云商议，却遭到她极力反对，说：“爹爹刚刚辞世，我怎能……”她悲苦难言，他也心急如焚，她若真要守孝三年才肯答应，可让他如何是好！如今到处战火纷飞，三年里将会有多少变故！他不是不愿等，只是担心她受不住这许多煎熬。离别苦，离恨愁，他要雄霸天下，必将在战火里纵横奔波，怎放心与她隔着连天的烽火，留她独守苦寒！可是她这样悲泣，他也逼迫不得，对于颜老爷的去世，她一直难以释怀，总责怪是自己弃婚所至，他又如何能开口劝说一二！

正愁苦难解，忽听轻荷说：“为老爷守孝三年也是应该，只是如今战乱时际，小姐也还是要权宜变通。三少四处征战，小姐何尝不担心挂念？”见采云住了眼泪，又说道：“小姐即使不担心，三少行军打仗时，只怕也为你担着心。”

采云将一个毛线团往她手上一抛，笑道：“你怎知他行军打仗时为我担着心，莫非你竟跟着去了？”

轻荷面色一红，说：“他离了战场家都不回，就巴巴地跑来看你。”又说：“三少上次出征前送信过来，不知道是谁看完信就揪心念叨个不止，这会儿又来打趣我。”

采云也红了脸，轻荷又正色道：“他若是打仗时惦着你，出会儿神都是性命攸关的大事，子弹可是不长眼的，我不信你竟能这样狠心！”采云听了，神色大变，怔怔地看着大同，滚下泪来。

大同也心中煎熬，无望地看着她，又听轻荷说：“不如现在先行订婚之礼，你二人便可在一起，也不怕那些流言蜚语。三年后，为老爷守孝期满，再办婚礼，也不算不孝。”

大同只觉得豁然开朗，满目期待地看着采云，采云却不理，只看向别处。大同便感激地看着轻荷，轻荷笑道：“我可是送了大礼谢您了！”边说边跑了出去，只留他二人在屋子里。

大同与采云订婚的消息，已成为全国各地报章的头条新闻。总理府年少有为的三公子却与一个寒门小户的孤女订婚，众人议论纷纷，各种猜测与小道消息满天飞，总理府却不以为然，仍大张旗鼓地操办起来。订婚当日更是大宴宾客，各地名流咸集，自是一番说不尽的热闹。采云不曾经历过这样的场面，十分担心自己应付不来，给大同丢脸，心下颇为忐忑，大同安慰她说：“到时我陪你到各位至亲的叔伯长辈前行个礼就是了，其他人也不必去应酬。”采云听了，稍感安慰，大同又出去应酬，她仍由轻荷陪着，在里屋的沙发上坐了。听着外面的喧嚣繁华，一颗心却一直怦怦乱跳，总感觉有哪里不对，却也理不出个头绪来。

好容易送走来往宾客，已是深夜一点多。饶是大同极力帮采云推辞，她仍是不免喝了几杯酒，此刻回到屋内，心头仍突突乱跳不止，轻荷扶她坐下，便说：“我去给你倒杯醒酒汤来。”采云无力地点点头。轻荷向外面走去，刚拉到门把手，忽然听到“轰”的一声巨响，接着便有“嘣嘣”的爆炸声传来，轻荷吓得尖叫一声跌倒在地，屋子里的灯也突然熄了，采云忙站起身，摸索着跑过去，扶起轻荷说：“外面怎么了？”

门突然被撞开了，浓烈而呛人的硝烟味扑进屋子里，大同连声叫她："采云！采云！"

"我在这里！"采云忙应道。

"快走！"大同拉了她二人，往外跑去。外面子弹声、炸弹声响成一片，冯双祥已布兵与偷袭者激战起来。忽然有侍卫追过来说："报告三少，总理和夫人们已转移。"大同一边应着，一边仍拉着她二人躲着流弹狂奔，终于停了下来，采云大口喘着气，断断续续地问他："发生……什么事了？"

"不要怕！有我在。"黑暗中看不清他的神色，只感觉到他手中传来的温热充满了力量，她的心也慢慢平静下来。看着不远处的枪林弹雨，第一次觉得战争离自己这样近，他却是沙场征战早已见惯的冷静与无惧。心底生出丝丝怜惜来，忽又想，自己以后便要与他这般并肩天涯，不由握紧了他的手，一颗心竟也变得无畏而坚强起来了。

原来，总统府得知总理府大宴宾客，为金大同和颜采云举办订婚大典，便调派自己麾下护国军，又暗中集结翎西军阎司令部，欲在他们订婚之日突袭总理府。而此前兵败降服的剡北军部将，也蠢蠢欲动，总统府便又极力撺掇，游说了一批剡北旧将共同袭击。竟将总统府的冯双祥部合围起来，欲一举歼灭。

金大同组织部队进行反攻，又派兵突围出去，向翎东军求援，翎东军迅速开拔，却在包围圈外被翎西军和剡北军旧部纠缠不堪。剡南军又被护国军隔断，一时竟打不进来。统领绥、蒙二军的熊得昌部因隔得远，又与寥东军血战正酣，更抽不开身支援。一时间总理府竟搬不到救兵，落了下风，形势危急。

又过了三日，翎东军金清桥终于打开一道缺口，支援进来，双方对峙不下，进入胶着状态。金总理见长期对峙，恐对己不利，便命冯双祥远交近攻，去各处谈判，拉拢肯支持总理府的势力。

总理府被炸得一片狼藉，不得不暂迁一临时府邸。众人匆匆收拾些东西，便搬了过去。金绪博却特意把大同叫去，问他戒指可在？大同回想，订婚那天他似

乎将戒指放在卧室里了，当晚总理府被炸，自己也来不及去拿，搬家时竟忘了此事。便笑道：“大概落在旧所了，总不过一枚金戒指，我再派人去寻吧。”

“混账!”金总理竟极怒，说：“你马上亲自去找回来!”

大同见父亲发怒，心想此物大概对父亲有特别意义，便说：“那我现在就过去那边。”

金总理叹了口气，说：“大同，你要记住，此物跟你的性命一样重要！任何时候都要谨慎收好。”

大同虽不解，见父亲这么郑重，少不得应了，亲自去找那枚戒指。

屋子里已炸得四散开来，找了许久都不曾见，大同正暗自叹气，采云却说道：“我那里也有一枚和你一样的戒指，不如把那只拿给你吧。”

大同奇道：“你怎会有和我一样的戒指?”

采云想起过往，笑道：“你当初在仙洞时，把戒指落在衣服里，我回家后才发现，见模样奇巧有趣，便找金店师傅打了个一模一样的。”

“哈哈，你倒调皮!”大同笑着，便将手撑在地上，坐了下来。忽然觉得掌心被什么东西硌了一下，抠出来一看，竟是那枚戒指，不由笑道：“到底找到了。”又对采云说：“你既喜欢这模样，你那只还是自己留着吧。”

总统辖下军队与总理治下的军队激烈开战，众军阀多隔岸观火，冯双祥多方活动，也只勉强搬来几支小部队，大军阀多呈观望状态，也有口中应承的却按兵不动，并不曾支援总理府一兵一卒。冯双祥大为恼火，恐拖下去越发被动，便力邀大同同往。

西北的靖军与西南的臻军虽决出高下，却也元气大伤自顾不暇，正对降伏的臻军进行整编和打压，虽有心与总理府交好，却难以抽身支援。寥西军又加入寥东军的阵营与熊得昌部进行激战，熊得昌向总理府求援，金大同见剡南军一时冲不破总统府治下的护国军，便命剡南军调头支援熊得昌部。江南的翊军与恪军又隔得太远，难解近忧，唯一可以活动的便只有阎笑天部的翎西军了。

金大同便带了冯双祥和几名部将赶赴翎西，游说翎西军与总理府结盟，阎笑天心有所动，却提出与金府联姻，要金大同迎娶她的女儿阎雅媛。金大同听了，目光一凛，当即回绝说："我与采云订婚之事已通告天下，岂可再娶他人!"

阎笑天面色一沉，冯双祥忙打圆场说："此事容我们回去议后再定。"一边起身与阎笑天说："一切还要仰仗阎兄支持!"

金大同"腾"地从位子上站起来，说："此事不必商议，我金大同定不会做这等背信弃义之事!"一边恼怒而去。

"哼!"阎笑天冷哼一声，冯双祥忙握着他的手说，"阎兄不必动气，我回去劝劝三少。"一边与他告了别，起身追赶大同。

回至行馆，冯双祥刚想开口劝大同，大同便抢先说道："舅舅不必劝我，此事万万不可。我与采云已有白首之约，我决不会做背信弃义的小人!"

冯双祥怒道："此事关系整个时局，你岂可为一己之私，弃总理府于不顾!"

"婚姻是人生大事，舅舅怎可说我是一己之私，再说，父亲也支持我和采云的婚事。"大同争辩道。

冯双祥语重心长道："大同，总理府如今形势危急，总理又病着，你只有与总统府打赢这一仗，才能赢得各方面的支持，开拓金家势力，实现总理的夙愿。"

"可是我也不能牺牲采云，她对我真的很重要！我不能伤害她，我不能!"金大同从烟盒里摸出一支烟，刚点燃，却又想起采云那次在车里受不住烟味呕吐难受的模样，便又掐灭了。

冯双祥见他有些动摇，又说："总理如今只有你一个孩子，这天下终要交到你手里，成大事就要有大决断，切不可儿女情长。再说，阎司令的女儿也与你门当户对，以后少不得大场面上的应酬周旋，她也还能帮上你。颜采云一介寒门孤女，纳她做妾也算不得委屈她了。"

大同只觉得额头突突乱跳，扶着头说："舅舅容我再想一想。"

风拂动窗帘，微微摇曳，金大同走到窗前，拉开窗帘，淡淡的月色撒在人家

的屋顶，不觉已入秋，风吹得久了，便生出凉意来。金家危在旦夕，若不与阎家联姻，父亲一手开创的伟业就要葬送在他的手里，更别提开疆拓土，打拼江山了。可这样有负于采云，他又于心何忍，她那般敏感脆弱，与阎雅媛这样娇纵的女子相处，定是心酸委屈的。以她柔弱的性格，也许会答应此事，可这样的话，他如何向她说得出口！

此时，总统府也在四处游说，又集结了筷、隋两支势力较小的军队，总理府因剡南军被调拨支援熊得昌部，兵力越发不能与总统府抗衡。翎西军虽暂停对翎东军的骚扰，却一直要等金阎两家联姻后才肯出兵相助，总理府形势日趋转危。大同亲赴前线指挥作战，采云也一定要跟着他，枪林弹雨里说些长相厮守的痴话。

冯双祥数次催促大同早做决断，大同却始终无法向采云开口。这天，刚经历一场激战，双方都停火休整，采云正跟着医疗官帮伤员包扎，大同走了过来，慰问了一些伤员后，便和采云走了出去。

历经战火的城市，到处都是残垣断壁，举目四望，一片狼藉。大同牵着她的手，默默地走着，她跟着他，只觉得在这样的烽烟里，每一刻的相守相依都那么珍贵。她珍惜这样的拥有，感恩这样的守候。他慢慢停了下来，忽然吻着她的手，说："采云，如果有一天，我做了对不住你的事，你会不会恨我?"她抬眼望他，他却不敢看她，一把将把拉进怀里，紧紧地抱着她，仿佛一松手她就会消失了一般。

她将脸贴在他的胸前，说："大同，你不知道，我有多感激有你在我身边的日子，我有多珍惜和你相处的每分每秒，能看到你我就觉得好开心好幸福。"她忽然抱着他的脖子，呜咽道："大同，你待我这样好，我怎么会恨。"金大同鼻中酸楚，勉强笑道："我是说如果，如果有一天……"只觉得自己很残忍，慢慢地说不下去了。采云拭了泪，说："如果你对我不好，我就拼命对你好，好到你感动得不行，又来对我好。"她说完，自己先忍俊不禁，"扑哧"笑了，大同也跟着笑了，眼里却泛起点点泪光，只狠狠地抱紧她，似乎要把她嵌进自己的魂魄里。

他们靠着一株大树坐了下来，她伏在他膝上看落日的辉煌，他握着她的手总舍不得放。有几片青中泛黄的叶子跌落下来，采云拾起一片，与他共嗅落叶的淡淡清香。他将脸埋在她的发间，低声说：“遇见你，我便拥有了最好的时光，感谢你，终于陪在我身边。采云，我从来没有这样在意一个人，你不知道，我有多舍不得。采云，你要相信我，不管什么时候你都要相信，我爱你，我真的是爱你的。”他喃喃地说着，莫名的感伤涌上心间，眼泪落进她细密的长发里，无声消散。她抬眼望着天边，心底荡起柔情万千，不管有多少风浪，这一生都会守着他直到地老天荒。

第十七章

兵临城下，洒落相撑乱如麻

总理府又吃了一场败仗，东边防线步步后撤。回到府邸，冯双祥讥讽道："再往后撤，我们就要退到翎西军的地盘去了！"见大同不语，终忍不住怒道："你若开不了口，我去跟她说！"大同起身拦住他，叹了口气说："还是我亲自跟她说吧。"

脚上似灌了铅，她不过住在他隔壁，却仿佛绕了一生那样远。敲开她的门，她正在写着什么，见他来了，便笑着站了起来。他走到桌前，笑着问她："在写什么，给我看看？"

采云刷地扯下那张纸，团在手里，笑道："我不过是抄录前人的句子，可没什么好看的。"

轻荷端了茶过来，采云接了一杯，亲手递给他，说："你那边军务忙完了？怎么有空过来？"

"我想你了，来看看你也不许吗？"大同嬉笑道。

采云红了脸，夺了他手中的茶，说：“你倒是去别处打趣人去!”

大同忽然正色道：“轻荷，你先出去走走，我与你家小姐有些话要说。”轻荷见他面色凝重，忙应了一声，走了出去。

采云也心下奇怪，疑惑地看着他。他却又变得烦躁，在屋子里走来走去，采云忐忑地问道：“大同，是不是战事吃紧，又有了什么变故?”

他停下步子，转身抱住她，反复说：“采云，你不要怪我。你不要恨我。”

采云轻拍着他的背，见他这般焦虑，心中也难过起来，轻声安慰他说：“不要紧，一切都会好起来的。大同，我会一直陪着你。”又问他究竟何事，大同心一横，终于把与阎家联姻之事说了出来。

她却再没有说话，大同小心地看着她，她还有一丝笑意凝固在脸上，只怔怔地看着他，目光仿佛被人掏空了一般。

“采云，我不该这样委屈你，可是部队的伤亡越来越严重，百姓被战火蹂躏，父亲的夙愿……”他语无伦次地想解释些什么。

“我知道。”她忽然打断他，说：“你已经决定了吗?”

大同摇了摇头，说：“我想和你商量……”突然又惊醒，自己若心意坚定，早就一口回绝了联姻之事，可如今这样犹豫，心中何尝不是已经决定要牺牲她了，这样做与背叛何异。原来自己所谓的深情与真爱，竟也如此不堪一击！他悲哀而无望地看着她，说出的话再收不回来。她全副身心地信任和依赖着他，他却凉薄寡情背信弃义，葬送她一生的幸福与梦想，弃她与万劫不复之地。满心的悔恨与内疚压抑着眼中的喷薄欲出的泪，定定地看着她，等待她狠狠的指责与审判。

她的眼睛明亮而柔情，慢慢地笼上一层雾气，却又渐渐散去，眸中的光芒变得暗淡，却没有怒意，只生出一种悲悯来，“我知道，你有那么多的责任要背，你也是不得已。”

“大同，我知道，我都明了。”她轻轻地靠着他，怜惜他的为难，他的万丈雄心都为了她消磨牵绊，她已负累他太多。如今总理府连连败退，形势危急，与阎

司令联姻之事一定是总理部下的人共同决定的。他这样的身份地位，千钧重担，万众期盼，都要他来背负，已委实不易，她怎忍心让他再为她抛家弃国受世人指责。爱一个人，就该为他分忧解愁，江山倾覆，血流成河，亡国亡家之痛，岂是轻易能随风而逝的，既然选择了他，又怎能自私到让他们的幸福沾染这样的鲜血与哀恸。

无奈或坚决，他都是身不由己的。"大同，我只要你好好的。"她伏在他怀里，眼泪无声滑落，不是不委屈，可比起他的绝望境地，她只能让步，任一颗心辗转碾磨成灰。

"采云，我该怎么办！我不要让任何人委屈你，我要保护你，我要你留在我身边，我心里爱的人永远只有你一个。"紧紧拥抱着她，一辈子细水流长，他不知道自己到底能给她怎样的欢乐与悲伤。

"大同，和阎司令家联姻吧。"因为懂得，所以慈悲，因为爱你，所以成全。"我不委屈，只要能守在你身边，我都愿意。"她抬头看着他，微微含笑，肝肠寸断。

总统府联军与总理府联军的激战，由于翎西军的加入，形势急转，护国军节节败退，不得不与总理府议和，金家之困终于得解。

金绪博正踌躇满志，欲彻底击溃凌智和后继任总统，却不料半路杀出个程咬金来。大军阀何锟趁乱杀入京城，占领总统府，抢先出任总统。凌智和与金绪博皆元气大伤，鹬蚌相争了一场，却让何锟这个渔翁捡了个便宜。何锟任总统后，对凌智和极力打压，收编了原总统府的护国军旧部，凌智和其他部下联军见大势已去，皆或逃或脱离了凌氏管辖。凌智和急怒之下一病不起，不久便一命呜呼，凌云风一蹶不振，终日沉迷酒色，风云一时的前总统凌府，至此便没落不堪。在何锟的打压下，金绪博也丢去总理一职，所幸军权在握，仍有望东山再起，遂暗中筹谋，预备支持儿子金大同重夺大位。

金绪博韬光养晦，命大同暗中操练整顿队伍。大同率领东军赶赴剡北，清理整顿剡北叛军，采云也跟随左右，二人出入相随，形影不离。消息传来，阎雅媛甚是恼怒，母亲劝她说：“结婚后你就是金府的正室夫人，那个采云姑娘将来不过是个妾室，总要敬你三分的。再说，随侍军中，吃穿用度都不比府里，是件苦差事，也没什么可生气的。”雅媛只是不依，砸了一对新买的彩釉花瓶，说：“他们这样，分明是故意要我难堪，总有一天，我要让她知道我的厉害!”

天气渐凉，在剡北的日日夜夜，大同与采云细数着时间的流逝，看晨光若曦，看碧空如洗，看斜阳染晖，看秋草转黄。风儿轻柔，云儿悠然，急促交替的白天黑夜，却让采云有些透不过气的恐慌。那样一个碧空湛蓝的午后，他们坐在树荫下，听蝉鸣，看蝶舞，夹竹桃恹恹地垂着头。他细细地吹那曲《阿瑞苏》，忧郁绵长的琴声扯开一大片挥不去的忧伤，她听得心力交瘁，他偏还把口琴递给她，要教她吹这支曲子。采云恼怒地夺了口琴，狠狠往地上一摔，说：“我不要学，不要听!”她从未在他面前如此赌气发狠，他有些尴尬地看着她，她一张脸涨得通红，泪水在眼眶里打转，却拼命忍着不掉下来。口琴摔在地上，已有些掉漆，他慢慢拾起来，心中难过，口中仍唤她：“采云……”

“我不要听！我讨厌!”采云捂了耳朵，跌跌撞撞飞跑出去。

“采云!”大同呼喊着她，一边追了上来，她只拼命地往前跑，仿佛要躲开这忧伤的包围，脚下被什么东西一绊，跌倒在地，只觉得膝上一阵疼痛，却是磕在了一块碎石上。隐忍的委屈瞬间爆发，她坐在草丛里，大颗的泪涌出眼眶，滴落在葳蕤的草叶，晶莹剔透地滚动跳跃着，终于从叶尖上悄然滑落，无声地坠入土层。

大同追了上来，小心地问她摔到哪里了，她指了指腿，他便蹲下来查看，她膝盖上一片通红，几欲破了皮，隐隐透着血红。

“疼吗?”大同心疼地问。

“疼！疼死了!”采云忽然抱住他，大放悲声，似乎摔伤的不是腿而是她的心。

“大同，我不该对你撒泼置气，可我好难过。”采云紧紧地搂着他的脖子，眼泪洒了他满身，“我只想守在你身边，可我好难过，我怕我做不到。我的心好疼，我讨厌这样的悲伤，我快要难过死了，大同，我不要离开你！”她语无伦次地哭着，突然疯狂地咬着他的肩头。

他痛得眉头都皱起来了，还是默然无声地抱紧她，她终于拼尽了力气，松了口，抹了把眼泪说：“我总要让你记得我。”他苦笑着看着她，她却又失了信心，她这样淡，淡得都快失了颜色，像她这样平淡无趣的女子，在他风云天下的人生里，怕也不过是淡如云烟的匆匆过客吧。不由得心中悲哀起来，含泪轻声问道：“以后的岁月里，你还会记得我吗？”

看着她心碎神伤哭倒在自己怀中，大同只觉得千言万语说不出口。我会用一生的时间来证明，我会用整个身心来守候，他暗暗发誓，采云，我会倾尽所有，把这最真的爱永远留在你身边。

他久久不语，她也渐渐不再哭闹，自己怎么会这么傻，问这样的话，记不记得又能怎样！不肯放手，许是因为还不够痛，甘愿委屈，许是因为太贪恋他的爱。这样无可救药地爱上一个人，依赖或沦陷，总是自己选择要坚持下去的路。

他扶着她走到树荫下，轻轻说：“采云，你在这里等我。”他依旧满目温柔，采云不忍再说什么，点了点头，他便一个人走开了。不一会儿，听到汽车的声音传来，采云抬头看去，大同从车上下来，过来扶她上了车，又对梁子程说：“去虎山。”

采云疑惑地看着他，大同笑道：“我们去虎山。”她刚想说什么，他又抢先说：“我想带你去看瀑布，就现在！”烽火连天，可又有什么关系呢，为着她冒险一次又何妨！他目光里有不容置疑的坚定，采云不再争辩，任他用力握着自己的手，这样急急兑现他们之间的约定，总有些末日疯狂的意味。采云深吸了一口气，努力挥去这不祥的念头，梁子程踩着油门，车子飞速前行。

到达虎山已是深夜，采云途中睡了一会儿，此时倒无睡意了，下了车，见天上极好的月亮，不由惊呼道：“今天是十五吗？月亮这样圆！”

“十六了。”大同笑道，携了她的手说：“今天我们就效仿古人秉烛夜游，来个踏月观瀑，也算及时行乐了。”

采云听了，心下一沉，又生出些悲凉的意味来，强自隐忍说：“我下午摔伤了，腿还疼呢，可爬不了山。”

“我背你！”大同说着，便蹲下身来。采云无奈地看着他，她害怕这样无所顾忌地挥霍他们之间的美好，似乎他们的缘分只有那么数得清的一小份，挥霍尽了，便再也守不住彼此。仿佛一个孩子只能拥有一颗糖，吃完了便再也没有了，她小心翼翼地想延长这美好，他却这样霸道而坚持。

她在心底叹了口气，转身便走，说：“谁要你背。”

大同见她一拐一拐地向山上走去，也站起身来，对梁子程说：“你就在车上等我们吧。”一边笑着追上去扶她。

走了一小会儿，大同拉她停了下来，说：“梁子程在车上呢，现在看不到我们了，你不用害羞了，我背你吧！”

采云红了脸，“啪”地打开他的手说：“谁害羞了！”

大同忍住笑，说：“我害羞，我害羞。那你敢不敢让我背？”

采云不理他，一个人挣扎着往前走，大同跟上去，猛地一把抱起她，笑道：“抱你上去也好。”

“你放手！放我下来！”采云惊慌地捶打着他。

“这辈子我再也不会放开你的手。”他吻着她，深情无限。

月色溶溶，照在崎岖的山路上，他怀抱心爱的人儿举步前行，夜风徐徐，拂动她羞红的眉眼，缠绵如丝。

那瀑布飞溅而下，远远地便听闻轰隆的水声。他们在一处山石上坐了，不时有飞扬的水珠飘洒过来，采云惊叫着躲在他身后，却又觉得有趣，伸手去接飘来的水珠，大同忙拉住她，说：“你可别掉下去了。”水声太响，采云听不见，大声

问他："你说什么？"大同趴在她耳边，笑道："我说你掉下去我可不捞你。"

"我掉下去才好，谁要你捞！"那样便不必再受如此煎熬，采云借着水珠洒了满脸的遮掩，又落了泪。

"怎么又赌气了，我不过是开玩笑。"大同笑道，采云已瑟瑟发抖，眼泪不止。

"你不喜欢这瀑布吗？"大同知她痛苦委屈，心疼地抱着她。

她悄悄将泪擦在他衣襟上，暗恨自己怎么变得如此尖刻敏感，他这样大半夜地带她爬山，逗她开心，她却百般挑剔与他生气，相守的日子或许已不多，自己怎么这样不知珍惜。她努力压下心底的伤感，笑着说："喜欢。"

"你喜欢，我们每年都来这里看瀑布。"他紧紧拥着她，一字一句地说："今生，我与你，年年此夜，虎山观瀑。"

月渐西沉，大同要背她去山顶看日出，她执意不肯，说："我自己能走。"见大同有些失落，又笑道："总要留些余地。明年今夜，你再背我来虎山吧。"大同笑着刮了刮她的鼻尖，说："偏你这样多的心肝儿，明年都预定下了。"

水声渐远，到了山顶，月亮却还没有完全下去，采云又等了一会儿，终于撑不住，靠着大同睡着了。朦胧中被他摇醒，采云闭着眼迷迷糊糊道："别吵，我要再睡会儿。"大同见她像只懒猫，用手轻捏她的脸，说："你再不起来，可就错过日出了。"采云将脸翻转到另一边，继续睡去，一边说："我已经醒了，只是不想睁眼罢了。"大同忍不住笑道："你这样贪睡，我到底是该叫醒你呢，还是该让你错过日出呢？"采云忽然睁开眼坐起来，笑道："我终究也为难了你一回。"霞光万道，映着重重叠叠的峰峦，灿若锦绣，她靠在他肩头，一对金色的身影溶在这辉煌的天地间。

第十八章
桂花落，叠叠阳关阙

采云还是学会了那曲《阿瑞苏》，就像到底逃不开这悲伤似的，在营地里一遍又一遍地吹给大同听，他凝望着她，仿佛总也看不够，目光温柔如水。寂深的夜里，他们牵手相依，绕着营地一圈又一圈，不说一句话，就那样默默行走。静夜如歌，月华如练，她的手越来越寒凉，他不敢丈量她心底的悲伤，只握紧她的手，将她最好的模样藏在心上。

婚期将至，他们不得不回府，四处张灯结彩，喧闹的红色铺满庭院。她紧闭房门，不敢再看，听得见自己心碎的声音，却依旧固执地微笑。与他不过一墙之隔，却仿佛只敢在梦里相见，相思守候成绝望，烟色迷蒙的记忆，遗忘了今生的约定。

“他怎能如此委屈小姐！”轻荷守在她身边，泪如雨下。

她却笑道：“他也是不得已，我不能怪他。”

“小姐，你难受就哭出来吧。”轻荷摇着她的手腕，泣不成声：“你这样强颜欢

笑，我都要担心死了。”

“傻妹妹！”采云替她拭着泪，说：“我没事，我真的没事。”

她没有悲伤，没有眼泪，只低低地吹着那曲《阿瑞苏》，乐声温柔而遥远。夜凉如水，他轻轻推开窗，惊醒他的不是琴声，而是她无尽的幽怨，月色斑驳，碎玉满地，覆得心底如霜。

迎亲的车队已停在阎司令府邸，阎雅媛身着西式婚纱，正站在中厅挽着阎笑天的手说：“爸爸，你答应我的事可要做到。”阎笑天拍着女儿的手臂说：“宝贝女儿，开开心心做你的新娘子吧，爸爸会处理好一切的。”一边牵着她向外面走去，鼓乐声里将她送到车旁，雅媛微笑着与父亲行了西式的吻别礼，便坐进车内。车子徐徐开动，一路上爆竹声声，几十辆豪华车队更引来路人注目，雅媛想起大同为她簪花的一幕，心中甜蜜流转，但觉人生得意无限。

婚礼在金府的花园里举行，各色鲜花装点得如梦似幻，众人都围聚在此，牧师正在致宣召词。采云坐在屋子里，手中转动着那枚戒指，六芒星与鸢尾花交替辉映，发出澄黄的金色光芒，那样温暖的色泽却浸不透她冰凉的眼眸。

忽然有人推门而入，采云忙攥起戒指，来人是个面孔陌生的侍卫，急急地对采云说：“颜小姐，轻荷姑娘出事了！”

采云心中一惊，她只顾自己忧伤，竟不曾在意轻荷一天都没露过面了，往常这种时候她一定是守在她身边的。慌忙站起身来，连声问：“轻荷怎么了？她在哪里？”

那侍卫左右看了看，压低声音说：“颜小姐请跟我来。”说完，便转身而去。采云来不及细思，忙跟了出去。绕过花园，从侧门走了出去，门口已停了一辆车，那人打开车门，采云犹豫了一下，还是坐了进去。

车子箭一般地飙了出去，采云不防，额头磕在车窗上，一阵痛楚。环顾车厢，正在开车的司机和副驾驶位上的侍卫也都非常陌生。采云忽然觉得不安，问身边带她出来的侍卫道："轻荷在哪里？你们这是带我去哪儿？"

那人冷冷的并不理会，采云一颗心突突乱跳，大声说："停车，快停下来！"司机甚至都没扭头看她，身旁的侍卫却掏出了枪，抵着她说："闭嘴！再吵就毙了你！"

采云只觉得背上冷汗淋淋，心中默喊着大同的名字，期望他来救她。可是他正与阎雅媛举行婚礼，此时怎么可能出现！心底升出绝望，却慢慢平静下来。车子开出城外，又飞跑了半个多小时，终于停在一处僻静的路边。

采云被推下车，押着向前走去，拐到一处断崖旁，却见轻荷被人捆了手脚，跌坐在地，旁边七八个士兵举枪看着她。采云忙扑过去扶她，轻荷靠着她瑟瑟发抖，哭喊道："小姐！"采云抱住她潸然泪下。

"你们是什么人，你们到底要干什么！"采云护着轻荷，扬脸冲那些人怒道。这样的情形，没有人帮她，没有人守护她，她要勇敢起来，保护轻荷。

那位领头的侍卫冲众人使了个眼色，立刻过来两个人将轻荷拖到另一边，采云也被两个士兵牢牢控制住。他走了过来，将纸笔放在她面前，说："我们受司令之命，请颜小姐给金三少写封信。"

"写信？什么信？"采云疑惑道。

那人皮笑肉不笑地说："我们阎司令已将女儿嫁与金三少，司令府的千金岂能与人共侍一夫？所以要你写封信，断了三少对你的念头，我们司令府的大小姐才能安心。"

采云摇头道："我与大同已行过订婚礼，相约白头，我不能写！"

那人轻蔑地看了她一眼，狠狠地说："你不但要写，还要去死！"一边命人捧了托盘放在地上，说："断肠酒、匕首、绳索，你自选一样吧！"

采云低头看去，果见地上托盘内摆了酒壶、绳索等物，冷笑道："我要是不写呢！"

那人冷哼一声，回头朝轻荷的方向瞥了一眼，押着轻荷的士兵突然拔出匕首，

在轻荷脸上划了一刀，血顿时涌了出来，伴随着轻荷痛苦的惨叫。“不要!”采云呼喊着往前扑去，却被人死死拉住胳膊，“你们不要伤害她！求求你们不要伤害她!”她无力地跌坐在地，拼命呼喊着轻荷的名字。

“你若不写，我就先划花她的脸，再将她的手指一根一根切下来。你反正是要死的人了，我劝你还是积点德，不过写封信，就能救这丫头一命。如果你执意不肯，我就只好送她陪你一起上路，只要你死了，料阎司令也不会太过怪罪我。”他捏着她的下巴，目光里充满歹毒和嘲讽。

“不要伤害轻荷！不要伤害她!”采云悲愤难抑，自己一退再退，却还是被逼入这样的境地。抬眼看茫茫碧空，白云悠远飘过，仿佛从未眷恋过什么，大同，你在哪里，你听得到我心中的呼唤吗？我们的爱怎么会凄厉成如此模样！我要怎样做才能坚守下去？娘不在了，爹爹也不在了，如今我只有轻荷这个妹妹了，她从小跟着我，我不能，我不能让她受这样的欺凌！

他将纸笔塞在她手上，黑洞洞的枪口对着她。采云捏着笔泪如泉涌，大同，我该怎样与你诀别，我该怎样才能让我们彼此了断这相思！记得你指点江山的豪迈，记得你愁绪满怀的悲哀；记得你轻狂言语里隐隐的真诚，记得你缱绻目光里款款的深情；记得你软语温存的宠溺，记得你细心体贴的疼惜；记得你温暖的怀抱，记得你甜蜜的吻……这一生，即便死去，也不能忘怀，又如何与你挥笔断情！

“快写吧，别磨磨蹭蹭的！我还等着回去交差，可没时间跟你耗!”侍卫不耐地催促道。

既然此生已无望，大同，我们来生再见吧。轻荷，你要活下去，你要好好活着。采云提笔在纸上写道：“知君有两意，故此相决绝!”无法再爱你，就请你忘了我，大同，即便你恨我，也请你保重自己，一定要好好的。她木然地把信纸交给侍卫，冷冷道：“我已经按你的吩咐写了，你放了轻荷吧，她不过是个丫头。”

侍卫接过来一看，怒道：“就这一句话，算怎么回事？你这个贱人要我是不是?”

采云傲然道："我与三少早已相约生死相随，不离不弃，如今我以死与他诀别，他必恨我，这一句已足矣，你们的阎大小姐可以放心了。"

侍卫将信将疑地收起信纸，和一个士兵嘀咕了几句，那士兵拿起地上的那壶酒，走向轻荷，采云惊呼道："你们要干什么?"

"你既然都写了，留着这丫头也没什么用了。"侍卫奸笑道。

"轻荷!"采云拼命地挣扎着，却被人踩在地上，动弹不得，轻荷被两个士兵强灌着毒酒，血流了一脸。

"你们放开她！轻荷！轻荷!"采云将手指抠进土中，狠命地想抓住什么，轻荷已软软地倒在地上，开始吐血。刻骨的恨与绝望令她发狂，终于挣脱束缚扑了过去，抱起轻荷，轻荷痛苦地抽搐着，说不出话，大口的鲜血吐在她的衣服上，猩红夺目。"轻荷！轻荷!"采云战栗地呼喊着她的名字，轻荷却渐渐平息下来，终于倒在她怀里，一片静默。采云不敢流泪，心底唯余悲痛，风声猎猎，吹动岁月凄婉如歌。

"你那丫头已选了断肠酒，余下的两种，你自选一样吧。"侍卫把玩着手中的枪，毫不在意地说。

采云并不理会，帮轻荷理好头发，拭去她脸上的血迹，将她放在地上，又替她解开捆绑的绳索，轻声道："好妹妹，你等等我。"这才站起身，看了一眼托盘内的匕首和绳索，慢慢走了过去。那侍卫面带笑意，似乎很满意自己的手段。

自己的懦弱与退缩害死了轻荷，既然已是在劫难逃，又何必怕这些歹人，不过是一死。大同，希望来生能再遇见你，希望来生能再与你爱一场。她微微含笑，目光清澈，崖下的风盘旋着舞动她的血衣，凄艳动人。她蹲下身，伸手去捡匕首，那侍卫几乎要笑出声来，这次任务完成得如此干净利索，阎司令一定有赏。她却突然向断崖奔去，纵身跳了下去，风呜呜地在耳边响起，伴着"啪啪"的子弹声呼啸而过。大同，有句话我还不曾告诉过你，大同，我爱你，我真的很爱你！一滴泪从眼角滑落，飘摇着不肯坠落，却被崖底的风无情地翻卷着吹向谷底。

听闻宜山红叶好，袅袅秋风草木摇。秋来时节，他总是不远万里，从江南远涉京城，饮一壶甘醇美酒，赏一场枫醉秋红。

恪军首领江长卿赏罢红叶，踏马归来，途经翠叶谷，却见一女子满身是血躺在谷底。江长卿跳下马，走了过去，试探到她呼吸尚存，便携了她纵马而去。

刘队长在翠叶谷底气急败坏地训斥着手下："一帮废物，这么多人看着，居然还让她跳了崖！现在连尸首都找不到，如何向阎司令交差？"

众人唯唯诺诺地应着，却不动，刘队长怒道："都愣着干吗，还不快找！"一个侍卫走上前来，说："队长，兄弟们都将这谷底翻了好几遍了，再说，天都快黑了……"

"天黑之前必须找到，阎司令还等我们复命呢！"刘队长打断他的话说。

"队长，你看，不如这样。那个轻荷丫头和这颜采云的身量差不多，我们不如拿她去充数，她跳下这么深的悬崖，必定活不成了。"刘队长看了看他，那侍卫一脸谄媚，笑道："我们派人去金府，悄悄取件颜采云的衣服给她换上，再将那丫头的脸给毁了，就说是坠崖摔的，肯定没人辨得出来。"刘队长听了，渐渐露出笑容，拍了拍他的肩头，说："快去办吧。"

金大同烦躁不安地任人摆布着，只觉得婚礼的程序烦琐不堪，天色已暗，宴席却才刚刚开始。阎雅媛又换了中式旗袍，花团锦簇地挽着他的手，向来客们频频敬酒。一整天都没有看到采云了，她一定躲着这样的场面，不知道又要哭成什么样子，自己却一直抽不开身去看她，大同暗暗忧虑，心不在焉地与人碰了杯，却怔怔地握着酒杯出神。雅媛暗暗扯了扯他的胳膊，他醒悟过来，仰头喝掉杯中的酒，放下杯子说："我去去就来。"

刚走到门口，却被梁副官拦住，说金老爷请他过去。金绪博自退位后，不问政事安心静养，身体有些好转，今天是儿子大喜的日子，便与一帮旧部将与内厅设宴叙旧。此时叫了大同过来，便一一向他介绍，大同与众人行礼握手。大家见他击退了前总统凌智和的围攻，又拉拢到了翎西阎司令的大军，皆知他前途元量，势不可挡。是以纷纷向他敬酒，盛赞他少年英雄，智谋过人。大同心中焦急，却不得不强颜欢笑，与众人周旋着，又喝了许多酒，方退了出来。急急赶去采云的房间，却没见到她。

月朗星稀，天色已经这么晚了，她会去哪里呢？前厅里正热闹，大同却不想回去，便一个人在院子里绕了一圈，仍是没看到她的身影。大同长叹了一声，命侍卫找梁子程过来，交代他多留意采云，这样漫长而令她绝望的夜，怕她做出什么傻事来。梁子程走后，大同又起身踱向后院，桂花馥郁的香气和着风悠悠飘来，他寻了过去，靠着那株桂树坐下，仰望星空，这样的喧嚣的夜，唯有她的笛声才能给他心灵的安宁。恍惚中仿佛听到遥远模糊的笛声，她正在梅林里穿行，花儿掩映下粉面如霞，他追上去，她便娇笑着躲开了，他远远地伫立，她又回眸相望，浅笑盈盈。风吹散薄雾，她于落英缤纷里翩翩起舞，花瓣在她的指尖摇曳多姿，挥洒着一片嫣然风光。

桂花凋落的声音将他惊醒，梦中的欢喜，如秋风吹过花蕊，来不及回想，便了无踪迹。大同折了一枝桂花，走回来放在她的窗前。

“三少，采云姑娘出事了！”梁子程忽然出现在他面前，急促地向他报告。

沾了花香的手莫名地抖了抖，大同吃惊地看着他，又听他说道：“有人送信说采云姑娘去了翠叶谷，我派人去找，却在谷底发现了采云姑娘的尸首。”

“你说什么?”

“采云姑娘跳崖了。”

金大同蓦地掐着他的脖子，“梁子程，连你也敢骗我！”

梁子程一边艰难地呼吸，一边将手里的纸条递给他。大同接了过来，见是采云的字迹，便松了手，那纸上染着斑斑血污，她娟秀的字迹却清晰无比：“知君有两意，故此相决绝！”金大同哑然失笑道：“我不信！你带我去见她。”

“可是夫人已在新房等你……”梁子程终究没敢再说下去，开了车向翠叶谷

行去。

梁子程已命人将她抬了上来，覆了一层白布，大同木然地走过，伸手欲掀，梁子程却拦住他说：“三少，您还是不要看了。采云姑娘服毒后又坠崖，已毁了容颜，怕是……”大同仍揭开了蒙在她身上的白布，汽车的大灯都亮着，照着她血肉模糊的面孔，她穿着家常的衣裳，这样熟悉而陌生。

“三少，您节哀顺变!”梁子程扭过头去，不忍再看。大同盯着那尸首，脑海里一片空白。

梁子程轻轻盖上白布，命人抬走。金大同跪在原地，目光空洞，只有那句话越来越清晰，“知君有两意，故此相决绝!”决绝，你竟如此狠心，与我决绝！你以这样惨烈的方式结束自己的生命，就为了与我决绝吗？生死相随，不离不弃，我们之间的誓约你都忘了吗？采云，你恨我，所以要用这种方式惩罚我吗？采云，你怎么忍心，你怎么会如此狠毒！当我决定牵着你的手，就不曾想过退缩，你也说会陪在我左右，直到时间的尽头，为何要轻言决绝！明月如昨，我却再不能与你相守，放弃是你的理由，如此，便斩断我一生的永久。熊熊烈火燃尽你曾经的温柔，既然已经注定，我又何必叹息，泪不会再掉一滴，没有你的世界不需要珍惜。

第十九章

云山新绿，不与离人遇

回到金府，客人早已散尽，大同径直走进采云的房间，黑暗中守着窗台上那枝桂花。

阎雅媛不知何时走了进来，打开灯，冷冷道："她如此想不开，也不过是个不知惜福的贱人，你何必为她难过！"

"滚！"金大同并不看她，沉声道。

"金大同！"雅媛怒声说："今天是我们的新婚之夜，你就打算在这个贱人屋里坐一夜吗？"

金大同"啪"的打了她一耳光，"我不许你侮辱她！任何人都不可以侮辱她！"又对她怒吼道："滚！滚出去！"

阎雅媛自幼娇纵惯了，从未受过委屈，更别说被人打耳光，眼中立刻蓄满了泪，正要发作，却见他面色狰狞仿佛要吃人，心中忍不住打了个寒噤，哭道："金大同，你混蛋！"一边捂着脸跑了出去。

大同复又坐下，环视屋子，物是人非，无语凝噎。早知如此，血染江山便罢，又何必怕负了天下！这样虚无的乱世繁华，怎敌你眉目如画。琴声嘶哑，再不见你潸然泪下，玉笛无瑕，何处觅苍苍蒹葭？那梦里的梅花，是你最后的荣华，明月伴我天涯，我定为你颠覆这天下！

雅媛怕被人笑话，忍泪回到新房，等了许久都不见他回房，自己慢慢有些熬不住，便胡乱睡了会儿。醒来时不觉天已大亮，忙梳洗了出来，却有一位廖秘书向她汇报说，因熊得昌部战事吃紧，大同连夜去了寥东战场。

雅媛听了，直气得浑身发抖，他这样新婚之夜赶赴战场，分明是要她难堪，口中却笑道："你们三少真是心系家国、军务繁忙啊！"

廖秘书忙笑道："夫人深明大义，又貌美如花，三少娶得夫人这样的内助之贤，真是可喜可羡！"

雅媛见他言语奉承，并不搭理，将头扭向一边，盯着院里新摆的美人蕉。廖秘书走过去，采了几支大红的美人蕉，捧到她面前，说："夫人明艳动人，此花与夫人相映，愈发熠熠生辉了。"雅媛接了花，微微含笑。廖秘书又走近一步，觍着脸说："夫人若喜欢，明远愿天天为过来为夫人摘花。"

雅媛看了他一眼，说："几支美人蕉，有什么可稀罕的！"

廖明远忙笑道："花虽不值什么，明远倾慕夫人的心意却是真真切切。明远愿天天过来陪夫人说话解闷，任夫人差遣！"

雅媛脸一沉，怒道："放肆！你算什么东西！"将手中的美人蕉劈头盖脸向他砸去。

"是！是！明远该死！明远该死！请夫人责罚！"廖明远并不抖落身上的美人蕉，只是连连道错，一边夸张地打自己的嘴巴。

"哼！"雅媛冷哼一声，转身走开。

"明远恭送夫人！"廖秘书忙躬身相送。

寥东战场上，熊得昌部与寥东寥西联军僵持甚久，不料金大同竟带了部队亲自赶来支援，顿时士气大振。大同身先士卒，不顾一切冲锋陷阵，与敌兵勇猛厮杀，将士们大受鼓舞，皆跟着他出生入死，英勇无畏。几次进攻都取得了胜利，终于打破了寥东寥西联合掣肘的不利局面，形势好转，大同仍驻扎前线，亲自督战。

不知道昏迷了几天，颜采云终于醒来。看护她的花嫂忙道："姑娘你终于醒了！姑娘你叫什么名字?"

采云满心恍惚，只记得轻荷被人捆绑着，形势危急，她要去救她，忙张口喊道："轻荷!"挣扎着想要起来，四肢百骸却像被拆碎了般一阵剧痛。这强烈的痛，却又让她忆起轻荷痛苦抽搐大口吐血在她身上的模样。轻荷已经死了，采云心中一片绝望，不觉又晕了过去。

江长卿走进屋子，见她仍昏睡着，便问花嫂："她还没醒过吗?"

"下午醒了一下子，又晕过去了。"花嫂答道，想了想又说："对了，下午醒来时她说她叫青荷。"

"青姑娘。"江长卿点点头，又吩咐她说："你好生守着青姑娘。"花嫂点头答应着，他便走了出去。

采云醒来，见花嫂总"青姑娘""青姑娘"地叫她，也不辩解。花嫂又问她何故坠崖，她也恹恹地不愿开口。花嫂见她满身伤痕，唏嘘道："你摔成这样，也真是可怜，这一身的伤不知何时才能好呢!"又向她自我介绍道："我叫铁春花，大家都叫我花嫂。我原是大帅府的厨娘，大帅因不习惯北方的饮食，此次北上便带了我一起过来，谁知大帅那天回来竟带着满身是血的你，真真吓了我一跳!"采云听着，淡淡地也不应她，又听她笑道："大帅见你一个孤身女子，恐旁人照顾不便，就派了我来服侍青姑娘。你昏迷了这么久，现在可算是醒了！姑娘以后有什么事儿，只管吩咐我就是。"她性格爽朗，又满脸真诚的笑意，采云终点点了头，说了声"谢谢花嫂"。

她又坐在采云床旁，给她讲南方的趣事。她吴音颇浓，又不时夹杂一些方言，

采云并不十分听得懂，却也不忍拂了她的兴致。她是江府服侍上的老人，又因厨艺了得，江长卿对她也颇有几分尊重，此次被指派看护采云，也很是尽心尽力。花嫂又断断续续地陪采云说了一会子话，见她有些累了，便说："你休息一会儿，我去给你备些薄粥。"

花嫂刚走到院子里，却见江长卿迎面而来，忙笑道："大帅过来了！"江长卿也笑道："青姑娘可醒了？"

花嫂闪身立在一旁，朝房门看了一眼，说："醒了，我拉着青姑娘说了一会儿子话，又把她烦累了。"

江长卿笑道："是该烦她一烦，老这么睡下去，可要耽搁我们回南的行程了。"

花嫂忍俊不禁，笑道："我去给青姑娘备点粥，大帅晚上想吃些什么？"

江长卿想了想，说："我这几天在外面应酬，大鱼大肉的也太腻了，就跟她一起吃粥吧，这些天也辛苦你了，不必再另外操办了。"

花嫂笑着答应了，他便说道："你去忙吧，我去看看青姑娘。"一边举步向采云的房间走去。

采云听闻叩门声，正心中疑惑，却听房门"吱呀"一声被人推开了。他一身戎装，挺拔伟岸，伫立在眼前。仿佛有什么东西被掀开，不敢碰触的前尘往事蜂拥而来。大同也有这样整肃威严的戎装，他平时在家却极少穿，只有那次带她骑马，穿着这样的戎装，她被他勒在怀里动弹不得，她伏在他臂上委屈哭泣，他胸前坚硬的纽扣硌得她肩头生疼。与总统府激战的那段日子，自己陪他在前线，他也是这样戎装挺拔的模样，枪林弹雨里与她说些长相厮守的痴话。如今，他已与阎雅媛成了亲，不知可还记得生命中曾经有过她？她负了衔宝，害死爹爹和轻荷，付出怎样惨痛的代价，却仍与他隔着天涯。这样不经意的一丝触动，便让她撕心裂肺地想起他，汹涌的泪意滚滚袭来，她抓紧被角极力压抑着心底的悲伤。

江长卿推开房门，她淡淡的目光扫来，只看了他一眼，眸中霎时光华流转，却又突然黯淡下来，渐渐地相思如织，烟笼月朦。那一种泪光盈盈愁绪飘零，似一片凋落的花瓣点染起平静湖面的圈圈涟漪。一眼万年，心底有莫名的感伤涌起，你为谁相思这样重？你为谁愁绪这样浓？你为谁泪水涟涟流逝芳踪？

她坠下山崖损毁的容颜，此刻也变得不再那么狰狞可怖。这样一个目光如水的女子，究竟有着怎样的如烟情怀。她怕是还不知道自己容颜已毁吧，江长卿心中慨叹，走近了些，对她说："青姑娘，你好好休养，缺什么，只管吩咐花嫂去办。"

采云并不认得他，听他如此说，只应了声"谢谢!"江长卿忽见桌上摆着一把鎏银手镜，便慢慢踱过去，不经意间握在手中，又对采云说："那我就不打扰姑娘了，告辞!"

采云目送他离去，心终于平静下来。他不是大同，不过穿了一件相似的戎装，她便这般紧张失态。她已与他决绝，说出的话不能挽回，她已将自己的人生与他剥离，他们再也回不去了。从此后，记得死心便是。

江长卿急急走回中厅，命人请了厨娘花嫂过来，吩咐她以后不许让采云看到镜子，更不许她照镜子。花嫂笑道："青姑娘住的那间屋子并没有摆镜台。"江长卿"啪"地将手中的鎏银手镜丢在桌上，花嫂忙捡起来，笑道："这个是我的，可能是我不小心落下了。她现在还起不了床，不会寻得到镜子来照的。"江长卿面色愠怒，厉声说："以后这种小镜子也不许让她看到!"江长卿性子极温和，花嫂在江府十多年，极少见他动怒，如今见他为一面镜子发火，心中虽不解，仍唯诺着连声答应下来。

花嫂退下后，江长卿便一连摇了几个电话，询问何处有整形医院，一心想帮采云修复容颜。情况却很不乐观，几家大的外国医院也不过是做一些小的治疗型手术，整形手术却都没做过。

江长卿搁下电话，忧思重重，女子大都极珍爱自己的容颜，她毁容前也一定是个楚楚佳人。如今伤得这般重，就算身体复原了，也会面目丑陋狰狞，这样芳华正好的年纪，她若知晓，该是怎样致命的打击啊！想起她百转千回的目光，心

底隐隐痛楚起来。

北方的秋，凉中夹着深深的寒意，纷纷落叶里裹着丝丝悲壮萧瑟的意味，总不似江南那般明亮丰润，轻盈灵动。江长卿这天外出，却在翰林楼遇到了南林浦，他走上前去，重重拍了他一掌。南林浦看了他一会儿，终于惊喜地大笑道："长卿！江长卿！"他与南林浦幼时极要好，南家也是他们江南的望族，南林浦十三岁时便被家人送去日本留学，此后他们再没见过面。此刻他乡偶遇，倒真是一件巧事。

江长卿也笑道："这么多年没见你，你怎么突然出现在京城了？什么时候回国的？"

南林浦忙邀了他说："我们去楼上叙旧。"

二人在翰林楼的翠竹厅落座，开心畅谈了一番。南林浦这几年在日本学医，因时局动荡，家人惦记他安危，才连连写信催他回国。他已回来两个多月，在江南新开了一家西医院。之前托朋友从德国带的一些医疗设备滞留在津港，所在他回国后便来到京城，打算将这些设备运回江南新开的林浦医院。

江长卿笑道："你回来办医院，都不请我去剪彩？"

南林浦忙抱拳道："你现在是大帅了，日理万机，我一个平头小百姓，可不敢叨扰！"

江长卿给了他一拳，说："你留学这么些年，倒没学会一点西方礼仪，还是我们的那些老传统。"

南林浦笑道："我那医院的牌匾打算重新刻，到时候可要求大帅你的亲笔墨宝了！"

"这倒不难，关键是要看你怎么求了！"江长卿跟他开着玩笑，忽然又想起了什么，忙问道："你的林浦医院可替人做整形手术吗？"

南林浦一拍大腿，笑道："做啊，你忘了我在日本偷偷选修了整形科啊？只是目前国内还比较保守，敢拿自己的身体动刀的人还太少，我将器械都置备齐了，可惜却是英雄无用武之地啊!”

江长卿将手指叩着桌面，笑道：“我倒有个让你用武的机会。”

“你要做我在国内手术台上的第一个小白鼠?”南林浦吃惊地看着他，“啊！那我可是太感动了，我父母都不支持我学整形，还是长卿你对我最好!”南林浦边说边夸张握紧他的手。

“去！你怎么还这么没正形!”江长卿抖开他的手，笑道：“不是我，是个女子。”

南林浦愈发疑惑起来，“女子?”复又坏笑道：“我倒并未听说你有女朋友了，这女子与你是何关系，长卿你快从实招来!”

“休要胡说!”江长卿正色道：“她从山崖上掉下来，我正好路过，就救了她。她如今伤势好了些，脸上容貌尽毁，我看着不忍，帮她问问你罢了。”

“哦!”南林浦恍然大悟道：“原来是崖下偶遇，英雄救美!”

“你外国电影看多了吧!”长卿笑道：“你倒是帮不帮忙?”

“江大帅发话，草民哪敢不从！我一定用我鬼斧神工的技艺，把你这位崖底偶遇的女子，雕琢成倾国倾城的美人!”南林浦大笑着说。

“没见过脸皮这么厚的人，都自夸成神仙了。”江长卿也大笑，又说：“她又不是块木头，还雕琢，你还真把她当小白鼠了?”

南林浦打趣他说：“你这就心疼了?”

“倾国倾城就不必了，你帮她修正一下，别让她照镜子的时候伤心难过就行了。这样花样年华的女子，坠崖毁容，也是挺凄惨的。”江长卿心下有些难过。

“叱咤风云的江大帅怎么突然变得这么心软了?”南林浦仍笑道：“我回国之后，倒是听说了你不少的英雄事迹，平定江南动乱，这几年竟成了吴越之地最大的军阀了。战场上杀伐决断的铁血男儿，此刻竟对一个崖底偶遇的女子心生同情，还敢说是我电影看多了?”

“怎么招出你这么一堆口舌来!”江长卿笑道：“我看你不光是电影看多了，你

都可以当编剧了!”

南林浦笑道:“当编剧我没兴趣,我的理想是开一家全国最大的整形医院,修正身体的缺陷,通过整形术为希望变美的人们圆梦。”他又正色道:“你既将此事托付给我,我也要告诉你实情,整形手术一般要分数次进行,完全修复的时间会比较长,病人也难免要多受些苦。”

长卿沉思道:“她这样的情况会需要多久?”

南林浦摇摇头说:“我要见见她本人才好说。”

江长卿便邀了他同去自己的临时行馆,又找了借口带他与采云见了面。出来后,南林浦面色沉重,说:“她脸上的骨头也伤着了,有些扭曲变形,需要矫正,若要完全康复需要八个月到一年的时间。恢复后,可能也与原先的容貌有些差异。而且如果决定手术,最好能马上安排,不能再拖下去了。”

江长卿犹豫了一会儿,终于点点头说:“我马上安排带她回南边,你什么时候起程?”

“我这边需签办的事已处理好,也可以马上回去。”南林浦说。

“那你就安置别人运送那些器械,你跟我一起,坐我的专列回去快一些。”长卿道。

“好!”南林浦点点头,自去安排人手。

江长卿在院子里踱步,忽然想起自己从未问过采云的意思,心下踯躅起来。她若京城有亲人,不肯随自己回江南,或者并不愿承受这苦楚去做整形手术,自己这样贸然行事怕有些不妥吧。终于敲开了房门,对她说道:“青姑娘在京城可有亲朋旧识?不如请了来多陪陪姑娘。”

采云一愣,爹爹葬身火海,轻荷惨死,大同那里却是再也不敢相见,细思一番,竟再无一人可以相陪!心中吃痛,轻声答道:“没有。”

许是受了伤的缘故,她的声音也有些嘶哑。长卿在她对面的椅子上坐下,又说:“我有一个故交,在国外学医,如今学成归来,在我们江南开了一家西医院。

你如今虽然缓过来，但完全康复还要些时日，这边的医术又不大好，我想带你回南边，住进我这位故交的医院里，让他精心替你调治。不知青姑娘可信得过我，是否愿意随我回江南?”

采云日常听花嫂的言谈中得知，他也是一位极有威信的大帅，统治着江南的几个大省。她醒来已有月余，他虽不常来看她，待她却极谦和有礼，采云虽对人生万念俱灰，却仍是心生感激。如今听他这样说来，暗想自己此生不管去往何处，失去了大同，心永远都是一叶飘零的浮萍。与其留在这伤心地，不如随波逐流，消散在茫茫人海，与他再不相见。思虑至此，目光看着他，轻轻点了点头。他眼里有迅速闪过的欢喜，放下手中握着的书，站起身来，对她说：“那你好好休养，我去安排一下，我们很快就会启程。”

第二十章
芳信无音，默默秋凉诉

寥东战事已接近尾声，金大同率熊得昌部将痛击寥东寥西联军，联军步步溃败。因寥地严寒，入冬后行军将愈发困难，大同下了命令，一定要在入冬前拿下寥地。众将士齐心合力，终于在十月底攻下寥地联军，取得了寥东大捷。

消息传来，金绪博甚感欣慰。阎雅媛也心中欢喜，寻思他必定不日就会回府，谁知又等了二十余天，竟还不见他回来。心中气恼不堪，却又不肯在众人面前流露分毫，唯恐被人耻笑了去。廖明远察言观色，不时差人弄了各色名贵的花卉盆景，摆在她屋前的廊上。

金大同正在寥地，收编寥东寥西降军。熊得昌深知此次寥东一役金大同功不可没，所以打算将攻下的寥东寥西，交给大同带来的肖旅长管辖。大同却不同意，对他说："寥地苦寒，熊师长长居此地，劳苦功高，对寥地又很熟悉。此次寥东大捷，就将寥东寥西归入熊师长辖区，你派兵驻防便是。"

熊得昌深为感激，动情地说："三少如此信任我熊得昌，日后但凡三少调遣，熊某必万死不辞！”

寥军旧部有位英勇善战的马图，原是寥西军中的一位旅长，兵败后宁死不降，被关在营地大牢内。大同赞他忠诚血性，放他出来，以礼相待，马图并不领情，依旧与大同屡屡对抗。金大同命他随侍自己身边，恢复旅长头衔。金大同以身作则，厚待将士，又对他推心置腹信任有加，终于打动了他。大同又将寥西整编后的队伍托付给他，马图极为动容，遂决定誓死追随金大同。

金大同将余下的降兵分别划入肖旅长和熊得昌部下，又命将士加紧操练，整肃队伍。不觉年关已至，大同本不想回府，却收到父亲派人送来的信，于是，带着马图和肖旅长部回至金府。

年下只是阴冷无比，零零碎碎地飘着雪珠子，落地便沾了斑斑泥痕。大同看过父亲，便走到采云住过的房间。已吩咐人每日打扫了，屋子里纤尘不染，一如她还在的模样。

窗外几杆翠竹迎风呜咽，正是苦寒时节。忆起梅花初发，她形单影只，弄梅愁绝，如今又何堪暖炉虚设！伤心处，情难舍，不敢与君绝。黄昏庭院，亭台楼阁，伫立窗前，夜深未见月。

阎雅媛知他回府，在房内苦等，却不敢再去招惹他。夜深了，他终于回房，刚解下衣扣，抬眼见她坐在床上。迟疑了一下，终于想起自己已与她结了婚，这房间已不像从前那样，只属于他一个人。他忙转身道：“你睡吧，我去书房。”一边扣齐了衣扣。

“大同！”雅媛走上来，抱着他的脖子，说：“大同，你不要走！”她微微地涌起了泪，“我好不容易等你回来了，你不要再这样丢开我。”

大同伸手掰开她缠在颈间的胳膊，她却将他搂得更紧，哭道：“我到底做错了什么，为什么要这样对我！”

他松了手，任她紧紧地抱着他，叹息道：“雅媛，对不起！”

“我不要对不起，我要你爱我。”雅媛松开他，盯着他的眼睛说：“大同，你是

爱我的，对不对？在翎西的时候，你和我赛马，故意让着我，跳舞的时候你还替我簪了花。你是爱我的，是不是？”

大同摇了摇头，说：“对不起，雅媛，让你误会了。”他清晰的言语彻底粉碎了她梦想的美好爱情。

雅媛松开手，退后几步，冷笑道：“误会?！你对我就只有误会?”她有些发狂地抄起桌上的杯子，狠狠摔在他面前，“你一回来，就躲进她曾经住过的房间，我等你到深夜，就换来你一句误会！她有什么好，我到底哪里不如她，凭什么，凭什么你要这样对我！”

“她或许不够好，可我心里已经有了她，再装不下任何人。你没有什么不如她，只是爱错了人。”金大同心如寒铁，字字句句刺得她心底发凉。

“金大同，你混蛋！”她扑上来，疯狂地厮打着他，“你娶我，只是为了和我们阎家联手，打败总统府是不是？你过河拆桥，你混蛋……”

“你既然知道，就别再痴心妄想！”金大同冷冷地推开她，转身欲走。

雅媛忽然拦在他面前，恨声道：“你再爱她，她都已经死了，连尸首都化成灰了！她就是个贱人！”

大同再不看她一眼，快步走了出去，耳边犹传来她刻薄的骂声：“你不爱听，我偏要说，她就是个贱人，贱人！贱人！”

他摔门的声响打断了她的骂声，雅媛蒙着头哭倒在床上，她梦想期望的爱情，原来竟是一场误会！自己一厢情愿地爱上他，却被他这样无情冷落！新婚之夜他弃她而去，金府中人虽不敢在她面前说什么，背地里少不了议论纷纷，连母亲也跑来问她，她极力遮掩，总想着等他回来便能挽回面子，如今他竟说她是痴心妄想！“金大同，你混蛋，我阎雅媛一定不会与你善罢甘休！”她猛地坐了起来，擦掉脸上的泪，愤声道。

正月里却下起了极大的雪，大同日日在外游玩，总是夜深了才回府。夜晚并不回自己的房间，只在书房安歇。雅媛心中生恨，却也无计可施。金绪博却叫了大同到面前说话，与他谈起雅媛，说："采云死了，我知道你不甘心，可你已娶了雅媛，总这样冷着她也让人笑话。"

大同道："爸爸，我知道了。正月过后，我打算率翎东军和我新收编的马图部，吃掉西北的靖军。"

金绪博吃了一惊，说："西北的靖军去年大败西南的臻军，如今也是西部的大军阀了，岂是轻易能被你吃掉的？"

"我们要将北边的江山纳入掌中，总要吃掉夹在中间的靖军。拿掉靖军，翎东军和熊得昌部便可衔接起来，调动兵马才能畅通无阻，以后便可挥师南下，一统河山。"大同道。

金绪博点了点头，说："翎东和寥地是需打通。"又赞扬地看着他说："你既已决定，就放手去搏吧！只是行军打仗，你在营地发令指挥便是，不必和士兵一起冲锋陷阵。你虽无总司令的头衔，却握着三军虎印，十万大军都要唯令是从，你也要注意自己的身份。"

大同应道："我知道了。"又对父亲说："寥地的熊得昌，我已在年前回府时告诉他大概的计划，届时他会配合我，对靖军开战。翎东这边我打算亲自去一趟，与金清桥商议。"

金绪博颔首道："去吧。"大同走了几步，又折了回来，对父亲说："爸爸，孩儿在外征战，你在家也要多保重身体。"

金绪博笑道："我现在无官一身轻，军队的事又有你替为父打理，我的身体倒无大碍，吾儿不必挂念。"大同笑了笑，与父亲告辞，命梁子程派车送他去翎东。

途经虎山，大同便命司机停了车。他靠在路边一株冬青树上，沉闷地抽着烟，雪簌簌地落满肩头，也不去伸手拂拭。虎山苍茫依旧，他却不敢独自攀行，重温旧梦。想起她手中的红梅，想起她发间的花瓣，想起她一步一步踏进他脚印里的可爱模样，回忆里眉黛烟青新妆成，此刻又何处觅佳人芳踪？淡淡的梅香沁人心脾，他却被烟呛得咳了起来，伴着酸苦的泪落入雪地上。大同蹲下身子，团了一

团雪，却无处可抛，握在掌心，任雪水慢慢融化，寒透他的衣袖。

阎雅媛披着艳红的大氅，倚着阑干，伸手接飘下的大瓣雪花，又将掌心的雪花吹走。玩了一会儿，终觉得无趣，正要回屋，却见廖明远持伞走了过来。他走近了些，便笑道："夫人请留步！"

雅媛住了脚，回头看他，他站在廊下，从背后拿出一枝红梅来，举在她眼前。雅媛见那梅花开得正艳，接过来笑道："这红梅开得好漂亮！"

廖明远仰头看着她说："夫人穿着这艳红的大氅，立在这雪地里，可是比红梅还要好看。"

雅媛笑道："你也就一张嘴甜，合着当我不知道你们在背地里议论我！"

廖明远忙扔了伞，指天发誓道："别人我不知道，我廖明远若在背后说过夫人半句坏话，就让我天打五雷轰！"

雅媛白了他一眼说："平白无故的，你在我面前发什么誓！"

廖明远见她并未真的生气，便凑近了些，扶着栏杆说："我对夫人的一片痴心天地可鉴，只要夫人开心，明远愿为夫人肝脑涂地也在所不惜！"

雅媛正看着手里的梅花，听他这样发誓，便转眼看他，却见他觍着脸，还对自己挤眉弄眼的，不由啐了他一口，说："谁稀罕你的花儿！你若想表忠心，不如去烧了那个贱人住过的屋子，我看着就烦！"一边将那红梅抛在他脸上，扭身走了。廖明远接住红梅，见她恼怒离去，也不敢追，拾起伞悄悄走开了。

入夜，雅媛被大火惊醒，果真见采云住过的屋子起了火。她与大同结婚的婚房还是大同之前住的房间，就在起火屋子的隔壁，那火势几乎要蔓延到这里来了。雅媛吓坏了，忙披衣逃了出来。众人已大喊着救火，不多时便将大火扑灭了。雅媛心中暗惊，自己白天随口一说，那廖明远竟如此大胆，果真烧了采云的屋子。金大同那么在意那间屋子，平时派人天天打扫，还不许任何人进去，如今被烧毁了，他知道后还不知要怎么跳脚！又想此事与自己无关，他也不敢怪罪到自己头上，他对她又这样冷漠，自己何必替他担心。

金大同与金清桥商议下作战方案后，便命人送了一份给熊得昌。计划二月初大军开拔，离出发时间还有十多天，大同却不想回府，命梁子程驱车送他到梅县。梅山上花开正浓，他从未在梅开时节来过梅山，却觉得这画面熟悉莫名。她留给他的最后一场梦便是这片梅林，她在花海里穿行，于落英缤纷中翩然飞舞，花瓣在她的指尖摇曳生姿。他闭上眼，回想梦里的情景，枕着一株老梅根，酣然睡去。

整整一个冬季，采云都住在林浦医院的特护病房里。数次被推上手术台，冰冷的器械在她的脸上划割游走，又被一件件丢进手术盘里，发出“咣当咣当”的声响，绝望而恐怖地撞击着她木然的心。

大概是她第四次手术后，江长卿又来看她，她脸上依旧缠着层层纱布，开不得口，只余一双眼睛露在外面。

江长卿在她床前坐下，从带来的食盒里端出一盘饺子，对她说：“青姑娘，今天是除夕了，你们北方除夕夜是要吃饺子的吧？花嫂学着做了一份，我带来给你看看，希望能聊解你的乡愁。”采云目露感激，他又笑道：“我替你尝尝好不好吃。”边说边夹了一只饺子，慢慢吃下去，又说：“我们这里过年是要吃汤圆的，寓意团团圆圆。”

他顿了顿，自嘲地笑笑，说：“你我都是孤家寡人，聚在一起也算是团圆了吧。”采云下了火车后，便被送进林浦医院，从未去过江长卿的大帅府，如今听他说自己也是孤家寡人，心下暗暗疑惑。又听他说道：“我十六岁的时候，父母便相继辞世，我袭了父亲的帅位，统辖这邻近的三个小省。如今时局动乱，北方已打得不可开交，我们也不过是偏安一方罢了。”

“这些年我一个人虽是习惯了，却还是最怕过年过节。小时候一家人团聚一起，欢享天伦，如今却冷冷清清只有我一人。大帅府那么多屋子和侍卫，却依旧空荡得令人窒息。”他忽又笑道：“今年好了，总算有你陪我守岁。”采云听了，心中总有一股挥不去的惆怅。去年的除夕，自己也是在医院度过的，有大同的琴声

相伴，孤寂便成了安宁。如今，却是两个孤家寡人，加起来也不过是更孤寡。

夜渐深，林浦医院平时的病人也不多，更何况今天是除夕夜，医生和护士们早就下班了。四周一片安静，只听见雪珠子扑在窗户上，发出轻微的簌簌声。

静默许久，江长卿拿出一个牛皮纸笔记本，摊开来对采云说："林浦从国外带了些小说，我读给你听，解解闷吧。"采云将目光移向一旁，并不看他，他却兀自读了起来。采云有一搭没一搭地听着，渐渐眼皮沉重，不知不觉睡了过去。江长卿读了一会儿，见她睡着了，便停了下来，无奈地盯着手里的本子。南林浦从国外带回来的小说都是外文，他并看不懂，缠着林浦挑了几篇好的翻译给他。细细抄在这个本子上，预备在她病中无聊时替她解闷，谁知刚读了几页，她便睡着了。

长卿默然许久，轻轻合上笔记本。环顾病房，见桌角堆着一对烛台，便取过来将蜡烛点燃，关了明晃晃的电灯。烛火朦胧，映着床上熟睡的采云，冬夜里极寒凉，她却将一只手伸出被外。长卿走过去，并不敢碰她的手，轻轻拢了拢被子，替她盖严实。屋子外面的风雪声更大了些，雪珠子渐渐变成了唰唰的细雨，屋内因着一层晕黄的烛光，却变得温暖起来了。他又走回来，坐在椅子上，翻开自己抄写外文小说的笔记本，独自翻看起来。

金大同率岭北军和马图部奔赴西北战线，袭击靖军，熊得昌也趁势发难，攻打靖军北部。翎西军阎司令部虽与金家联手，打败过凌智和部，翎西军权仍旧独揽在阎笑天手中。阎笑天对金大同的开疆拓土，并不十分看好，按兵不动，金大同恼他世故滑头，却也无权调配翎西军兵马。

金军与靖军之战非常激烈，这场合围直打了四个多月，仍不分高下，双方皆伤亡惨重。靖军辖内的西北西南之地，疆域辽阔，城内精草充足，并不惧金军强攻。翎东军却因远征跋涉，后勤补给渐渐有些吃力。金大同与众将领召开军事大会，终决议撤兵，大军回翎东进行休整。

金大同随军回到翎东军营，探望伤员，抚恤牺牲将士，又忙碌了月余，才返回金府。夏日炎炎，蝉声嘶鸣，府中花木繁盛，采云的屋子却被粉刷一新，大同诧异地推门而入，空荡荡的房间再也没有她的一丝痕迹。连守着这记忆都不能！采云，为什么，为什么你要离开的这样彻底！

太阳落下，仍旧热浪翻滚，阎雅媛听闻大同回府，便从娘家往金府赶。刚进门，却见大批佣人正在挖院中的花木，她诧异地走过去，阻拦道："你们在干什么？这株是名贵的玉楼点翠，谁让你们动这些牡丹的？"

一个下人跑过来回道："回夫人，三少命我们将院中的花草都拔掉，种上木槿。"

"这可是奇了，他刚回来就发什么疯？"雅媛说着向内院走去，又见一帮人在填院中的荷塘，"真是疯了！"雅媛加快步子走了进去。

大同正坐在前厅悠闲地喝着茶，雅媛怒气冲冲地走近他，将手上提的东西往沙发上一摔，说："你疯了！为什么要把牡丹和荷花都移掉？还全种上木槿这种贱花！"

大同冷冷地看着她说："采云的屋子是你命人放的火，是不是？"

雅媛见他突然提及此事，心下一慌，忙道："你胡说什么？谁告诉你是我放的火？我就住在隔壁，起火时差点连我们的屋子都烧到了。我怎么会做这种蠢事！"

大同"啪"的将茶盅摔在她面前，四溅的瓷渣吓了她一跳，"别以为我不在家就什么都不知道，这座宅院还姓金，由不得你胡来！她人已经不在了，不过是一间空屋子，你连我这点回忆都容不下！"他说到后半句，声音里已带着泣血的伤心。

"我容不下？"雅媛哭道："你眼里心里只有与她的回忆，她死了，也还这样全副身心的霸着你，我到现在都还是你金大同联姻的摆设，你倒说我容不下？!"

"这木槿是为了纪念她，你若敢再动一花一叶，我绝不放过你！"大同狠毒的目光扫得她心底发凉，雅媛想起他在翎西时替她簪花时的如水温柔，伤心欲绝，哭着摇摇头道："金大同，我竟看错了你！"

她哭着跑了出去，命司机送她回阎府。母亲见她红肿着眼睛，忙将她扶进屋

内。雅媛将事情原委告诉了家人，母亲心疼地搂着她，劝慰道：“小夫妻哪有不吵架的，你多迁就他，他爱种什么花随他去，你喜欢什么，从家里带些过去就是了。”

雅媛坐起来道：“妈妈，这不是迁就的问题，是他心里还一直惦记着那个小贱人，故意跟我作对！”

阎笑天吸着烟斗，吐了一口烟圈，说：“你跟一个死了的人较什么劲，他再惦记也惦记不活她，这金家少夫人的位子还不是你的。”

雅媛听了父亲的话，止了泪，若有所思。又听母亲说：“你们结婚都大半年了，早些生个孩子，你在金府的地位就更无忧了。”

雅媛心中酸涩，自结婚后，他都没有碰过她，哪里会有孩子。却不肯对父母说，忙拿话岔开了。

金府一夜之间木槿盛放，金大同伫立花丛，心碎神伤。朝开夕合的木槿花啊，是我不该拿你喻她吗，为何采云的生命也像你这般短暂？你今日的凋谢，还会有明天更灿烂地绽放，采云的生命逝去了，却再也不会回来。或许有来生，可是来生，我要怎样才能再遇见她！

第二十一章

卸戎装，雨洗绿萝长

金绪博得知大同与雅媛起了纷争，将大同叫到跟前，语重心长地说："过去的事该放下了，雅媛现在是你的夫人，你要多宽容体谅她。"见大同不作声，又怒道："你去接她回来，她这样总住在娘家像什么话！"

大同见父亲动怒，少不得应道："我一会儿派人去接她。"

金绪博又问他合围靖军之战的详情，大同一一向父亲道来，又说："现在天气太热，兵马出动都极不便，所以我命翎东和熊得昌都留守营地休养，备足粮草，预备入秋后再对靖军进行二次合围。"

金绪博点了点头，说："你既在家，下个月剡南军的杨师长五十大寿，你便带着雅媛去替我送份贺礼。他与我们金家相交甚厚，这些关系你要勤加走动。"

"我下月初就要预备起程了，怕来不及给杨师长祝寿。"大同道。

金绪博看了他一眼，却又无奈地挥挥手。

大同从父亲那里回屋，在院子里遇见梁子程，便吩咐道："你派人去阎府接她

回来。”梁子程答应后，交代秘书处安排车子去接雅媛。

廖明远驱车赶到阎府，说了一堆好话，雅媛在母亲的劝慰下，终于上了车。廖明远开出不远，便吩咐侍从离去，独自带了雅媛朝东行去。

雅媛不由纳闷道：“你要去哪里？”

“明远带夫人去东湾散散心。”廖明远加大油门，车子飞奔起来。

一个多小时后便到了东湾，这里是一处海湾，碧水蔚蓝，凉风习习，雅媛顿觉心情好了许多。廖明远又替她撑了一把伞遮阳，雅媛笑道：“你早就预谋好了，我要是不跟你来东湾呢？”

“明远为夫人总愿多做些预备，夫人不肯来也没关系，明远心意可表便无遗憾。”廖明远边说，边带她向海边走去。

雅媛穿着高跟鞋，颇不好走，沙滩也还有些烫，并不敢光脚踩上去。廖明远伸手扶着她，终于走到潮水扑得到的沙面，笑道：“现在可以脱掉鞋子了，这里沙地极凉爽的。”

雅媛甩掉鞋子，挽起裤角下了水，海浪哗啦啦地扑上来，打在身上清凉惬意。她又冲着海面“啊……”地大喊起来，声音传得极远，几只海鸥盘旋着从海面飞过。雅媛“格格”地笑着，在沙滩上奔跑起来。廖明远拾了几只贝壳，笑着追上她，将贝壳递给她，雅媛却一只只拣着往海里扔去。廖明远丢了伞，与她一起比赛谁扔得远。

太阳渐渐落下去，廖明远见时间不早了，便说：“夫人，我们回去吧。”

“不！”雅媛坐在一块大石上，脚丫拍打着水面，任性地说：“我才不想回那个鬼地方。”

廖明远有些焦急，说：“三少命属下来接夫人回府，太晚了怕三少着急。”

“他会为我着急？”雅媛冷笑道，将手中最后一枚贝壳扔进海里，说：“我都不怕，你怕什么！”

廖明远笑道：“明远为夫人上刀山下火海都不怕，怎么会怕这个！夫人不想回府，明远就在这里陪着你。”

雅媛却拍了拍手，在水里站起来说：“走吧。”廖明远一愣，忙跑过去，提起鞋子和遮阳伞，和她并肩走到车旁。雅媛穿好鞋子，忽然说：“廖明远，那次的火是不是你放的？”

“夫人说是便是。”廖明远笑着替她打开车门。雅媛坐进车内，冷哼一声说：“烧了那间屋子又有什么用，他现在把府里种满了木槿花来纪念她，也太不把我放在眼里了！”

廖明远忙道：“那要不要我帮夫人弄死那些木槿？”

雅媛瞪了他一眼说：“弄死那些木槿有什么用，你就会做蠢事！”

廖明远拍着脑袋说：“是！是！明远该死！明远该死！”

“快开车吧！”雅媛靠在座椅上催促道。

回到金府，大家正在用晚饭，金绪博对大同咳了一声，大同无奈，放下筷子说：“这么晚才回来，快吃饭吧。”

“我去换件衣服。”雅媛应了一声，转身走了进去，大同若无其事地埋头吃饭。

大同仍时常借故外出，偶尔回来一次，雅媛也不来招惹他，二人越发冷冰冰的，像一对陌生人。白天日头毒辣，雅媛不出门，廖明远便带了些新奇的小玩意给她解闷，晚上她倒经常去一些朋友或夫人们举办的舞会上跳舞，廖明远常驱车接送她。

金大同二次合围靖军的计划，却因熊得昌的一封电报打乱了。日本军从东北边境入侵中国，熊得昌正与东北军联合抗日，民族大义为重，大同不得不延迟攻打靖军的计划。

剡南军的杨师长五十大寿，邀了不少宾客，金绪博见大同军事暂缓，便命他带着阎雅媛去前去剡南祝贺。二人来到翎东，少不得一起应酬众人。寿辰过后，杨师长又请大同视察军防，二人在剡南逗留了一周方才回府。

走出剡南边界，雅媛便命司机停车，她下了车，吩咐众侍卫先走，自己在路

边等大同的车子。不多久，梁子程便驱车停在她身边，她高兴地打开车门，坐在大同旁边。

“你的那部车呢？”大同疑惑道。

“我吩咐他们先走了。”雅媛笑道：“我在剡南给足了你面子，现在坐你的车也是应该的。”

“开快点，追上前面的车。”大同吩咐梁副官道。

“我已经让他们要以最快的速度赶回去，若是被你的车追上了，会被我责罚的。你们在后面耽搁了这么久，估计是追不上了。”雅媛拍手笑道。

“无聊！”大同怒道，又让梁子程停了车，他走下去坐在前面的位子，留雅媛一人在后面。

雅媛“扑哧”一笑，望着窗外说：“这翎东的景色还不错嘛。”她不时地找大同说话，大同却总不理她。

月亮渐渐升了起来，又大又圆在挂在空中。雅媛已在车子里睡着了，大同忽然想起什么，问梁子程：“今天十几了？”

“十六。”大同听了，身子猛地一振，猛然想起自己在她耳边一字一句地说：“今生，我与你，年年此夜，虎山观瀑。”他要背她，她不肯，笑说：“总要留些余地。明年今夜，你再背我来虎山吧。”

她约了他今夜背她去虎山观瀑，他怎么能差点忘掉！她眉眼羞红，缠绵如丝，等在虎山，等他带她踏月观瀑，他怎能忘了去赴她的约！采云，你等着我，采云，让我再看你一眼。

“我们到哪儿了？离虎山有多远？”金大同抓着梁子程的胳膊问道，呼吸也变得急促痴狂起来。

“三少，你怎么了？”梁子程放慢车速问道。

“去虎山，马上去虎山。”大同烦躁起来。

“前面有条岔路往左便是虎山，可是我们回府的车队都是向右行了。”梁子程解释道。

“开快点!”大同深吸了一口气，摇下车窗，看外面月华无垠。

梁子程将车停在岔路口，看着大同，大同环视车厢，见雅媛坐在车内，怒气冲冲将她拖下了车。雅媛被惊醒，忙问道：“怎么了?”

“你自己回去，我有急事。”大同坐进车内，用力关上车门，催促梁子程开车。

梁子程犹豫道：“夫人她……”

“开车!”大同“啪”的一拳砸在车窗上，梁子程吓了一跳，发动了车子。

“喂！金大同，你干什么!”雅媛扑上来，敲着车窗。

“快走!”车子加速驶了出去，雅媛忙退开闪避。

“夫人一个人……”梁子程刚开口却被他怒喝道：“梁子程你给我闭嘴!”车子里安静下来，大同坐在后排位子上，向外挪了挪，伸出左手，闭着眼，虚空地揽着，仿佛去年此时，他这样将采云揽在怀里，她的发散落在他怀里，柔软缠绵。采云，你的诀别，只是我做的一场噩梦，今夜你会来赴我们的约定，你会来陪我一起踏月观瀑，你会坐在山顶，靠着我的肩，贪睡到错过日出。

雅媛被莫名推下车，怒不可遏，痛骂大同混蛋，等了许久也不见车子回来接她。秋夜渐寒，雅媛立在空地里，抱着肩头瑟瑟发抖，惨白的月光照着，路上空无一人，平添了几分恐怖，饶是雅媛胆大，也渐渐地头皮发麻。路边的灌木丛里突然“扑愣愣”地飞出一只大鸟，吓得雅媛惊叫一声，心也咚咚地跳个不停。夜越来越深，雅媛几欲崩溃，金大同，你竟这样狠心，把我一个人丢在荒郊野外！我阎雅媛从未在谁面前低过头，如今努力迁就你，跟你缓和关系，你居然这样无情！雅媛满心愤怒，止不住滚下泪来，“金大同，你这样羞辱我，我阎雅媛与你势不两立！我恨你！我恨你!”

激流飞瀑沾湿了青衫，苍茫云海迷蒙了双眼，虎山崖畔，我孤单伫立的身影你可看见？月儿在皎皎相望，照着我殷殷的期盼。风儿在轻轻叹息，诉着我绵绵的思念。发带霜，秋夜已凉，采云，为何仍不见你踏月而来的馨香？你的容颜被

什么沧桑，你的目光被谁捂上，让我再等不到那一阙宫商。

颜采云坐在镜前，南林浦拆下包裹在她脸上的层层纱布，一张妩媚倾城的脸风流夺目。南林浦得意地欣赏着自己的杰作，江长卿盯着镜中的她如痴如醉，却忽见她掉下泪来。

“青姑娘……”他走近一步，却不知该说些什么。

镜中陌生的容颜，别人口中的青姑娘，她竟与往事告别的如此彻底。大同，我们再也回不去了吗？我的人生竟被抹掉了从前的一切痕迹！大同，我换了容颜忘了姓名，遗落在茫茫人海里，你可能再认出我？容华盖世留不住你我相守的欢颜，倾国倾城挽不回你我斩断的情缘；柳眉如烟载不动浮云悲旋，朱唇素齿撼不动离愁哀怨；金瓒玉珥褪不去沧海桑田，清喉娇啭唱不尽爱恨绵绵。从此后，珠纱遮面，日日思君，却再不敢相见。

“青姑娘，你究竟为何坠下山崖?”江长卿终于问出心中的疑惑。

那群侍卫狞笑的脸又浮在她眼前，轻荷在她怀里痛苦地抽搐着，大口的血吐在她的素衣上，猩红夺目，一如她刻骨而绝望的恨！她用力地握紧拳头，轻荷，我要替你报仇，我要让那些伤害你的人付出代价!

“青姑娘!”江长卿见她神色凄厉，担忧地唤她。

采云回过神来，看着他说：“我要跟你学射击，学杀人。”

江长卿吃了一惊，看着她平静而固执的目光，顿了顿说：“你要复仇?”

“是。”采云垂下头，眼神里一片冰凉。

天色大亮，金大同终于失魂落魄地下了山，坐在车子里默然无言。梁子程飞快地开着车子，赶到岔路口，雅媛跌在草丛里昏昏沉睡。梁子程将她扶上车，她正发着烧，额上滚烫，梁子程心急如焚，载着他二人急急往金府赶去。

京安医院里，雅媛醒来，见母亲守在身边，哭着扑到她怀里。母亲也拍着她说：“你这孩子，吓死妈妈了。”一边掉下泪来。

"妈妈！妈妈！"雅媛放声大哭，她从未受过这样的委屈，从未经历过这样又冷又怕的黑夜。金大同，为什么，为什么你对我如此狠心！

母亲安慰她许久，又问她想吃些什么，雅媛撒娇道："我要吃妈妈做的莲子羹。"母亲少不得依了她，亲自回家去炖羹汤。

"夫人，梁副官来看您了。"忽然有人敲门进来说。

雅媛坐了起来，靠在床头，对来人点了点头，那人便出去通报了。

梁子程捧了一大束花，递在她面前，说："三少军务繁忙，特命属下来探望夫人，这是三少为夫人准备的花，请夫人收下！"

雅媛劈手夺了过来，"啪"的摔在地上，怒气冲冲地说："金大同他人呢？他敢把我一个人丢在荒郊野外，就不敢来见我吗？"

"三少军务繁忙，请夫人息怒！"梁子程忙道。

"金大同你混蛋！你就是个缩头乌龟……"雅媛正骂着，金大同却突然闯进病房。

"你！"雅媛怔了怔，突然扑过来捶打着大同，说："金大同，你混蛋！你居然把我一个人丢在半路，你这个王八蛋！"

"你闹够了没有！"大同不耐地推开她，雅媛不防，摔在床头，额上重重地磕了一下，痛得钻心，梁子程忙过来扶她。雅媛甩开梁副官，挣扎着坐起来，又听大同说："是你自己让司机把车开走，来坐我的车。"

"金大同，我们是夫妻，我连你的车子都不能坐一次吗？"雅媛悲愤地问道，伤心的眼泪止不住地往下掉。

"我有重要的事情，所以……"大同看着她伤心的模样，解释道。

"什么事情重要到你可以三更半夜地将我抛在荒郊野外，大同，不管你爱不爱我，我都是你的妻子，你怎么可以这样对我！"雅媛委屈哀泣。

"雅媛，对不起！我曾与采云有约，我不能对她失信。"大同心中泛起悲凉，他匆匆赶了去，却再也等不到她。

又是她！原来都是为了她！她已经死了，他还记着他们的相约。“金大同，你知不知道，你有多残忍！”雅媛冷冷地笑着，心寒如冰。你对她有多深情，对我伤害的就有多重！

“滚！你们都给我滚出去！”她拣起地上的花束，疯狂地砸向他二人，将他们驱赶出去，“呯”地关上了门。

雅媛蹲在地上，狠狠咬着嘴唇，暗暗告诫自己，不要再为他流泪。不值得，他心里从来都装着别人。她再好，她再努力，都入不了他的心。这样的婚姻除了冰冷的绝望，哪里还会有爱的温度！金大同，我不信！我不信我的爱情会是这样的结局。

轻轻的敲门声响起，雅媛恨不得将那声音辗碎剁烂！敲门声固执地响了一会儿，门就被慢慢推开了，廖明远提了礼物来看她。见她蹲在地上，赶紧丢下盒子，跑过来扶她。雅媛蹲久了，又在病中，站起来不由得一阵头晕，廖明远忙将她伏在怀里，又见她额上红肿一片，心疼地替着揉着，问：“你这是怎么了？”

他给的伤却由别人来抚平，她的泪刷地涌了出来，任廖明远将她抱在怀里，轻声安慰着。

“夫人，你怎么了？夫人！”廖明远焦急地问她，

她不答，只是呜呜地哭，廖明远改了口，唤着她的名字：“雅媛，雅媛！”

雅媛趴在他肩头，哭着说：“我要喝酒，我要跳舞！”

廖明远一怔，说：“你还在病中……”

“我不管，你带我去，你现在就带我去！”雅媛打断他的话，胡乱捶打着他。

“好！好！我带你去！”廖明远扶着她，一边取下架上的大衣帮她披上，一边说：“外面风寒，把衣服披上，我带你去喝酒。”

廖明远驱车来到繁华的南大街，这里正夜色撩人，灯光璀璨。廖明远扶着雅媛来到皇家俱乐部门前，早上侍者拉开彩色的玻璃门，迎他二人进去。

舞池里正放着热闹的音乐，雅媛笑着拉他旋了进去。廖明远舞跳得极好，与

雅媛十分合拍，二人跳累了便回到位子上喝酒，雅媛端着酒杯连连痛饮，他与她讲着各种笑话，逗得她格格欢笑不止。

雅媛喝了许多酒，早已双颊酡红，醉态癫狂，却仍不肯回去，缠着他频频干杯。直坐到俱乐部打烊，廖明远搀了她出来，风一吹，她便忍不住吐了起来。好容易替她收拾好，她却不肯回家，细数街上橱窗里辉煌，华丽灿烂的陈列，美丽得如同她婚姻的幻象。他搂着她一路跌跌撞撞，她边哭边笑，指着那一处霓虹闪亮，说："爱情就像这橱窗一样，谁当真谁就上当。"

雅媛醒来时头痛欲裂，勉强睁开眼，却发现睡在陌生的房间里，廖明远拥着她，二人竟寸缕未着。雅媛"啊"地惊叫起来，惊醒了廖明远，他慌乱地穿好衣服，跪在床前，祈求她的原谅。雅媛拼命地厮打他，他亦不躲闪，口中只说："雅媛，我爱你！从看见你的第一眼，我就爱上了你。"

"你无耻!"雅媛用力打了他一耳光，自己的手也火辣辣的痛了起来，痛得眼中都噙了泪。

"雅媛，我爱你！你美若天仙，我没有办法控制自己。"廖明远冲上来抱紧她，倾诉着对她的痴情，"雅媛，自从在你和三少的婚礼上第一次看到你，你穿着洁白的婚纱，像天使般降临人间，你是那样的美艳绝伦！即便知道你是少夫人，我还是无可遏制地爱上了你，我愿匍匐在你脚下，做你忠实的仆役。雅媛，我爱你！就算被三少知道，枪毙了我，我也绝不后悔!"三少，他金三少什么时候在乎过她！他根本就不爱她，为了那个贱人，三更半夜将她抛在荒郊野外，让她承受从未有过的难堪和屈辱。她恨他，恨不得将他扯碎！她要报复，她要将这羞辱还给他！雅媛心底泛起冷意，推开廖明远，淡淡地说："你起来吧，有我在，他不敢将你怎么样!"廖明远见她言语中竟还护着他，极是开心，又对着她说了好一会儿甜蜜情话。

第二十二章

咫尺画堂深似海，脉脉

采云身体复原，江长卿便答应教她骑射，问她身世仇家，她却默默无言，又整日以轻纱覆面。江长卿叹道："复仇原不是你女儿家该做的事，你既要做，我一定尽全力帮你。他日若能替青姑娘寻到仇家，必抓了来让你亲自了断。"

江长卿为采云制订了专门的训练计划，自己亲手教她，又挑了警卫官秦大龙一起指导她。秦大龙骑马、射击术都非常熟练，尤其擅长飞镖术，是恪军中数一数二的飞镖高手。江长卿虽心中喜欢采云，对她的训练却十分严苛，要求也极高，并不放松分毫。采云只随大同骑过一次马，对各种驾驭技巧并不懂，长卿亲自示范给她看，又命她一一重新学习掌控。采云渐渐熟了些，长卿便命人换了匹烈马来，训练她驾驭和应变能力。采云数次被掀下马背，跌得鼻青脸肿，他仍狠心将她扶上马，命她继续练习。

这天，采云骑的马突然受了惊，狂奔着向山顶奔去，四周是极陡峭的山崖。采云正惊恐间，江长卿便驱马追了上来，对她伸出手说："青姑娘，把手给我！"

采云刚松开一只手，却差点被颠了下来，马儿依旧疯跑着。

“青姑娘，抓紧缰绳，不要松手！”江长卿一边冲她喊道，一边拼命扬鞭追了上来，渐渐靠近那匹受惊的烈马。他蓦地向前一冲，与烈马并驾齐驱，山路极窄，他的马紧紧挤靠过来，几乎要被掀下崖去。采云心中焦急，他又伸出手来，对她说：“青姑娘，你快趁势跳过来！”采云抓紧他的手，抛开缰绳，用力一跳，他牢牢地接住她，烈马狂奔而去，他的马却右蹄踏空，向崖下栽去。长卿足下一点，奋力跃起，抱着她滚落地面，他的马嘶鸣着坠下山崖，发出极大的响声。采云惊魂未定，抓着他的衣袖战栗不止。长卿扶她起来，连声问：“青姑娘，你可伤了哪里？”

采云摇摇头，说：“我没有受伤，可是你的马……”

长卿冲崖下看了一眼，说：“这匹绰尘跟了我五年，颇通人性……”见采云面色忧伤，忙笑道：“你没事就好。”又告诉她马是很敏感的动物，周围有特殊的东西或声音出现就容易受惊，遇到情况要及时拉紧缰绳，迅速控制马匹。采云点头应着，随他下了山。

下午，江长卿又带她到校场学习射击，秦大龙与几位副官随侍一旁。侍卫见了他们一行人，忙向江长卿行礼，又唤采云“青姑娘”。来到校场，秦大龙将手中枪支拆装了一遍给她看，讲解枪支构造和使用方法，将射击的要领说了些，便递了她一把手枪，让她试试。采云刚学着开了一枪，就被震得虎口发麻，趔趄着退了几步，手中的枪也几欲脱飞而去。江长卿忙上前扶住她，采云站稳了，揉着酸麻的手，有些无奈地看着他。江长卿见她无奈娇怯的模样，不由心软道：“到底是女儿家，手上没力气，你需这样……”一边又示范给她看，采云依样持着枪，他又嘱咐道：“一定要握紧了，准备好了再开枪，不要慌。”采云双手紧握着枪，对了远处的靶子深吸了一口气，“啪”的一声又射出一枚子弹，这次略好了些，但子弹仍未落在靶上。

采云有些失望，江长卿却赞道：“好！就是这样！”又让她再打几发子弹试试。

采云稳了稳神，又开了几枪，终于有一枪落在靶上，江长卿忙鼓掌笑道："不错，不错！青姑娘到底打中了！"

又练习了一会儿，长卿便命人收了枪，说："第一次练习，还是不要太过劳累，当心明天胳膊酸痛抬不起手。"采云感激地看了他一眼，长卿见她亭亭玉立，绿色罗裙迎风而舞，虽以轻纱遮面，翠眉蝉鬓却暗泄出动人的绰约风姿，不由脱口道："伤害青姑娘的到底是何许人？长卿愿为姑娘出动恪军兵马，了却姑娘心愿。"

采云摇了摇头，眼中愁绪翻飞，却仍旧一言不发。长卿见她神色凄然，复又低头沉默不语，心中暗叹，也不便再追问。正好有侍卫来报，说南林浦过来了。长卿便对采云笑道："你今天也受了惊，不如我们偷个懒，回府见见林浦也好。"见采云点了头，便带她上了车，往帅府驶去。

南林浦带了几本外国小说，并一个小匣子，长卿指着匣子道："这又是你捣鼓的什么新奇玩意儿？"

南林浦一边打开匣子，一边说："这是国外的一种乐器，叫口琴。你跟我学外文，还不如学这个。"

采云听见口琴二字，心中慌乱，竟失手打翻了面前的茶盅，茶水泼了一身。长卿忙过来看她，问她有没有烫伤。茶水并不烫，可她的心却像被什么烫伤了，大同也有一支口琴，还教她吹那曲《阿瑞苏》。采云摇了摇头，目光却看向南林浦手中的口琴，他这支口琴是银色的，不似大同那支淡绿盈翠。心中哀伤四溢，再不忍思量，起身对长卿说："大帅，我去换身衣服。"

南林浦见她离去，举着口琴走到长卿面前说："长卿，你要不要跟我学这个？"长卿接过口琴，放进匣内，说："东西我留下，学就不必了。"

"你是我们江南的儒将，要紧跟潮流嘛，西洋乐器还是要学一点！"南林浦边说边去掀匣子，笑道："我免费教你，这个再容易不过了。"

长卿却按着匣子笑道："东西已经送我了，你可不许再乱动！"

南林浦奇道："你不肯学，却要留着这东西干什么？"江长卿不答，却将匣子收了起来。

南林浦翻着自己带来的外文书说："你江大帅真是奇怪，先前要我翻译外文小说给你，现在又要跟我学外文，莫非你也打算出国？"

长卿笑道："现在局势这么乱，你们这些出国留洋的人都回来了，我还出去做什么？"

"那你为什么要看这些外文小说？"南林浦追问道，长卿忽然不自在起来，顾左右而言它。

"哦！我知道了！"南林浦大笑起来，"莫不是为了你那崖底偶遇的心上人？"见长卿面色微红，料得自己定是猜中了，却又不解道："你那位青姑娘难道喜欢看外文小说？"

"我起先不过是想，她病烦闷，给她读读外文小说解解闷，她倒并不喜欢。"长卿见被他猜中心事，少不得解释道："后来我自己觉得这些小说也有点意思，便跟你认几个字罢了。"

"我的江大帅！"南林浦夸张地叹了口气，坐下来说："你竟是没谈过恋爱吗？追女朋友要送鲜花，而不是弄这些个外文小说，哪个女孩子会喜欢这么枯燥的东西！"

"青姑娘倒与旁人不同。"长卿略显尴尬，仍争辩道。

南林浦跳了起来，直盯着他说："你还没向她表白？"

长卿一愣，摇了摇头，说："青姑娘必是有极不愿提及的往事，平时话也很少说，能见她笑一次便是十分难得了，我哪里还表白什么！"

"你你你！江大帅啊江大帅！"南林浦急得抓耳挠腮道："我看你现在最需要的是恋爱兵法，而不是这些个劳什子外文小说！"说着，便推桌上的他带来的书。长卿忙按住他，笑道："你既带来了，留给我看便是。"

南林浦白了他一眼说："我还等着喝你们的喜酒呢，你倒是一点都不着急啊！"

“你少胡说！莫让青姑娘听了尴尬。”长卿忙阻止道。

“我还偏要她听见，替你表白也好！”南林浦故意放大了嗓门说。

长卿推了他一把，说：“你没事早些回去吧，少在我这里胡闹。”

“你真是过河拆桥啊！把你崖底偶遇的心上人整形成一个大美人，一个谢字都没捞着，反倒被你赶了！”南林浦大叫道。

“去去去！你没别的事儿，我就派车送你回去了。”长卿笑着说：“我这里还忙着呢。”边说边叫了副官替他安排车。

“江大帅你好无情啊！”南林浦哀嚎一声，笑道：“不用了，我自己开了车过来，我要再去医院转转才回家去。”边说边往外走去，长卿送他出了大门，他坐上车，突然又对长卿挤眉弄眼地笑道：“下次来我给你带恋爱兵法啊！”未等长卿说话，他即大笑着开车离去。

月如钩，秋夜寒，长卿拿着装口琴的匣子在采云住的院子里徘徊。他清楚地记得，她临去时对这口琴的匆匆一瞥里含着眷恋，此刻却又怀疑自己会不会看错了，她房里的灯还亮着，他却不敢走上前去叩响。

院子里花圃中的花木都已颓败了，长卿坐在花圃的台阶上，看银杏叶飘飘而下。与她相识也有一年多了，他却对她一无所知，因着那一次目光的偶然相逢，竟莫名地喜欢上她。他一次次小心翼翼地试探，她却总冷若冰霜，究竟为着何事，让她如此心如磐石。正胡思乱思间，忽听“吱呀”一声，门开了，采云走了出来。他忙站起身，已听说她说道：“这么晚了，大帅还没休息？”

“刚处理完军务，我在院子里随便走走。”长卿笑道。

采云见他手中拿着白天见到的那只匣子，心中略感不安，忙移开目光。长卿却将匣子递到她面前，说：“林浦送我这支口琴，我倒不曾动过，青姑娘若不嫌弃，就请收下吧。”

采云接过匣子，取出那支银色的口琴，看了看，说：“谢谢大帅！我还有个不情之请，不知大帅能否答应。”

“青姑娘但说无妨。”长卿忙回道。

“自我失足坠崖后，得蒙大帅相救，又倾力帮我整形医伤，我心中感激不尽，却不曾向大帅道声谢。如今又劳烦大帅亲授射击骑术，这恩情实在令我无以为报。”采云看着他，目光中充满感激。

长卿笑道：“都是举手之劳，青姑娘不必放在心上。你我有幸相逢，也是善缘。”

采云又鼓了勇气说：“大帅为人义薄云天，待我又极好。记得在我病时，大帅曾说我们两个孤家寡人，聚在一起也算是团圆了，所以今日我妄想高攀，与大帅结为兄妹，不知大帅肯不肯答应。”

她眸中充满期盼，他的心却慢慢如刀割般疼了起来。他还来不及说一个爱字，她却用兄妹之谊堵住了他的口。她从未对他说过这样多的话，原来她早已看穿他对她的心，却用这样的方式结束了他的幻想。心底涌起浓浓的苦涩，是啊，像她这样玲珑剔透的女子，怎会看不穿他的用心，他一次次的试探，她不是不懂，只是故意不理罢了。如今她这样郑重地提出来，他若是不答应，只怕她也不会再留在帅府了。不管怎样，他都希望她留在身边的时间能长一些，哪怕只是以兄妹的名分留住她。他终于慢慢露出笑容，言语温柔地说：“别说什么高攀的话，我也一直希望有个妹妹，如今有你在身边，我也算不得孤家寡人了。”

采云见他如此，方笑了，说：“既然如此，我便收下大哥送的礼物。”她低头抚着手里的口琴，又对她笑道：“大哥若不困，便听小妹吹首曲子吧。”长卿点了点头，二人在台阶上坐下，采云轻轻吹奏那曲《阿瑞苏》。声色流痕，层层抽丝般触动心弦的绵绵乐声，宁静灵动却又有着不着痕迹的忧伤。她离他这样近，这曲子又如此好听，长卿微微含笑，心底的痛慢慢散去，一片安宁静谧里，却听见自己清晰的叹息。

长卿走后，采云又深坐良久，他微笑的面庞下极力掩饰的黯然神伤，那么清晰熟悉，一如她曾经心碎过的模样。他待她的好，已渐渐将他陷进一场绝望里。

金大同早已成了她刻骨的相许，这世间的男子再好，她也不会再留谁在心上了。长卿，对不起，我早已是心如止水的女子，你怎样的辛苦努力，也不过是步步皆殇！我不忍心看你沦陷在这样的无望里，只好把结局的苍凉提前告诉你。一阵寒风袭来，吹落她眼中的清泪，月儿弯弯，如谁深锁的愁眉。月亮女神，我是不是也如你那被精灵骗去凡间采玫瑰的痴心人，要与大同这样永远相隔！一片乌云飘了过来，遮得月儿朦胧惨淡，似在掩面低低悲泣。

不觉已入冬，采云骑射均有所成，长卿又命秦大龙教她飞镖术，自己仍每日陪她练习。这天午后，微微有些太阳，采云正在练习飞镖，白色风衣的美艳，如一场无瑕的暗恋。长卿靠在槐树上，呼出的云烟，沉淀着绵长的温暖。

忽听侍卫来报，陈师长求见，长卿点了点头。不多时，陈穆带着侍从走了过来，向他行了礼，便挥手让侍从退去。众人退去，陈穆方道："大帅，我有重要军情汇报。"长卿点了点头，他却有些犹豫地朝采云看了一眼，采云手里正拿着一支飞镖，见他二人有话要说，便对长卿道："大哥，我练累了，先去休息一会儿。"长卿却一把拉住她，对陈穆说："陈师长但说无妨，我与青姑娘已结为兄妹，青妹便是帅府小姐。以后，我若不在，军中和府中之事都可直接向青妹妹汇报。"

采云一惊，忙说："大哥，军中大事，小妹向来不懂，我不听也罢。"长卿笑道："我们既是一家人，这恪军之事妹妹也要多帮哥哥打理。"又对陈师长说："你去传令三军，以后小姐的话，便是我的意思。"陈穆极为动容，忙向他二人行礼道："是！大帅！小姐！"

采云一愣，他二人结拜兄妹时，并无旁人在场，她不忍让他再深陷受伤，所以才说出结拜的话，谁料他今日却这般郑重地命陈师长传令三军。采云心中不安，正要告辞，却陈师长说道："北边的金大同已率部攻下靖军，打通寥地的熊得昌部和翎东大军，新上任的总统何锟见金大同势不可挡，便极力拉拢，又任命金大同为首都禁卫军司令。"采云听见大同的消息，心中"扑通扑通"跳个不停，也不再说话，紧紧握着手里的飞镖，被锋利的镖刃划伤了手掌也浑然不知。

长卿诧异道："上次他与熊得昌部联手，都没能拿下靖军，如今熊得昌被日本军纠缠，他怎么反倒打赢了？"

"传闻金大同如今性情大变，行事竟极为暴戾。被他新收编的马图也是一员猛将，此次他二人率兵深入靖军腹地，见人就砍，竟是杀红了眼，将靖军后援部队生生隔开！翎东军与冯双祥部这才一举歼灭了靖军南部，北边残部也放弃抵抗，被他收编了。"陈师长道。

长卿点了点头，说："金大同敢身先士卒，深入敌腹冒险，倒是令人佩服。"忽然又说："他如今平定了北方大部，可是要南下与我们为敌了？"

陈穆点头道："金大同野心勃勃，极有可能挥军南下。"

长卿正色道："他若前来，我们严阵以待便是。你传令下去，大军进入临敌戒备状态，加派人手驻守前方探敌，另外，周边小股势力收编之事也尽快完成。"

"是！"陈穆领命而去，长卿转身去看采云，却见她目光呆滞，摇摇欲坠，右手鲜血淋淋，洒在她雪白的素衣上，如一朵朵绽放的红梅。

"小妹！"长卿惊呼一声，扶住她。大同，你怎能深入敌腹冒险！大同，你可曾受伤？总以为自己对他早已心如死灰，可为什么，每次听闻他的消息，还是会如此担忧。大同，你可还记着我的嘱咐，一定要好好的。到底出了什么事，温文尔雅的你，为何会成为别人口中的暴戾之人？大同，你还好吗？我想见见你，哪怕只是远远地看你一眼。心底翻腾的思念，煎熬得她站立不稳，绵软地跌在他怀里，头晕目眩。

"小妹！醒醒！"长卿抱住她，大喊："来人！"一边掰开她紧握的右手，她手中攥着一枚小小的飞镖，深陷在掌心里，血肉模糊。

第二十三章

多难分离久，闻卿消息泪长流

采云练习飞镖时受了伤，长卿极怒，下令严办秦大龙。采云忙求情道："秦警卫教得极好，是我发愣时不小心弄伤了手，本与他无关。大哥若责罚他，一来让侍卫们心寒，二来我也心中难安。"长卿听了，方作罢。采云又央求他继续让秦大龙教她飞镖，长卿答应让秦大龙随侍，陪她练习骑射，却不准她再学飞镖，恐她又弄伤自己。

采云伤势渐好，右手却仍用不得力，长卿便教她左手射击，她也学得极快，待右手康复，双枪并发，也极稳准。长卿又命她在马背上练习双手射击，采云刻苦训练，长卿却又担心她有什么闪失，每次必跟了去。

秦大龙原是个憨厚老实之人，平时话也很少。因采云学飞镖伤了手，江长卿便命他不许再让她练飞镖，秦大龙跟在他们身后，越发沉默。采云却对他心怀愧疚，有时长卿处理军务，让她自己练习，她便跑来请秦大龙再教她飞镖。秦大龙不敢给她飞镖，捡了些石子说："小姐若想练习，用这石子也是一样的。"采云便拣了些石子，随他练习，长卿偶尔看见了，也悄悄走开，不予理会。

江南的冬天雪虽少，却也是冬雨浸寒，长卿见采云骑射之术都非常了得，便不忍她再淋雨训练。落雨的日子，便在帅府教她一些拳脚功夫，笑说：“这些花拳绣腿虽不甚中用，你练练权当强健身子也好。”采云答应着，一一认真学来。天气晴朗的时候，长卿又带她到恪军大营走动，众将士早已从陈师长的传令中，得知长卿对这位义妹的看重，见到采云时，皆恭敬地称她“小姐”。采云并不插手恪军军务，对恪军众将士也极尊重有礼。

新年将至，帅府布置庭院并添置一些物品，下人询问长卿的意思，长卿便让人去问小姐，并说府中之事都交由小姐打理。采云并不愿真的掌管帅府，仍事事来问他，长卿笑道：“你我如今既是兄妹，这帅府便也是你的家，你喜欢怎样，命下人们去办就是。你布置的，大哥都喜欢！”采云见他如此，也不好再说什么。叫了花嫂，细问长卿喜欢什么，忌讳什么，便暗自揣测长卿喜欢的模样，将帅府重新布置了一番。

长卿看着焕然一新的大帅府，极高兴地对采云说：“大帅府许多年都没有这样鲜艳热闹过了，有你在，这里才像个家。”他开了红酒，与她立在二楼阳台上，看院中新开的红梅。他斟了酒，递了一只杯子给她，采云接了过来，他便与她碰杯，说：“小妹！谢谢你！”他举头饮尽杯中红液，采云却只抿了一口。他替自己斟满，又笑道：“长卿能遇见你，也是天赐的缘分，即便你只肯做我的妹妹。”他眼圈泛红，强自隐忍道：“和你结拜以来，还不曾敬你一杯。来，大哥敬你！”说完，又仰首喝干杯中的酒。采云见他神色凄楚难抑，知他心中难过，却也不知该如何安慰，握着酒杯默默不语。

“青儿，若是我能早些遇见你，我们会不会……”他仿佛有些喝醉了，竟说出这样的话来。

似乎许久以前，久得她都忘了是前世还是今生，也有一个人在她耳边低叹：“采云，若是你先遇到我，我们会不会……”，“不会！”她曾狠心决绝地打断他的

话。如今，这样的画面重演，她却徒留伤心欲绝的眼泪。她难过地蹲在地上，心痛得直不起身来。

长卿忙接过她手中的酒杯，放在地上，扶去她沙发上坐了，她犹自捂着心口，眼泪纷纷，坠落在他的手上。茫茫人海，谁敢说命中注定？往事如烟，谁堪叹情深缘浅？魂牵梦萦，谁又为谁守着执念，如此这般地相思万千！

她凄然笑道："大哥必是喝醉了！"长卿正心中痛悔，听她这样说，忙压下眼泪，笑道："这酒竟这样烈，我是喝醉了。方才那些醉话，请小妹莫要放在心上。"

冬去春来，时光飞速流转，江南的春色别样的明媚动人，山如泼墨，翠水相挽，花红绿柳含烟。长卿与采云纵马郊外，一路上溪流潺潺，芳草萋萋，大片的芸薹花澄黄润泽，摇曳着春的温暖。

采云忽然问道："北方的金司令真的会挥师南下吗？"

长卿道："现在日本军越发猖獗，到处烧杀抢掠，北方情况更糟，听闻金大同的旧部熊其昌已叛降日军，金大同父子携其他部下，同仇敌忾对抗日军，暂时应该不会与我们为难。"

采云听了，低头不语，他又赞道："金大同攻克靖军时虽杀伐过重，但这次率兵对抗日军，能以民族大义为重，到底是个英雄！"又说："他南下若为邀我们一起抗日，我恪军众将士为国效力也是理所应当。他若此时还只为一己之私，妄图吞并江南，我江长卿必与他决一死战。"采云目露忧色，这后一种她是无论如何都不愿看到的，江长卿也感叹道："战火连绵，受苦的总是无辜百姓。如今又有外敌入侵，我中华儿女当奋起团结，共御外侮。"采云点了点头，说："大哥所言极是。"

二人正在马上说话，忽见前面过来一队人马，长卿忙绕到她身边，紧张地护着她。领头的是个一脸麻子、三十岁上下的男人，这人原是乌桐山的土匪头子，叫刘大麻，也在恪军收编范围内。陈穆应长卿之命，与刘大麻商议收编之事，答应入恪军后给他营长之职，刘大麻却甚是贪心，想做团长，一时未能谈妥条件。刘大麻见江长卿带着一蒙面女子，心下奇怪，便笑道："江大帅何时成了亲，竟不请小的们喝杯喜酒！"

长卿自上次酒后一句话，惹采云伤心哭泣后，再不敢唐突她半分，听刘大麻如此说来，恐采云生气，怕回道："刘大麻你少胡言乱语，这位是舍妹。"

刘大麻哈哈大笑，说："我刘大麻在乌桐山也有七八年了，从未听说过江大帅还有妹妹！"

长卿厌恶道："这是我远房表妹，你自然没听说过。还不让开！若再这般无理，我便命陈师长剿了你的乌桐山！"

刘大麻忙笑道："大帅息怒！大帅息怒！"一边率众人退让两旁，请他们过去。

长卿示意采云先走，自己端着枪警惕戒备。采云拉了缰绳，正欲前行，忽然一阵风吹过，遮在脸上的轻纱竟然被风吹走，露出她绝色的容颜来。刘大麻瞥见采云的容貌，早已浑身酥软，垂涎不已，忙将他二人拦下，觍着脸扭捏道："江大帅，这位美人既然是你表妹，不如与我说个亲，我还至今未娶哩……"

"刘大麻，你找死！"长卿怒极，"啪啪"两枪干掉他的两个手下。众人"哗"地围了上来，皆掏出了枪，双方顿时剑拔弩张起来。

长卿护着采云，退后两步，双手握着枪，紧盯着刘大麻。刘大麻原本是去勃洲访友，此次只带了八个手下，见已被长卿放倒两个。自己虽然还有六个手下，但江长卿的双枪，在江南一带是出了名的弹无虚发，与他正面冲突自己并无胜算。少不得低头道："大帅息怒，小的随口一说，小的该死，小的该死！"又对手下喝道："还不快滚开，敢对江大帅拔枪，活腻了你们！"

众人让开，长卿与采云纵马而去。刘大麻"呸"地一口浓痰吐在地上，说："妈的！不就一娘们儿，老子不稀罕！"眼睛却望着采云离去的方向，流连不已。

新任总统何锟辖下的亲兵萌军将领，与收编的前总统凌智和的护国军矛盾重重，在一次军饷分配时终于挑起积怨，爆发了一场大战。其他军阀趁势加入混战，京城顿时大乱起来。何锟命大同发兵支援，金府辖下的翎东金清桥部却也发生了战乱，翎东部下分裂成两股势力，互相攻伐。金绪博自顾不暇，暗中嘱咐大同不要插手京城的混战。

又僵持了几日，何锟却突然被暗杀。在京城混战的军阀们越发激战得厉害，拼命抢夺总统之位。翎东局势也渐渐失控，金清桥在平叛中不幸遇难，翎东百姓在战火中颠沛流离苦不堪言。金大同与父亲商议后，决定辞去首都禁卫军司令之职，退出京城，先平复翎东叛乱。遂将大军移至翎东翎西交界处，阎笑天率翎西军阻隔京城的攻伐部队，金大同自任少帅，率兵亲征翎东。激战月余，斩获十几个翎东叛将首级，方将局势稳定下来。

京城众军阀虽对总统之位虎视眈眈，却无法在短期内攻克众多对手，稍有可能荣登大位的军阀头目，不时遭遇其他对手的围攻和暗杀。阎笑天见翎东局势稳定，欲杀入京城抢夺总统之位，却遭到金氏父子的极力反对。金绪博劝道："京城混战，枪打出头鸟，此时继任总统之位，无异于引火上身。"一边携了大同定居翎东首府阳州，对京城之事不闻不问，只加紧整编自己辖下的西南西北、剡南剡北及翎东和冯双祥等部队，以防叛乱和内战。

金家势力日渐强盛，京城的大位之争也渐渐淡出人们的视线，翎东首府阳州因为金氏父子的入驻，从以前的地方首府，一跃成为与京城不相上下的新的政治权力中心。各路达官显贵云集于此，日本特务也趁势混入阳州，拉拢金氏父子，建议在大日本帝国的支持下成立伪大翎共和国，让金大同出任总统，遭到他父子二人的断然拒绝。

大同在一次舞会上，结识了来自南方钺省的玛莎小姐，玛莎小姐漂亮大方，作风西派，对大同十分仰慕，大同对她也颇有好感。交谈中得知，玛莎小姐原是钺省总司令邓炯的侄女，中文名字叫作邓莎莎，自幼深得伯父喜爱，十岁时便被送去英国留学，上个月才回到中国。大同对钺省的邓炯也有所耳闻，这位雄霸南方的总司令，在南方大搞联省自治，办实业，建学校，革除陋俗，禁烟禁赌，深得民众拥护。大同得知她是邓炯的侄女，越发添了一分喜欢。舞会结束后，他们互留了联络方式，玛莎笑说，有机会一定亲来府上叨扰。

大同夜深了才回到府中，却有着难得的好心情，见雅媛窝在客厅的沙发上睡着了。大同忽然觉得有些内疚，雅媛虽然有点任性，却也并没有做错什么，自己因为放不下采云，一直对她颇为冷淡，她却还这样深夜等着他回府。思虑了一会儿，终于蹲下身子，轻唤她的名字，雅媛迷糊应了一声，大同拉她起来说："快回房去睡吧。"

雅媛醒过来，见是大同，恼怒地打开他的手，说："谁要你管！"

大同笑了笑，说："我在外面应酬，你就不必等我这么晚……"

雅媛冷笑一声，说："谁等你了，我在听唱片。"说完，走了出去，"呯"的一声关了房门。

大同一愣，站起身来，果然看见留声机还在转动，唱片早已放完，只留下轻微的沙沙声。

江长卿这天外出巡视，回来后却发现府中一片狼藉，花嫂哭着上前报告说，小姐被人掳走了。长卿震怒，忙问是何人所为，花嫂努力回忆道："一伙人涌进来就抢小姐，他们骑着马，扛着枪。对了，领头的那个满脸麻子，一口黄牙，三十多岁，还骂骂咧咧地说小姐是什么表妹。"

长卿挥鞭劈向石柱，恨声道："刘大麻，你真是活腻了！胆敢抢我小妹，我定让你乌桐山上下寸草不留！"

"来人！"长卿高喝一声，随他巡视的侍卫忙围了过来，长卿跨上马背，纵马狂奔道："跟我杀去乌桐山！"

众人追至乌桐山下，刘大麻早已设下枪炮，长卿只带了十几个人，在刘大麻的火力猛攻下，不得不退回帅府。又有探子来报，刘大麻三日后将与小姐强行成

婚，还要在乌桐山上举行婚礼。长卿几欲疯狂，命陈师长立刻率兵荡平乌桐山，陈穆领兵前去，刘大麻却以采云性命相挟，江长卿不得不再次命令撤兵。

长卿想到刘大麻要强娶采云，心中如被火炙烤，一刻也安静不下来，甚至要只身前往，救出采云。陈师长与众人好容易拉住他，劝他冷静。长卿坐在椅子里，拿枪托狠命砸自己的头，口中自悔道："我为何偏要今日出去巡视，我若在家，小妹就不会有事。"陈穆忙夺下他的枪，他猛地一拳砸在黄花梨木桌上，长叹一声，颓然坐下。

众人商议了一番，决定在刘大麻与采云成亲之日派兵偷袭，长卿命陈师长派出三路人马，成合围之势袭击乌桐山。自己挑了三十几名精兵，秦大龙也在精兵之列，绕到乌桐山背后，欲潜入匪地，营救采云。陈穆劝长卿随大军一起，他却担心采云安危，定要随精兵亲自前往。

刘大麻及手下谋士也周密布置，准备迎战。乌桐山山势险要，易守难攻。他们在狭谷中设了石阵、雷阵等，又在礼堂里埋了许多炸药，坐等江长卿上钩。

三日转眼即到，江长卿率三十六名精兵，沿乌桐山后崖艰难攀登而上。陈师长兵分三路，合围乌桐山，另有大军在十里外驻扎待命。原定计划是，长卿率精兵救出采云后，便向山下发出总攻讯号。陈师长直等到天黑，还未见原定讯号响起，心中不安，却也不敢轻举妄动。

原来，江长卿与三十六名精兵刚爬上乌桐山顶，即见刘大麻部下的人正四处巡逻，他以手势示意大家隐蔽，耐心等到天黑，方潜入匪营。乌桐山上四处张灯结彩，热闹非凡，长卿到处寻觅，都不见采云。心中焦急，命精兵分头去找，自己也避开巡视的土匪，往后堂找去。长卿忽然发现，一个颇为隐蔽的屋子前守着十几名土匪，他悄悄绕到后面，趴在窗户上看了一眼，果见一个身着喜服的人，蒙着盖头，被捆在椅子上。长卿大喜，隔着窗子轻喊了声"小妹！"里面的人似乎动了动，长卿四下张望，见秦大龙正往这边走，忙示意他不要惊动守卫。秦大龙过来了，他二人便蹲在窗下商议，大同命他拖住外面的土匪，自己进去救采云。

二人商议完毕，分头行动，因怕惊动更多的侍卫，并不开枪，持短刀与门前的侍卫搏斗起来。秦大龙“唰唰”两支飞镖，撂倒两名守卫，长卿挤到门前，又刺死一名守卫，推门走了进去。外面已喧哗起来，余下的侍卫蜂拥而至，秦大龙举枪便射，又倒下三四个土匪。长卿进到屋子里，忙替那人割开椅子上的绳索，拉了那人便走，那人却突然掀开盖头，竟是个男子！他抽出袖子隐藏的匕首，用力向长卿胸口刺去，长卿不防，竟被他刺中，顿时血流如注，那人扔下匕首急急地往外跑去，长卿跌跌撞撞地拉住他，口中鲜血四溢，断断续续地问：“青儿……小妹……在哪儿?”穿红衣的男子飞起一脚，将长卿踢开，又将桌上燃着的红烛推倒，飞快跑出屋子。

秦大龙正与几名土匪相持，忽见一名穿红衣的男子跑了出来，心中一惊，暗道：定是中了埋伏，忙向屋内喊道：“大帅!”却听“轰”的巨响，屋子里爆炸开来，火光冲天，巨大的气流将他抛向远处，又是数声轰鸣，接二连三的爆炸声响起，“大帅!”秦大龙绝望地呼喊起来，却被此起彼伏的枪炮声淹没……

采云被关在一间黑漆漆的地窖里，忽听外面枪声大作，偶尔夹着炮声。采云心想，定是大哥来救她了，于是，便在枪声暂歇的时候，拼命呼喊，却一直没有人发现她的藏身之处。后来却听闻全是隆隆的炮声，地动山摇，几乎响了一夜。不断有尘土扑簌着掉下来，砸在她身上，采云惊慌地捂住耳朵，那轰鸣声把她耳朵都要震聋了。

外面终于寂静下来，采云又拼命呼喊起来，却听不到一点动静。采云心下奇怪，嗓子也渐渐有些沙哑，喊不出声了，她不得不停了下来，开始观察身处的地方。因在地窖里待了一天，她已慢慢适应了这黑暗，像只老鼠四处摸索着，熟悉着地窖的环境。忽然摸到一扇门，用手拉了拉，竟没有上锁，忙推开了，发现此地与另一间地窖相通。这里比刚才的那间地窖亮一点，地上堆着几箱枪支弹药，还有一些炸药。采云这才明白，这里竟是土匪窝里的地下军火库。她拿枪扫了一阵，发现外面仍是一片死寂，没有一点动静。土匪们都死光了吗？长卿为什么却

不派人搜救她呢？采云心中焦急，只想尽快逃离此地，又对着屋顶拼命扫射，除了簌簌落下的尘土，外面却再无一点反应。

采云颓然坐在地上，歇息了一会儿，又装满子弹，对着墙上的四角扫射。南边的角落里突然射进一线亮光，采云大喜，忙对着那个角落不停射击，亮光越来越大，渐渐打出一个洞。采云估摸着自己能钻过去，便停止了射击，观察起这间放军火的屋子。屋子里有些装枪支的大铁箱，采云搬不动，少不得将铁箱里装的枪支一一拿了出来，又把箱子慢慢推到南墙角落的洞口下。折腾了一番，她又渴又累，停下来歇了一会儿，又打起精神，翻拣起另外两个小一些的箱子。终于把三个箱子堆起来，距离洞口却还有三米多高，外面的光亮渐渐暗下来，采云猜想，怕是又到晚上了吧。借着最后一丝光亮，终于找到了一根绳索，她将绳索结成一个索套，站在箱子上，使劲向上抛去，希望能套到什么坚固的东西，她攀着绳索便可爬上去了。

她不断变换方向试探着，却一次次毫无结果。她早已累得腰膝酸软，渐渐靠着箱子睡着了。夜里突然惊醒，想起自己身处绝境，强忍着恐惧的泪水，继续一遍遍向上抛绳索。终于有一次，绳索被什么东西钩住了，采云用力拉了拉，觉得很稳妥，便擦了擦眼泪，攀着绳索爬了上去。天色已经大亮，上面原来是间厨房，却已倒塌，采云见地上滚着一些熟地瓜，匆匆吃了几口，又带上两只，悄悄走了出来。

第二十四章
人间无味，是我命薄

乌桐山已被夷为平地，四处一片焦黑，所有屋舍都已倒塌，遍地死尸。采云仔细辨认了一番，发现大多是土匪们的尸首，一颗悬着的心终于放下。她飞奔着向山下跑去，路上不时遇见被炸碎的匪兵残尸，一截截断裂的肉身令她止不住作呕。采云掩着口鼻，绕路奔逃起来。终于来到山下，采云扶着几竿翠竹，大口喘息着，心中思量，昨夜那样猛烈的炮声，乌桐山上的众匪一定被全部歼灭了，大哥也许会派人在这附近寻找自己。

采云稍稍理了理衣衫，一路往前走去，希望能遇见江长卿派来的部下。她走了一个多钟头，仍未遇见一兵一卒，心中奇怪，也不由得焦急起来，乌桐山距大帅府几十里地，若无车马，她怕是走到天黑也还回不去。又走了一会儿，见路边一眼清泉正潺潺流动，便走了过去，洗了把脸，又掬了些水喝。忽见一位老汉赶着驴车悠悠行来，采云忙跑过去，求老伯载她一程。

那老汉口中叽里咕噜地说着什么，采云却一句也听不懂，只得焦急地向他比

画着说："大帅府，江大帅，我要去大帅府!"老汉似乎听懂了些，示意让她坐上去。采云坐上驴车，老汉又驾车慢悠悠地行去，一边哼着她听不懂的民谣，车上堆着几捆稻草，采云懒懒地靠上去，微微闭着眼睛，任轻柔的风暖暖抚过脸颊。她这几天都在无尽的惊恐中度过，此时却放下心来，在驴车的摇摇晃晃中不觉睡了过去，阳光爱怜地洒在她身上，她正做着五彩斑斓的梦。

这一觉睡得极酣沉，被赶车老汉叫醒时，太阳都快要落下去了。老汉指了指右边的岔道，示意她下车。采云下了车，谢过老伯，便沿岔道走了过去，行了不久，就看到高大的城门。

入了城，采云拦了一辆人力车，车夫见她模样狼狈，疑她无钱付车资。采云周身搜遍，果真找不出一个铜板来，自从来到江南后，她也从不戴首饰，不由心下窘迫，面色微红起来。忽然想起自己贴身带着的金戒指，悄悄取了出来，暮色中那枚与大同那只一模一样的戒指，流动着淡淡的金色光芒。采云忙攥在手心里，对车夫说："对不起，我不坐车了。"

采云又走了近一个钟头，漆黑的夜幕直压下来，仿佛要吞掉一切的光明，好在已经入了城，街道方向也都模糊能辨。终于快到帅府，远远地便望见通明的灯火，采云心中欢喜，加快步子跑了进去。

正厅里却摆着一副巨大的棺木，院子里四处扯着白幔，采云恍惚了一会儿，回过神来，思虑道：莫不是大哥以为我死了，在为我操办丧事?

花嫂看到她，过来拉住她叫了声"小姐"，便泣不成声。

采云笑道："我没事儿，我这不好好地回来了吗?你们快把这灵堂撤了，别让大哥看了难过。"

花嫂听闻，越发号啕大哭起来。采云忽然一个激灵，有什么念头一闪而过，她却不愿深想，强撑着说："大哥人呢?"

"大帅，大帅没了……"花嫂大放悲声，采云只觉得头脑里轰然一片，如那夜隆隆震响的炮声，久久回不过神来。

双腿似灌了铅，她挣扎着走向那具棺木，花嫂扶住她说："陈师长与众人正在侧厅商议大帅的后事，小姐要不要去见见他们?"采云不理，眼中滚下绝望的泪来，用力地推着棺盖，口中说："我不相信，我要看看大哥。"

陈师长听见动静，已率众人走了过来，采云发疯般地推着棺盖，口中哭喊道："我要看看大哥!"那棺盖虽还未钉上，却也异常沉重，采云又几欲崩溃，使不出力气，推了几推，仍是纹丝不动。花嫂见劝不住她，求救地看了陈师长一眼。陈师长命侍卫掀开棺盖，采云向棺内看去，只有几截零碎的残肢孤零零地摆在棺木中，有一截似是江长卿的左臂，腕上还系着他常戴的一块表，手指却已残缺不全。采云悲愤难耐，再看不下去，只觉得一阵头晕，扶着棺木跌坐在地，绝望地大哭起来。

采云心神俱伤，直哭得几欲昏厥，众人劝解了一番，扶她去内堂休息。她却问陈师长道："大哥，大哥怎么会……"眼中又滚下泪来，扶着椅子悲泣难抑。

"大帅为救小姐，带了三十六名精兵，深入匪营，中了敌人的圈套……"陈师长摇头叹息道，声音也哽咽起来。过了一会儿，又叫了秦大龙来，说："秦警卫当时和大帅在一起。"

秦大龙被炸瞎了一只眼，头上缠着纱布，采云想起长卿和秦警卫一起教她骑射的情景，心中极痛，扑簌簌掉着眼泪，走过来扶他坐下，秦大龙连声说："不敢!不敢!"秦大龙将长卿误将红衣男子认作采云，倾身相救而身中埋伏的事，一一讲来，采云听了，越发泪如雨下，悲痛难抑。

陈师长犹豫了一会儿，终于开口道："小姐请节哀顺变。大帅薨后，恪军中有些变故，大帅生前曾言，他若不在，军中和府中之事，都交由小姐打理。如今恪军各部群龙无首，开始明争暗斗互相争权，属下担心，如此下去，恪军怕有四分五裂的局面出现。还请小姐出面，巡视各部，稳定军心。"

采云听了，但觉刺耳无比，想起长卿那天说的"我若不在"，不过是句极平常的话，如今竟一语成谶!心中刺痛，摇着头说："我并不懂军务，大哥如此厚待，

我却不能受他所托。”又强忍了泪，对陈师长说：“大哥素来极倚重陈师长，也常在我面前，盛赞陈师长仁义厚德。如今大哥不幸遇难，恪军之事，还是烦请陈师长操劳打理，青儿在此替大哥谢谢师长！”说着，便向他躬身行礼，陈穆忙回礼道：“使不得！小姐万万使不得！”又对她说：“大帅生前曾说‘以后小姐的话，便是我的意思’，属下愿遵大帅遗命，拥戴小姐继任恪军主帅。”采云忙道：“此事万万不可，我一介女流，并不敢担此大任。”陈师长极力相劝，她却伤心痛哭道：“陈师长不必再劝，大哥如此厚待于我，我今生却不能报答他分毫，如今为他守丧哭灵，也不过是略尽兄妹之谊，还请陈师长成全！”一边自去换了丧衣，跪在灵堂里，哀哀悲泣。陈穆无奈，自去处理恪军之事。

夜已深，采云看着灵堂里摇曳的烛火，泪水似断了线的珠子，颗颗滴落。她因轻荷的惨死，痛恨人心叵测，坠崖了断，却被他救回性命。他在她最绝望落魄的时候，倾尽温暖陪伴着她，她却在心里设了防，再不肯对谁轻言浅笑。他不介意，依然倾心照顾她，甚至在她提出与他结为兄妹，他心里痛楚，还是依了她。她不知道自己这样算不算利用，自己什么时候也变得工于算计了呢？她连真实姓名都不曾告诉过他，他却那么真切地关心着她。他教她骑射，似恩师似挚友；他宠她疼她，似哥哥似慈父；他小心翼翼地暗恋着她，又像一个羞涩的孩子；她被人掳走，他便抛了性命相救。他到底成全了自己的心，却把这似海的深情留给了她，如今阴阳相隔，她再无法回报他分毫。

绵绵的春雨轻柔落下，细细密密地亲吻地大地，江南的春天呵，连雨也这般温柔多情。是谁的凝眸刻在斑驳的苔痕上，腐落成泥，是谁的心事落寞孤单，飘过无声的湖畔不着形迹。那个温润如玉的男子，在谁的生命里温暖成凄凉的忧伤，从容优雅的步伐再走不回旧时的小巷，就这样消逝在迷离的杏花春雨里，静谧得如同一树花香。

“大哥，再听小妹吹首曲子吧。”采云泪落如雨，呜呜地吹奏那曲《阿瑞苏》，却再见不到他含笑倾听的模样。

大同与玛莎小姐的关系日益密切，二人常出入各种派对聚会，雅媛得知后，对金大同越发恨意难消，幸有廖明远百般讨好逗她欢心。雅媛对廖明远渐渐生了依赖，避开大同与他偷偷幽会了数次。玛莎又约大同深夜相见，借机勾引大同。大同对采云一往情深，眼中再容不得别人，见她如此，反倒起了疑心，命人暗中调查她的身份。

不久便收到消息，邓炯确实有一个侄女，名叫邓莎莎，十岁时留学英国，一个多月前才回来。所有信息都与玛莎所言极为吻合，大同却仍是觉得有什么地方不对。一次与玛莎约会，大同告别后在附近绕了一圈后，又悄悄回到原地，看到玛莎正在向一个男子汇报着什么。大同忙闪到一边，潜在暗处偷听，那名男子似乎是个日本人，说着日语，玛莎也用极正宗的日语回答他，不时"嗨嗨"地向他点头，大同心中越发起疑。回到府中，在情报处了解日军特务最近的活动情况，苗处长却向他汇报了最新发现的，中国留学生被替换成日本间谍的事件。原来日军早在几年前，就成立了专门的留学生间谍组织。对出国留洋的中国学生，进行筛选，对孤身在外且年纪尚幼的中国留学生，派出与他们年纪相仿的日本间谍。与这些留学生故意接触，成为朋友，了解他们在国内的各种社会关系，并学习模仿他们的生活习惯，然后将这些留学生残忍杀害。由日本间谍冒名顶替，继续与国内亲人保持联系，必要时便来到中国，从事暗杀或窃取情报的间谍活动。

大同听了，深恨日本间谍的凶残猖獗，决定试探玛莎的真实身份。与她相会时，故意感叹自己军功卓越却无法占据高位，做个一任总统或总理什么的。玛莎中计，又婉转提出依靠日本人，建立伪大翎共和国，便可自任总统。大同沉思了一会儿，说："此事只怕父亲那里不答应。"

玛莎道："现在大日本帝国势不可挡，只要有日本人的支持，三少何愁大事不成？"又说："与日本人作对，不但地位受损，只怕还会有性命之忧。"

大同点点头道："识时务者为俊杰，我需再好生劝劝父亲。"又向她举杯道：

“多谢玛莎小姐为大同指了一条明路!”二人欢笑着喝干杯中的酒，大同又与她商议了一番。

过了几天，大同告诉玛莎，他父子二人已答应与日本人合作，但遭到了几名部下的反对。玛莎便出主意，让他提供反对人员名单，日本人一定会派出精干部队，替他解决这些阻碍。大同却趁机向她索要日本人暗杀目标的人员名单，声称要在自己势力范围内来次大清洗。大同设计，把几名死囚伪装成抗日将领，将他们杀害，取得了玛莎的信任。玛莎不仅告诉他自己的真实身份，还向他提供了一份暗杀名单。玛莎是日本留学生间谍组织的一员，真名叫清和美子，而暗杀名单上，邓炯的名字也赫然在目。

金大同继续与清和美子周旋，取得了更多的情报，不仅派人将远在钺省的邓炯，悄悄替换转移，还派出部队将阳州的日本特务一网打尽。清和美子无奈吞枪自尽，日本军方震怒，又派出几批特务，秘密潜入翎东，预谋找时机刺杀金氏父子。

江长卿死后，陈穆虽倾尽全力，仍无法挽回恪军四分五裂的局面。各部争权夺地，自相残杀，日本人趁机而入，收买西面的霄、霆二部，拥立朱锐为新的傀儡大帅，并拉拢了一批亲日势力。陈穆联合恪军其他部队，与朱锐对抗，却被日本特务暗杀，恪军抗日旧部越发失了章法，无力与朱锐正面对抗，成了一批游兵散勇。陈穆死后，大帅府也被轰炸得一片狼藉。长卿的离去，令采云重新审视自己的过往，生命里值得珍惜的美好太过脆弱，她不该如此轻易放弃，错过了坚守便是再也挽不回的惆怅。人生际遇无常，不该让遗憾永居心房，采云决定离开江南，回北方寻找大同。

雨雾迷蒙，采云撑着油纸伞回望这座精致的城，只觉得满目心酸，不敢慨叹是光阴沧桑了容颜，不敢悲悯是漂泊零落了心情。伫立街头，任车水马龙汹涌，繁华似梦的人影重重，看不见曾经的笑脸盈盈，倾斜飘摇的风声雨声，淋不透一把旧伞的深情。默默作别，匆匆转身，却不知这落寞的心终会在何处降落，淅淅沥沥的雨落在绿叶上，如同眼中止不住的泪，纷纷垂坠。一座城掩埋着他无限的深情，在他走了以后，徒留给她一场挥不去的心疼。

忧伤太多，人海里交错的悲欢离合，都只能对人沉默。采云上了马车，抖落鞋尖的泥泞，收拾荒凉的心情，任破碎纷沓的思绪摇曳万千。马车行了许久，渐渐来到郊外，她却抱膝疲惫地睡了过去。道路渐窄，一辆深灰色油布马车迎面而来，车夫住了车，往一旁相让，却依然无法顺利通过。福衔宝下了车，谨慎地牵马而行，采云那辆车上的车夫又往边上让了让，他终于走了过去。衔宝冲车夫抱拳道谢后，又驾着车扬鞭而去。

采云转醒，见车夫正牵马而行，便问他怎么了。

“迎面过来一辆马车，路太窄，互相让了让。”车夫解释道，一边将马车拉回路中间，自己跳上马车，挥鞭驱赶马儿前行。采云听了，果见路上一行清晰的车辙印。风停了，雨住了，她也再无睡意，看着身边驶过的烟丝醉软，怔怔地出神。

福衔宝归心似箭，满心惦念荣若仙。他自酒后纵火烧死采云父亲后，被入了大狱，痛悔绝望无边，却被荣县长的女儿若仙搭救。衔宝逃出大牢后，一路逃向江南，竟奇迹般地躲开了金大同部下的追捕，在恪军地盘躲藏了一年多。荣若仙也在衔宝离开梅县后，拒绝了所有登门求亲的人家，声称终身不嫁，气坏了荣阔堂。荣阔堂怒不可遏，若仙却气定神闲，离开荣府游历名山大川。

那个午后，透着绵密的寒，雪珠子被雨水包裹消融着落入地面，若仙滞留江南，开着窗，看这里与北方不一样的冬天。这样细细碎碎的寒冷，不像北地那样凛冽刺痛，却也顶缠绵恼人的，若仙走上前，正欲关上窗，却见墙角倚着一个人。似有什么扰乱了心房，他已憔悴落魄不堪，她却仍是匆匆一瞥便认出了他。

“衔宝。”她撑了伞，立在他面前。

他惊慌地抬眼，她已将伞擎在他头顶，雨雪飘摇着渗入她暗红色的大氅里。他也认出了她，起身挺立道：“荣小姐。”

一场变故，让他经历了怎样的难堪，他已是衣衫褴褛满脸倦容，疲惫间却依然风华难掩。动心曾那么简单，克夫的传言最让她心有不甘，这一次相遇，注定要成全她心里的牵念。与他撑着同一把伞，走进她租居的庭院，他将伞向她身边侧了侧，落落寒风里，她突然开始喜欢这江南。

她断了与荣府的一切联系，交付痴心一片，他也满心感激。他们悄悄成了亲，盘了一家衣料铺子，开始了相濡以沫的取暖。

衔宝回到家，天色已晚，若仙已下了铺门，点亮院子里的灯。那一片光亮，照着他回家的路，燃着她脉脉的温情。衔宝唇间浮起笑意，跳下马车，将衣料搬进库房。若仙已迎了出来，要帮他搬运，衔宝忙扶了她进屋道："你已是有身子的人了，可要千万不能乱动!"

若仙笑道："我在铺上坐了一天，这样的雨天生意很是冷清，现在倒要活动活动。"

衔宝忙道："不用不用!"又说："你若要活动，就在屋子里走一走，这点布料，我很快就搬完了。"

见若仙只是抿着嘴笑，衔宝也笑道："你现在最要紧的，就是照顾好我们的宝宝，给我生个大胖儿子!"

若仙"扑哧"一笑，坐下来，拿起桌上未完工的小衣裳缝了起来，衔宝看了一会儿，终于忍不住挠挠头，问道："你缝的是什么?"

"宝宝的小衣裳。"若仙笑着拿起来给他看。

衔宝搓了搓手，接了过来，见果然是件小衣裳。那袖子只有他手掌那么长，衔宝在自己身上比画了一番，说："这，呵呵，好小！有趣，你看这领口只有我拳头这么大!"一边满心欢喜地笑了起来。

"好不好看?"若仙看着他，眼神晶亮。

"好看！好看!"衔宝乐呵呵地捧着小衣裳，眉开眼笑。

"我还做了件绣了小老虎的夹衣，更好看!"若仙边说边翻了出来给他看。

衔宝翻来覆去地看着，忽然说："我要给宝宝取个名字!"他思索了半天，笑道："有了，叫嘉歧!"

"嘉歧?"若仙停下手中的针线活儿，看着衔宝。

"嘉，美也，歧，取义聪颖。希望我们的宝宝聪慧出众。"衔宝解释道，若仙听了，便笑了起来。

衔宝又走过去，搂着若仙说："怪老头的话果真信不得，竟说你克夫。你哪里克夫了？不但救我于危难，还有了我们福家的骨肉，若仙，你就是我的神仙!"他亲昵地搂着她的肩头吻她，她却被针扎了手，血涌上指尖。衔宝忙蹲下来，捏紧她的手指，血渐渐住了，衔宝丢开她手里的活计，扶她坐在床上歇息。一边对她说："你不要太累了，照顾好自己，我把车上的料子卸完就回来陪你。"若仙点点头，看着他转身走出房门，忽然觉得这个春夜竟也有些寒凉。

第二十五章

狼烟起，江山北望

这天，福衔宝外出进货，因时局动乱，若仙担心他的安危，定要随他一起。二人在回来的路上，却被一伙恪军散勇打劫。衔宝丢下货物，拉着若仙逃跑，若仙却因已怀有身孕，奔跑吃力，不得不放开衔宝的手，二人随即被追上来的兵勇冲散。福衔宝被强征入伍，随军打仗，若仙却失了踪。

这批散勇原是恪军抗日部队中的一个旅，旅长邱敬尧也是恪军收编的一个土匪首领，此人虽有些匪气，却深明大义，与恪军亲日势力划清界限，数次率部袭击日本人。在一次与日本人的正面冲突中，邱敬尧的部下吃了败仗，损失了一半的兵力，武器枪支也丢弃殆尽。邱敬尧不得不放弃原有的地盘，和副旅长任青山带着人马回到白狼山，重操旧业，成了当地的又一派流匪。任青山在十多年前，便跟着邱敬尧在白狼山打天下，邱敬尧被恪军收编后，任青山在他麾下英勇征战。邱敬尧被任命为旅长后，便提拔任青山做了副旅长。二人兄弟之情日甚，重回白狼山后，任青山理所当然成为邱敬尧最信任最看重的二当家。

福衔宝被劫上白狼山后，因他通文墨，又颇有计谋，很快得到了邱敬尧的另眼相看。邱敬尧不甘心躲在白狼山做一辈子的土匪，却因缺少弹药，不敢轻易下山，福衔宝看穿他的心思，便对他说道："大当家需早做谋断，白狼山虽地势险要，易守难攻，但兄弟们这么多人赤手空拳，终日坐吃山空，却不是长久不计。"

邱敬尧性格豪爽，便问他有何妙计，福衔宝说："要图谋发展，粮草弹药必须解决，靠兄弟们零零散散的打劫，无疑是杯水车薪。"

"那该如何？"邱敬尧立在白狼山顶上的大石上，俯望山下那条秀丽的口袋谷。口袋谷是白狼山最玄妙的地势之一，连接外界的谷口处略微有些狭窄，进来后却豁然开朗，是一大片开阔的平坦之地，倚着巍巍青山，再往里走，曲折蜿蜒一番，才又渐渐收紧，似一只两头可以扎起来的袋子。这一处天险，需站在白狼山顶俯瞰，才略微看得到掩映的一小块。山下的人从外面看来，却是窥不出丝毫端倪，熟悉这口袋谷玄妙之处的也就只有任青山和自己了。

"若论粮草弹药的供给，还是日本人那里最充足。"福衔宝的话打断了邱敬尧的思绪，他收回目光，诧异地看着福衔宝，说："你想打日本人的主意？"福衔宝点点头，一边凑近了些，与他低语了一番。邱敬尧渐渐露出笑意，说："卧底一事是个妙计，到底派谁去，最是关键。"

福衔宝道："必须找一个旅长信得过的忠心之人，此人还得有分量，有勇有谋……"任青山恰在此时走了过来，二人看到他，会心地笑了。

白狼山上的大家当和二家当最近有些不和。二当家任青山要钱要粮，发展自己的心腹力量，大当家邱敬尧颇有些被排挤架空的危险，于是便开始提拔原在恪军中担任要职的其他干将，与任青山形成对立之势。各种决议之事，两派也常争辩不休，白狼山上局势有些失控。

这天夜里，邱敬尧接到密报，任青山正与自己的三姨太媚红私通，邱敬尧带了人马，竟将他二人捉奸在床。当下点起火把，叫醒众弟兄，将他二人押至议事厅。

邱敬尧怒气冲冲地坐在首位，问任青山还有何话说。

任青山见事已至此，索性撒泼道："媚红不过是个窑姐，是她勾引我的。"

邱敬尧一拍桌子，媚红吓得大哭起来，听见邱敬尧喊了声"住嘴!"又连忙吓住嘴不敢哭出声。邱敬尧又对任青山怒道："任青山，你个混账东西！这些年我待你不薄，有好东西必分你一半，有官也想着兄弟们一起做。你现在翅膀硬了，在白狼山上作威作福，分钱分粮，如今连我的女人你也敢动，你也太不把我这个大哥放在眼里了!"

任青山冷笑道："大哥？邱旅长怕是当官当安逸了，要在这白狼山里养老了!自从回到这白狼山，每天不过抢几个小老百姓，劫几个过往商客，得了几贯钱，连我这个二当家的也瞒着。大哥一心只为自己谋利，又什么时候把我当过自家兄弟！我分钱分粮，也是为着给下边的弟兄们养家糊口。"

邱敬尧被说到痛处，面色一阵青一阵红，忽然拔枪对着他说："兄弟妻，不可欺！任青山，今天是你对不起我!"

任青山轻蔑一笑，议事厅里顿时有五六个人举枪对着邱敬尧，福衔宝忙带着守卫闯了进来，围住了任青山的人马。

任青山见局势不利，突然大声道："大哥，这些年兄弟随你出生入死，数次在战场上拼了性命救你，如今为了一个女人，刀兵相见，着实令人心寒!"

"哼！任青山，你不必拿话激我！你不仁，休怪我不义!"邱敬尧收起枪，却命福衔宝率领众人逼向任青山。

任青山见形势危急，忽然拔出一把匕首，狠命地向自己臂上刺了三刀，昂首道："大哥，小弟动了大哥的女人，犯了无可挽回的大错，愿受三刀六眼之刑，求大哥饶我一命!"边说边扔了匕首，跪倒在地。众人向他看去，果见他刀刀穿透了胳臂，六个大窟窿血流如注。邱敬尧看他神色痛楚不堪，又想起二人往日的兄弟情深，心有不忍，恰有众人上来求情，便挥手道："先将他关进地牢!"

有守卫将任青山押走，他一路走过的地方，留下了大片的血迹，猩红刺目。

媚红吓得腿脚发软，此时见任青山被押走，便站起身，冲邱敬尧娇笑道：“旅长……”她话还未完，却被邱敬尧一枪击中。子弹穿透她的胸膛，她不甘地跌倒在地，睁着一双不解的眼睛，身子抽搐了一会儿，顷刻毙命。

第二日一早，却有守卫来报，任青山逃走了，还带走了白狼山几十个弟兄。邱敬尧大为光火，处决了看守地牢的守卫，宣布与任青山彻底断绝兄弟情分，福衔宝却越来越受到他的重用。

任青山下山后，便来到日本军官佐藤队长处投诚。佐藤大木对他甚是戒备，虽勉强收编，却暗中派人监视他的一举一动。任青山受三刀六眼之刑，伤势严重，一条手臂几乎废掉，对邱敬尧恨之入骨，数次截得白狼山的情报，率兵攻打，小有斩获，佐藤大木渐渐对他放松了警惕。

福衔宝无意间发现，任青山带下山的几十个白狼山弟兄里有日军的密探，派人隐晦地提醒任青山。任青山得知后，秘密设计，故意泄漏一条假消息，将可疑的三个人一起清理掉。任青山对佐藤大木越发忠心耿耿，不但收编了几百人的游兵散勇，还在一次与邱敬尧部下交锋时，劫了一批财宝，杀光押运的四十多人。任青山将财物交给佐藤大木，终于取得了他的信任。

日军强势进驻江南，遭到了大批爱国志士的顽抗，计划以武力屠城，一大批军火即将运入城中。任长青得知消息后，紧张地秘密查探，终于访到了一些蛛丝马迹。消息传递给邱敬尧后，邱敬尧和福衔宝携精兵埋伏在距白狼山两百余里的松县郊区。守了一天一夜后，才等到经过的车队，邱敬尧指挥众人与押运部队激战，终于抢下四卡车的军火。

回到白狼山后，邱敬尧意气风发，对众人大笑道：“发了！弟兄们，我们白狼山这次可是发了！”四车军火里有满满一卡车的炸药，上百挺重机枪、迫击炮，各种型号的枪支弹药装了两卡车，邱敬尧给自己的半个旅全部装备完毕，还剩下半卡车的枪支。邱敬尧带上山的大部分都是原恪军的部下士兵，大家因上次与日本人交手吃了败仗后，枪支弹药极其缺乏，很多人一连几个月都不曾摸过枪，此时，

得了武器，莫不兴奋异常。邱敬尧又命大家恢复训练，白狼山的战斗力迅速恢复起来。

日军得知军火被劫，极为震怒，出动一个约两千人的联队围剿白狼山。佐藤大木奉命带领一千余人的步兵大队，强攻上山，炮兵中队由岗村次郎率领，后续进攻，其他重机枪队、辎重兵队及小股步兵中队联合进攻。

任青山对白狼山地势极为熟悉，佐藤大木便命他画了详细的地形图，地形图真假互掺，佐藤难以辨别，又任命青山随军带路。任青山偷偷将日军欲围剿白狼山之事传达给邱敬尧，邱敬尧与福衔宝等人商议后，秘密部署，将满车的炸药埋在炮兵队必经的一处路上，又在仅有的两条上山之路上布置了机关。只待日军前来，与任青山里应外合，打一场漂亮的翻身仗。

白狼山围剿战声势震天，日军派出的兵力也是空前，邱敬尧全副身心紧张应战。佐藤大木整肃部队入山，任青山带他来到口袋谷前，声称此路较开阔，可直达白狼山顶的邱敬尧主力部队处。佐藤拿着望远镜仔细查看，只见入口处稍嫌狭窄，进去后果然开阔，几处丘陵遮掩下，隐隐看得见山顶严阵以待的邱敬尧部队。又派人往前查探了一番，见并无埋伏，这才放心进入口袋谷。

佐藤大队行了二里多路，忽然从山上滚下大批的汽油桶，佐藤来不及发号施令，跟随左右的任青山已将他一枪撂倒。轰隆炮弹压过来，引爆谷底事先埋好的炸药，迅速将谷底点燃，日军步兵大队群龙无首，又遭遇埋伏，霎时混乱起来。几个训练有素的中队长迅速组织部队撤退，回路上却也已燃起大火，山谷两旁也突然冒出许多重机枪，不停地对着谷底扫射。步兵大队边战边退，死伤惨重，退至狭窄的口袋谷口，却有四五架迫击炮并十余挺重机枪把守。日军疯狂突击，激战了半个多小时，终于突破防线，几欲冲出口袋谷。正在此时，福衔宝又率领新的迫击炮和重机枪部队压了上来，逼退日军的突击。佐藤大队的千余步兵几乎被全歼，逃出生还者不过百余人。

岗村次郎的炮兵中队，在西面的双龙墩也遭遇埋伏，被地上埋着的极密集的炸药摧毁殆尽。此次日军围剿白狼山的大批弹药，也随岗村次郎的惨败被炸毁。日军虽还有七八百人的兵力，却因无弹药支撑，不得不宣布撤退。

白狼山大捷，任青山却在战斗中不幸牺牲，邱敬尧十分悲痛，将他厚葬，又将追随他投靠日军做卧底的部下一一封赏。福衔宝一手策划的这场白狼山开拓进取并打赢漂亮翻身仗的计谋，取得了极大的成功，深得邱敬尧的赞赏，将他提拔为团参谋长。邱敬尧以白狼山为依托，顺势扩大地盘，与日军抗衡，军队规模迅速壮大。衔宝在军中地位也日益稳固，心中十分得意，却苦无若仙半点儿消息，对她母子二人非常牵挂。

狼烟四起，采云一路乔装躲避，不时遇见正在火并的部队，她不得不从北边山区绕行。这天，天色将晚，采云在宁岗村的岔路口遇见了昏迷的秦大龙，忙将他扶进村子，村子里的一对小夫妻阿松和阿茵收留了他们。原来日本特务正对恪军中的反日分子，进行疯狂的暗杀活动，秦大龙遭遇恪军亲日势力和日本特务的联合追杀。他肩上受了刀伤，却一步也不敢停歇，躲避追踪中奔逃到宁岗村，终因体力不支而晕倒。

秦大龙醒来，见采云正在替他包扎伤口，忙挣扎着坐起来叫了声“小姐!”

“你醒了?”采云麻利地替他包好伤口。

“这是什么地方？小姐怎会在此?”秦大龙环视四周道。

“这里是宁岗村。”采云答道，又苦笑着说：“我打算回北方去，可现在到处战火纷飞，不得不绕道而行，不想却在村口遇到你。”

“我记得被一伙人追杀，就胡乱奔逃起来了。”秦大龙回忆着，又对她叹道：“想不到大帅走后，恪军竟如一盘散沙！各部争权夺利自相残杀，更有甚者，居然投靠日本人！我秦大龙虽只是一个小小的警卫，也决不与这些鼠辈同流合污!”

阿茵正端了一碗药进来，说：“姑娘，药煎好了。”

采云接了过来，递给秦大龙，说：“秦大哥先将药喝了，养好伤再做计较。”

秦大龙忙站了起来，受宠若惊地说："小姐，这……属下不敢当！"

"想当日你和大哥一起教我骑射、飞镖……"提起长卿，采云忍不住哽咽起来，过了一会儿，又说："论起来你也是我师傅……"

秦大龙连声说："属下不敢！"

采云又说："你比我年长，叫你一声秦大哥也是应该的。我现在已不是什么小姐，秦大哥还是叫我青儿吧。"

秦大龙道了谢，接过药碗一饮而尽，又问她有何打算，采云思虑了一会儿，说自己打算回北方。秦大龙当即表示，自己愿一路护送，任她差遣。见采云推辞，又说："大帅对属下有知遇之恩，今能护送小姐，保得小姐周全，也能令死去的大帅略感安慰，还请小姐成全。"采云终于答应了，嘱咐他不必再叫她小姐，称她青姑娘即可。

宁岗村地处偏僻，很少有外人进入，采云与阿茵闲聊，得知她与阿松是一对青梅竹马的恋人。双方父母都早已辞世，他二人于乱世中结为夫妇，日子虽过得清苦却也其乐融融。采云忽然生了羡慕，愿得一人心，白首不相离，他们这般长相厮守，却是多少人倾尽一生都无法抵达的幸福。

秦大龙将养了三日，身体已渐无大碍，这天换好药，正向阿松夫妇辞行，却忽然听闻一阵枪声。

第二十六章
山河日暮，诛贼子

阿松听到枪声，正要出去看个究竟，又听闻有人大喊：“鬼子来了！”采云和大龙心中皆惊，互相看了一眼，大龙正要拔枪，阿松却说：“你们还是先避一避吧。”一边让妻子阿茵带他们躲起来，自己跑去关前后院门。阿茵带着他们绕到后院，掀开稻草遮盖的地窖，让他们下去躲藏。这个地窖极深，阿茵找了一架长梯子，把他们送下去，嘱咐他们千万不要出声，等日本人走后，再来叫他们。采云和大龙下到窖中，见地窖里堆着些许地瓜，里面也极宽阔，抬头看到阿茵又打着手势，让他们将梯子也搬进地窖里面。大龙将梯子移开，阿茵这才放心地点了点头，盖上盖子，又铺上厚厚的稻草。

五六个日本人却已闯了进来，正往后院走来。阿松见阿茵还未回到前院，心中着急，上前拦住他们理论。领头的日本兵口中骂骂咧咧，一把推开阿松，带着众人继续往前走。阿松又扑了过来，拦住那人说：“长官息怒！长官息怒！”

日本兵拿起枪托狠命砸向阿松，阿松被砸倒在地，却用力抱住他的腿。日本

兵叽里咕噜说了句什么，一伙人便围了上来，狠命踢打阿松。坚硬的军靴痛击着他的全身，他仍死死抱住日本兵的脚，口角已渐渐溢出血迹。

“阿松！”阿茵扑上前来，却被几个日本兵架开。

“阿茵！”阿松见阿茵被日本兵抓住，忙松了手，挣扎着想站起来，领头的日本兵却对着他连开了三枪。

“阿……”阿松挥动的手突然垂了下来，口中鲜血涌流，再唤不出她的名字，伏倒在地，空睁着一双愤怒的眼睛。

“阿松！”阿茵拼命地哭喊着，朝拦着她的日本兵手上狠狠抓去，指甲里嵌满了日本兵的血肉。日本兵松了手，痛得惨叫起来，阿茵挣扎着想跑过去，却被走过来的头领狠掴了一掌。

阿茵口角噙血，眼中的怒火熊熊燃烧，顺手拿起晾衣服的竹竿，劈头盖脸地朝那个领头的日本兵打去。还未扑到他面前，就被众人夺了竹竿，又被人捆了双手，押到头领面前。阿茵口中仍痛骂不止，领头的日本兵忽然一把扯开她的衣服，众人哄笑着围了上来。阿茵又羞又惊，拼命呼喊，口中却又被人塞了破布，呜呜地出不了声。

采云和大龙在地窖中等了许久，都不见阿茵来叫他们，心中不安。秦大龙终于按捺不住，把梯子移了过来，摸索着爬了上去，悄悄掀开盖子，见院子里静悄悄的，四下无人，便将采云也拉了上来。二人慢慢地走了出去，忽然听见细微的声音，忙停下脚步。秦大龙拔出枪，贴着墙向外望去，见阿茵被捆着双手，蜷缩在葡萄架下，口中正发着轻微的呜呜声。

秦大龙冲了出去，又见阿松躺在院子里，鲜血已经染红了他身下的土地，他怒睁着双眼，却早已死去。

“阿茵！”采云忙跑过去，替她遮住赤裸的身体，取下她口中的破布，给她松了绑。阿茵颤抖着失声痛哭，忽然发疯般地撞向院中的大树，采云忙拉住她，将她扶回屋内。阿茵被日本兵糟蹋，精神崩溃，流着眼泪呼唤阿松的名字，想尽办法寻死。采云寸步不离地守着她，见她神情恍惚，也忍不住悄悄掉泪。秦大龙痛悔无比，狠狠地捶着墙壁，痛骂道："狗日的小鬼子，禽兽不如!"

秦大龙担心日本兵会再次扫荡宁岗村，入夜时分，决定带采云和阿茵一起离开。刚走了不久，发现村子东头的一户人家火光冲天，三人在暗处躲了起来，见一群日本兵正架着火堆吃烤鸡。阿茵认出左边那几个，就是白天杀死阿松的日本兵，忙指给采云和大龙，采云紧紧拉住她，低声嘱咐她不要轻举妄动。忽见右边两个穿便装的矮个男子议论着什么，采云凝神细听，断断续续听到"暗杀"、"翎东"、"头领"之类的话。细细思量，不由惊出一身冷汗，这些人难道是要暗杀翎东的头领大同父子吗?

采云正想继续听下去，不料阿茵却突然冲了出来，她手中拿着一颗不知从何处找到的手雷，朝敌人扔了过去。采云和大龙只好立即展开进攻，日本兵被炸得四散开来，那两个穿便装的矮个男子也躲了起来。另有一队人马加入战斗，秦大龙枪法极好，一连射中五六个日本兵，采云一边开枪还击，一边将阿茵拉了回来。日本兵迅速调整策略，呈包围之势逼了过来。大龙又打死几个日本兵，向采云说："青姑娘，我们还是快撤吧！敌人火力太强，若是被包围，我们就危险了。"采云点点头，二人边打边撤，借着夜色的掩护，带着阿茵逃出了宁岗村。

正是百花争艳时节，翎东首府阳州城内的金氏府邸，却一片郁郁葱葱，并不见一花一朵的盛放，唯有柔软的木槿枝条蓬勃吐翠，萦绕出满院的绿意盎然。雅媛百无聊赖地倚着栏杆，看着满院恼人的绿，不觉生了烦闷。金大同缅怀采云，迁到翎东后，依然命人种了满院的木槿，她看着生厌，却也无可奈何。因随大同来到阳州，与翎西的父母家便远了些，许多不如意也不能常向父母倾诉。她虽是金府的少夫人，却也有许多事做不得主，即便连些喜欢的花木都不能随便栽种，也不过偶尔命人从外面买几枝新鲜花束，插在花瓶里聊解无趣。

雅媛闷闷地在廊椅上坐下，太阳暖暖地照着，不觉困意绵绵。她原是刚睡了午觉醒来，此刻却又接二连三地打着哈欠。今年春困的毛病闹得厉害，最近总觉

得睡不醒，身子也越发懒得动弹，似乎有些发胖了呢。雅媛伸了个懒腰，看了看自己的腰身，强撑着站起身来走动了一会儿。

廖明远迎面走了过来，手中提着一盒点心，在雅媛坐过的椅子上坐下，打开盒子对她说："这是西饼屋新出的皇后曲奇，我特意带了些给你尝尝！"

雅媛走了过来，见盒子里摆着六只形状各异的饼干，来不及细看，甜腻浓郁的气味扑鼻而来，雅媛忍不住一阵作呕，忙冲他摆手。

廖明走上前来，扶她坐下。雅媛挥动着手中的帕子，对他说："你快把这东西拿走！"

廖明远忙将曲奇饼盖上，将盒子放远了些，说："这点心倒难得，听说是外国师傅做的，我等了半个月才定到的，你又不喜欢。"

雅媛瞪了他一眼，说："你等了半个月拿到的东西，我就一定得喜欢？"

廖明远忙赔着笑脸说："不敢不敢！你喜欢的，我等十年八年也一定给你拿到，你不喜欢的，任它是再金贵的东西，咱们都不放在眼里。"又指着那点心盒子说："管它什么外国师傅，我们雅媛不喜欢，它就是坏东西，我一会儿就拿去喂狗。雅媛，你别生气了！"

雅媛白了他一眼，怒道："你是骂外国师傅还是骂我呢！"

"雅媛，别生气，别生气！"廖明远蹲在她面前，拉着她的手往自己脸上轻轻拍了一掌，笑道："瞧我这笨嘴笨舌的，又说错话了，你大人不计小人过，就别恼了吧。"

雅媛抽开手，说："光天化日的，让别人看见成什么样子！你还不快起来坐好。"

廖明远听了，忙站起身，四下看了看，见空无一人，这才放下心，在旁边的椅子上坐了，又听她说道："你哪里是笨嘴笨舌，分明是油腔滑调能话会道！"

"我竟是被你骗了。"雅媛忽然伤感起来，声音里夹了委屈。廖明远听了，忙指天赌咒道："我怎么会骗你，我对你一直都是真心的，我若骗你，管叫我天打五雷轰，出门被汽车撞死，被流弹打死……”

“好了好了!”雅媛烦躁地挥挥手，站了起来，说：“你就会在我面前赌咒发誓，说些好听话。”边说边向外面走去。

廖明远追上来说：“我在天香大饭店定了位子，晚上请你吃饭跳舞好不好?”

雅媛眼前浮起天香大饭店里满桌的油腻大菜，忍不住胃中又翻腾起来，扶着栏杆歇息了一会儿，说：“谁要去吃那么油腻的东西!”

“那你想吃什么？我去换别家的。”廖明远忙问她。

雅媛想了想，笑道：“我想吃青杏。”

“我说大小姐，这杏花还没落尽呢，哪里可就有杏子了!”廖明远哀叫道。

雅媛笑着说：“我这几天都没什么胃口，这会儿忽然想起这个东西。”她娇媚的笑脸令廖明远魂不守舍，直愣愣地看着她。雅媛跺了跺脚，他才回过神来，关切地问道：“怎么好几天都没有胃口？可是哪里不舒服了？要不要我陪你去看医生?”

“也没什么不舒服，只是今年春困的毛病比往年厉害些，总想睡觉。”雅媛忽然站定了，转过身来指着他说：“都是你那盒点心闹的，我现在一想起吃的东西就想吐。”

雅媛犹自向他撒娇，廖明远却突然想起什么，又在心里暗暗思索了一遍：嗜睡、作呕、青杏，终于忍不住疑惑，压低了声音说：“雅媛，你还是悄悄去看看医生吧。”

“我为什么要悄悄去看医生?”雅媛奇怪地看着他。

“雅媛，你，你会不会……”廖明远吞吞吐吐，又紧张地四处张望了一番，低声说：“你会不会有了?”

雅媛愣住了，手中的帕子跌落地上，廖明远忙拾起来还给她。雅媛不接帕子，慌乱地抓着他说：“怎么办？三少从未碰过我，我……”

“雅媛，你别慌!”廖明远打断她，又扶她走回来坐下。雅媛这样天不怕地不怕的娇纵女子，此刻却也慌了神，不安地听他吩咐道：“我先去悄悄联系医生，明

天你避开下人，一个人出来，我陪你去做检查，如果真的有了，我们再从长计议。我们的来往一直都很秘密，三少未必能知道，你现在且不可自乱阵脚。”

廖明远又好生劝慰了一番，雅媛才渐渐平静下来，冷着脸说：“是他金大同先对不起我的，我有什么可怕的，闹出来也不过大家好聚好散。”

“我的小祖宗！”廖明远急道：“你可千万不能跟他闹，他要知道了，我们的小命可不保了！”

雅媛冷笑道：“是你的小命不保吧！他金大同敢动我试试，我们翎西大军可不是摆设！”

廖明远急得直拭汗，说：“我这条小命不值什么，你若真有了我们的孩子，你忍心让他未出世就没了爸爸？”见她不作声，又说：“他如果知道，就算不敢动你，我们的孩子怕也保不住了。”他忽然跪了下来，吻着她的手说：“雅媛，我们若是有一个像你这样漂亮的孩子该有多好，我会做一个好爸爸，一辈子疼你和我们的宝贝。”雅媛脑海里浮现一个粉妆玉琢的孩子，拍着手叫爸爸妈妈，心中柔软下来，又见他流着泪说：“雅媛，你一定要保护我们的孩子。”

雅媛叹了口气，说：“还不知是真是假！你先去安排医生吧，我不会跟他闹的。”廖明远站起身，又安慰了她几句，匆匆走了出去。

雅媛疑心自己有了身孕，越发见着吃的东西就想吐，怕被人看出来，连晚饭也不曾用，躲在房里休息。好容易挨到第二天，寻个借口独自出了金府。廖明远早已等着她，带她去了一家私人诊所，医生诊断后，确认雅媛已有两个多月的身孕。廖明远喜不自胜，小心翼翼地扶她来到二人私会的院子里。雅媛懒懒地在沙发上坐下，廖明远从屋子里端出一个果盘，放在茶几上。雅媛瞟了一眼，见果盘里装着一小把樱桃大小的青色果子，奇怪道：“这是什么？”

廖明远在她旁边坐下来，笑着说：“你昨儿个不是想吃杏子来着，我就到处去寻，翻了几座山，跑了大半夜，也才摘找到这几颗略成形的。”

雅媛扑哧一笑，说：“难为你竟真的去找这个。”

“只要你高兴，我什么都肯为你做。”廖明远深情地搂住她的肩。

雅媛拣了一颗青杏，笑道：“这也太小了。”一边轻轻捏开来，里面的杏核还是柔软的嫩白色，放在鼻尖嗅了嗅道：“只怕涩的很，我才不要吃它。”

廖明远张口咬住她手中的青杏，胡乱吞下去，说：“果真又苦又涩，雅媛不喜欢，我们的宝贝一定也不喜欢。”一边又轻轻抚摸着她的肚子。

雅媛打开他的手，说：“宝贝宝贝的，你倒是想个法子，如何搪塞过去才是正经！”又说：“自打结婚后，金大同根本就没碰过我，现在却平白冒出一个孩子，他这绿帽子戴的倒结实。”

“你心疼他了？”廖明远佯装吃醋道。

“我心疼他？笑话！”雅媛冷笑道：“看着他做乌龟，我高兴还来不及呢，我巴不得他戴一辈子的绿帽子！”

廖明远轻轻摇晃着她说：“雅媛不生气了，医生说了，生气对宝宝不好。你要每天开开心心的，将来宝宝才能长得像你一样漂亮。”又吻着她说：“你现在有了我们的宝宝，就是我廖家的人。”

雅媛诧异地坐起身，笑道：“怎么，你要我跟他离婚嫁到你们廖家？”

廖明远正色道：“现在还不是时候。”又抱着她说：“雅媛，你听我说，你现在跟他离婚，他一怒之下，就会对我们的孩子痛下杀手。要想保住我们的孩子，就必须让他以为这个孩子是他的，这样，不但我们的孩子性命无忧，以后还可以继承金家的产业，顶替他的少帅之位。”

“你说的倒简单，他又不是傻瓜，怎么能让他以为这个孩子是他的！”雅媛恼怒地将果盘里的青杏一颗颗捏得粉碎，沾了满手的苦涩。

廖明远伏在她耳边一阵低语，雅媛听了，惊得目瞪口呆，继而怒道：“你就不怕我跟他假戏真做？”

廖明远尴尬地看着她，狠了狠心说：“为了我们的孩子，你必须这么做！”

“廖明远，你混蛋！”雅媛怒气冲冲地将满手的青杏汁拍在他脸上。

第二十七章
守一座城，护一个他

大同深夜回府，见雅媛又像上次一样窝在沙发里，刚想举步离开，却被雅媛叫住了。

大同回过身说：“打扰你听唱片了？我有份文件落这边了。”边说边取了东西要走。

“大同!”雅媛拦住他，说：“我没有听唱片，我在等你。”

大同奇怪地看着她，雅媛又说：“今天是我的生日，你能陪我喝杯酒吗?”她边说边坐了下来，桌上放着两个杯子，斟满了酒。

“生日?”大同略感不安，说：“你生日怎么不通知下人们好好操办一番。”

雅媛摇了摇头，眼中含了泪，端了一杯红酒递给他说：“我只想你能陪我喝一杯，祝我生日快乐。”

大同犹豫了一下，还是接了过来，雅媛噙着泪，举杯冲她笑了笑，大同与她碰了杯，说：“生辰快乐!”

雅媛含笑说了声“谢谢”，将酒杯移在唇边，微微呷了一口，偷眼去看大同，大同举杯一饮而尽，对她笑了笑。雅媛又将他杯中斟满酒，递了过来，大同尴尬地接了，心中有些不快。

雅媛踱到窗前，指着院子里的木槿说：“炎天众芳凋，而此独凌铄。你喜欢这别样的花，你怀念她过往的情，我都不介意。但是你可不可以，在我生日的时候，陪我说会儿话。”她忽然没了往日的盛气凌人，低着头，忧伤地站在那里。

采云总这般忧伤地站在他面前，他想起她低头垂泪的模样，心中酸楚不已，在沙发上坐了，又将杯中的酒一饮而尽。

“记得第一次在翎西见到你，你还与我赛马，我们比了个平手……”雅媛坐在他面前，又替他斟满酒，轻轻地诉说着过往。大同却想起他教采云骑马，她穿着飒爽的骑马装，米色的披肩偏又托出一片温婉来，他们在林间追赶嬉戏，跑累了，她便靠着树，闭着眼睛歇息。斑驳的阳光穿过树荫洒在她身上，他欢喜地看着她，以为那就是地老天荒。他替她牵马，他向她表白，他因着她的拂逆，冷峻地将她紧拥在怀，她张口咬向他的胳臂，她挥掌打他，她委屈的眼泪濡湿了他坚挺的戎装……往事一幕幕，却再看不见你的身影；伤心一重重，你是我心里最深的痛。你在我生命里匆匆一现，却注定不是过客，我愿承受这安静的冷落，任孤独的灵魂一生寂寞。

她不停地替他斟酒，他接过来连连饮尽。“你还送我一支玫瑰花，替我簪在鬓间……”

“错了错了！”大同打断她的话，说：“我送你的玫瑰，你都不敢接。”他忽然笑起来，目光迷离地看着雅媛说：“我悄悄放在你的书上，你后来发现了没有？”

雅媛一愣，却听他又说道：“采云，你还记得月亮女神的故事吗？”雅媛这才明白过来，他竟把她当成了采云，心中怒极，却不得不隐忍着。

又听他说：“采云，我不该拿月亮女神比你，你现在是不是在天上？我们竟然也被这样仙凡永隔了吗？”金大同伤心不已，眼中已含了泪，恨声道：“那个邪恶

的精灵就是翎西阎家！采云，我知道，你一定是被奸人所害，我一定不会放过阎家的任何人，我一定要替你报仇！”

雅媛吓了一跳，以为大婚之日，自己与父亲谋划逼死采云之事被他发觉了，几欲起身逃走，大同却一把拉住她说：“采云，我，我唱歌给你听。”说着，他便含糊不清地哼了起来：“水映月儿满伤阙，月儿思水弯盈圆……月光是谁的风铃，绕醒我安宁梦境……你是奈何桥畔的爱人，惦念着我前世的誓言……”他断断续续地唱着歌，渐渐睡着了。

“大同！大同！”雅媛试探着叫他的名字，又推了他几下，见他睡得沉，这才放下心来。心想廖明远弄来的安定片果然厉害，又将剩下的酒全部泼掉，叫了丫头将大同扶回自己的房间。

雅媛一夜辗转难眠，想着大同醉时的话，惊恐不安，不知道他会对阎家做些什么，自己需尽快回翎西一趟，提醒爸爸早做准备。天色渐亮，她才朦胧睡去。大同醒来，见自己赤身拥着雅媛，忙掀开被子跳下床。雅媛惊醒，故作娇羞状，问他怎么起这么早。

大同怒道：“昨晚的酒，你是不是动了什么手脚？”

雅媛道：“我哪里动什么手脚，是你喝醉了，人家扶你回房，你就……”她捂着脸，委屈地大哭起来。大同无奈，咬着牙狠狠瞪了她一眼，匆匆穿好衣服，走了出去。

又过了十多天，雅媛故意在饭桌上连连作呕，还不时地摔东西闹脾气，声称身子不舒服。金绪博看不下去，命大同陪她去医院检查身体，大同自那天后，处处躲着雅媛，便命廖秘书陪她去做检查。

二人从医院回来，廖明远便跑去报告金绪博，说少夫人有喜了，金绪博闻言大喜，请了雅媛父母家人，摆酒庆贺了一番。雅媛私下里提醒父亲，金大同怀疑采云之死与阎家有关，欲为采云报仇，恐对翎西不利，让父亲早些戒备。阎笑天轻蔑地笑道：“当日在场之人，我已全部杀掉灭口，他即便怀疑到我们头上，也是死无对证。”又对女儿说：“你若一举得男，他金家更不会轻举妄动。金绪博这只老狐狸只怕还有藏私，你若替他们金家诞下香火，他说不定还会拿出些家底来谢你。”雅媛若有所思地点点头。

秦大龙护着采云和阿茵一路北上，沿途既要与日本兵交火，又要避开各路军阀之间的混战，走得颇为辛苦。四个多月后，才来到翎东地界。采云自从在宁岗村隐约听闻暗杀翎东头领的话，就一直为大同担心。回到翎东，听闻金氏父子已从京城迁到翎东首府阳州，便急不可待地向阳州奔行。秦大龙见她打探金大同的消息，心中奇怪，问她可与这位名震北地的少帅相识，她总默默不语。三人又辗转行了几天，方才来到阳州。

阳州比两年前繁华了许多，金氏府邸很好打探，采云很快便问到了地址，却忽然有些不知所措起来。那样久远的过往仿佛前世的经历，她深埋在回忆里不敢碰触，连思念都变成了奢望，遥不可及的心事，在这蔚蓝的天空里支离破碎。与他站在这同一座城池里，似乎能感受到他的气息，呼吸也变得痛楚起来，就那样仰脸看着天渐渐生出绝望，不敢低头，怕眼里的泪水不小心滑落下来。

一连三天，采云都待在屋里不曾出门，秦大龙越发奇怪，不由问道：“青姑娘，你这一路上都在打探金少帅的行踪，如今到了阳州，怎么反倒不找了？”

采云面色凄怆，无言以对。阿茵也来劝她道：“你若要送什么信儿，我也可以替你送。”采云摇了摇头，黯然枯坐。

夏夜流萤，如一颗颗坠落的流星，阿茵捉了一些回来，放在屋子里，星星点点地飞舞着。“我恨不得能与你顷刻间白头，永不分离。”他痴痴的话语，复又在耳畔响起，她却还没来得及许愿，就这样与他擦肩而过。那点点努力亮起的荧光，似乎将时光倒回往日的模样，静谧夜空下蛙声与蝉鸣的欢唱，灿若惊鸿的流星迅速坠落的辉煌，谁曾拥有的幸福如夜色般柔媚芬芳。流水一样的年华，满眼的爱找不到理由，那些说过的话，都如此真切地刻在心上。这一路跋山涉水不好走，

到底为自己找了怎样的借口，如今与他近在咫尺，她却再无勇气走近一步。

这天，阿茵拉了采云上街，采云推脱不过，终于随她出了门。阿茵逛了布料行，买了几块颜色各异的碎布，说要做鞋子。采云心不在焉地跟着她，似在期盼什么，却又害怕这样的期盼。

黄昏渐近，这一路闲逛，并未邂逅让她期盼与害怕遇见的那个人，采云暗笑自己多心。虽在同一片晴空下，也还是隔着茫茫人海，哪里就真的那么容易遇见。这么近，却又那么远，错开的又何止万水千山。阿茵又买了些零零碎碎的东西，一一翻拣着给她看，问她好不好。她也曾如此琐碎过，此刻却再无力回答她一个字，到底是什么翻转了流年的海市蜃楼，到底是什么击退了她心底的无尽温柔。

街上已渐渐亮起了灯，辉煌如梦，照着她恍惚的身影。路过一家奢华的西餐厅，巨大的落地玻璃窗，将餐厅里寥寥的人影映了出来。他坐在那里，熟悉的容颜有些消瘦，那么真切地映入她的眼眸，就这样让泪水哽住了喉，再道不出一声问候。在心里念过无数次的名字，此刻已不必再唤，不敢叹息，怕惊醒这恍然的梦，不敢欢喜，怕梦醒来依然是无尽的愁思。迷离的灯火，照着他深邃的星眸，隐隐透着蛊惑，夏夜的轻风，舞着她飘飞的衣裙，悠悠含着深情。

“青姑娘!”阿茵上来挽住她，说：“我们回去吧，秦大哥要担心了。”采云回过神来，任阿茵挽着她走开，仍不舍地回头看了一眼，金大同从位子上站了起来，匆匆向门口奔去。忽然有枪声响起，西餐厅里巨大的落地玻璃被打得粉碎，哗啦啦地溅了一地，路上的行人们惊叫起来。采云忙拉开阿茵，四处观望起来。对面街上的一座酒楼外隐蔽着三四伙暗探，正向大同这边开枪射击。金大同一边还击一边向车子旁撤退，已有侍卫前来保护他。他走到车旁，正放下枪，拉开车门，采云忽然看到一辆黄包车后面冒出一只手臂，正举枪瞄准了他。采云“嗖”地射出手中的飞镖，正中那只手臂，那人吃痛，惨叫着扔了手中的枪，金大同已坐进车内，侍卫们簇拥着他飞速离开。

枪声渐息，敌人也已撤去，采云悄悄靠近那辆黄包车，一个面容猥琐的男子正缩在地上，捏紧自己的手腕。采云拣起地上的枪，对准了他，冷喝道："走!"

采云和阿茵将这名暗探押回住所，便和秦大龙一起审问了他。他叫钱二，原是这阳州的泼皮一个，日本特务来到阳州后，他便靠卖情报赚些钱，后经人介绍成了日本特务组织的编外人员，参与一些暗杀活动。采云审问他为何要暗杀金少帅，他厚颜无耻道："金少帅价钱高啊，当然是为了赚钱!"又说："这可是笔大买卖，日本人给的赏钱多，多少弟兄想发这个财还没机会，我好容易托关系抢到这单生意，当然拼了命也要捞一把。"

采云怒不可遏，阿茵上前照他脸上踢了一脚，说："日本人是你祖宗啊，你这么死心塌地为日本人办事!"

钱二"咚咚"地叩着头说："各位大侠，我钱二今日失了手，落在你们手上，还请各位高抬贵手，钱二一定大礼酬谢，与各位交个朋友!"

秦大龙冷笑道："你替日本人办事，便是我们中国人的敌人，谁稀罕与你交朋友!"

采云忽然站起身，用枪抵着他的额头说："你快把日本人暗杀金少帅的计划全部说出来，否则我现在就杀了你!"

钱二再不敢动，口中连连求饶道："女侠饶命！女侠饶命！小的只是有幸参与今天的行动，哪里知道日本人的计划。"

采云慢慢地扣动扳机，钱二带着哭腔说："女侠饶命！我招！我招!"采云移开了枪，他吓得瘫坐在地上，说："通知我参与这次暗杀的是沈胖子，他应该知道日本人的计划。"又嘟嘟囔囔地抱怨道："这个沈胖子也不过比我早加入几个月，却得到了中田少尉的赏识，每次行动，活没干多少，钱倒比我分得多。"

秦大龙呵斥道："你参加了几次行动？都干了些什么坏事?"

"我一共参加了五六次，有得手的也有失手的。"钱二见秦大龙目露凶光，声音低了下来，又说："日本人暗杀的都是反对他们的人，有情报员、学者，还有一些翎东将士。"

秦大龙抬起他的右手，将扎在他手机的飞镖拔了出来，笑着说：“我这飞镖是淬了毒的，你若明天午时之前，弄不到日本人的暗杀计划，手臂就会发痒变黑，到时小命不保，可别怪我没提醒你!”

钱二一阵痛嚎，连连央求大龙给他解药，大龙道：“你弄到日本人的暗杀计划，我自然给你解药。”一边将他赶了出去。

见钱二离去，采云疑惑道：“秦大哥，这飞镖上果真淬了毒?”

秦大龙笑道：“你当日学飞镖伤了手，大帅已命我不许再教你，我哪里还敢淬毒！不过是刚才替他拔飞镖时动了点手脚，吓唬吓唬他。”采云听他提起江长卿，心中一阵难过。

阿茵却欢笑着说：“秦大哥好厉害！那个钱二吓得路都不会走了。”秦大龙笑道：“幸得有青姑娘陪着，若不然，你这样出去闲逛，倒是个危险的差事。”

“谁说我闲逛了？我买了些料子，打算给你和青姑娘做几双鞋子。”阿茵忽然想起了什么，惊叫道：“哎呀，我忙着看青姑娘跟坏人打架，买的东西都落街上了!”秦大龙又劝慰了她一番。

采云见他二人言笑晏晏，只身走了出来。爹爹、轻荷、长卿，那些曾经守护她的人，都这样悄然逝去了，她却仍沉溺在往事里，徒劳悲伤。采云看了看自己的双手，那双手已不再纤弱柔嫩，长卿教她骑术，教她射击，磨砺出掌心的硬茧，她却空有这一身武艺，裹足不前。今日若不是忽然发现了钱二，也许自己又要背负着无尽的痛悔与遗憾。采云用力攥紧了手中的枪，暗暗决定，不管他留在谁的身边，她都要倾尽力气守护他的安全。

第二天一大早，钱二便来向他们汇报日本人的暗杀计划。日本人自上次在翎东，派玛莎拉拢诱惑大同失败后，特务活动在翎东遭受重创。日本军方大怒，又派了许多特务潜入翎东，日本的特务活动在翎东又死灰复燃。他们对亲日分子极力拉拢，许以高官厚禄，对抗日志士进行疯狂的暗杀。金大同不但公开抗日，还曾将日本特务机构摧毁，日本人对金氏父子恨之入骨，必欲除之而后快。却因金大同行事谨慎，数次暗杀行动都以失败告终，日本人又设了高额赏金，吸引一批亡命之徒袭击大同。

采云不料大同的处境竟如此危险，听了钱二的话，暗悔自己从前的顾虑重重，又听他说："沈胖子还说，昨天行动失败后，日本人将重新部署暗杀金大同的计划，具体的行动计划他也不知道，只听说上头将这次行动命名为'猎豹'。"

秦大龙见再问不出什么有价值的线索，便将钱二放回，又悄悄尾随了他几天，摸清了他与别的特务接头的几处地方。采云则乔装了一番，又将脸上点了大块的污斑，时常在金府门外摆着花篮卖花，暗中留心来往金府的可疑人物。

大龙将尾随钱二得到的线报告诉了采云，采云深思了一会儿说："日本人派特务暗杀我们的爱国志士，我们不如也组成一个特别行动组，截杀日本特务和为虎作伥的汉奸败类。"秦大龙拍手叫好，阿茵也跑过来说："我也要参加。"大龙道："你又不会武功，跟着去做什么？"

阿茵说："我在旁边等你们把坏人打晕了，就可以拿绳子将他们捆起来！"采云和大龙听了，忍不住笑了起来。

第二十八章
抵外侮，铮铮铁骨

阳州的特务和汉奸们，近来时常在深夜遭到袭击，有的被杀，有的被高挂在街头示众，几处特务联络点也被摧毁。坊间传言，说是阳州来了一批替天行道的侠客，也有人说，曾亲见侠客们飞檐走壁，武功深不可测。

梁子程将此事报告大同，大同笑道："不管是哪路侠客，干的总是为国为民的好事，我们不如也派些人手，假借侠客之名，杀杀日本人的威风。"梁子程领命，大同又赶去剡南视察驻防，三日后才回到阳州。

大同在府外下了车，发现门口多了一个花摊，卖花女子长得有些怪异，虽然肤色姣好，但脸上污斑点点，看起来颇倒胃口。梁子程见他目光盯着卖花女子，便说道："这个卖花女子长得丑，心地却很好，她这里的花比别处都便宜些。因为脸上斑点多，大家都叫她花脸。"金大同听了，又回头看了她一眼，她眸光清澈如水，正摆弄着面前的一盆木槿花。大同忽然有种异样的感觉，那双眼睛仿佛在哪里见过，可这样丑陋的容颜……大同摇摇头，笑自己多心了，一边跨进门去，一边对梁子程说：“既然心地好，就多买些她的花。我看那盆木槿，比我们院子里的开得还好，你去买一盆回来。”梁子程答应着，走到花脸女子的花摊前，挑了一盆木槿。

日本特务的阴谋在阳州受阻后，加大了对翎西阎笑天的攻势。日本人许诺将成立伪翎西共和国，拥护阎笑天为总统，以后将助他扩大翎西地盘，吞并翎东及金家各部势力，阎笑天心有所动，但深知自己目前的实力，尚难与金家抗衡，不敢轻举妄动。

日本人在翎东翎西的扩张活动均受到阻碍，大发雷霆，决定加快推进“猎豹”计划，尽快解决金氏父子。采云得到消息，终日严阵以待，终于在一次清剿汉奸的行动中，得知日本人的“猎豹”计划是要在火车上刺杀金大同。具体的时间和火车班次却无人能知，采云心中焦急，请秦大龙多加查探，自己也每天守在金府外，留心大同的一举一动。

这天清晨，采云刚摆好花摊，却见金府的少夫人阎雅媛踱了过来，她挺起的腹部，彰显着即将做母亲的骄傲。采云心中泛起一阵酸楚，自己早已在这荏苒的时光里节节败退，与他终不过一场如烟花般的邂逅，燃烧后的灰烬哪里抵得上他们的细水长流。她已有了宝宝，他也快要当上爸爸，眼中的泪意却忽然翻转成微笑，只要他幸福就好，能默默守护着他，远远地看他一眼，便也是值得。

雅媛看了一会儿，并未挑中想要的花束，便对随行的廖明远说：“秋天快来了，这些花都开得不好了。”

廖明远忙道：“夫人喜欢什么花，明远陪夫人去花鸟集市逛逛。”

雅媛看了他一会儿，忽然“扑哧”一笑，说：“他过几天去畦地，到时候你再陪我去逛吧。”边说边转身离去了。

采云听了她的话，匆匆收拾好东西，回去找秦大龙商议。秦大龙打探后得知，熊得昌虽被日本人收买，但其辖下的畦、勐、寥各部，对日本人的态度不一。最近畦军意欲脱离熊得昌，频频向翎东的金大同示好，金大同初六将赴畦军驻地视察。

距初六不过两三天的时间，采云为了打探更多的消息，悄悄跟踪阎雅媛，却发现她与廖明远关系暧昧。尾随他们至一处僻静的院落，廖明远见四下无人，便搂着雅媛进了屋子。采云迟疑着跟了过去，他二人正在屋子里说话。

廖明远剥了一把莲子，放在雅媛面前的碟子里，说："你可要多吃些东西，将我们的孩子养得胖胖的，他可是金家未来的接班人。"

采云听了此话，觉得奇怪，凝神细听，又听雅媛说道："我这么辛苦，倒便宜了你!"

廖明远放下手中的莲子，笑道："这金家的大好河山，将来都是我们儿子的，等他当了皇帝，你还不是垂帘听政的皇太后，怎么说便宜了我?"

雅媛笑道："那你可就是吕不韦了。"

廖明远哈哈大笑，说："他金大同聪明一世，到头来还是要传位给我廖明远的儿子，真是痛快！雅媛，我真要好好谢谢你!"说着便将她抱起来转了一圈。雅媛笑着搂住他的脖子说："等我们的孩子出世，你还要好好协助他才是。"

"那是自然!"廖明远笑着，又与她说了一会儿话。

阎雅媛肚里的孩子竟不是金大同的，采云惊闻这样的秘密，心中深替大同委屈，想要揭穿他们，却并无有力的证据。又担心大同的安危，只好先按捺下来，回去与秦大龙部署，阻止日本人的"猎豹"计划。

采云与大龙合计后，发现初六那天去畦地的，只有晚上八点三十五分的一趟列车，金大同若不设专列，必定会坐这趟车赴畦军驻地。三人混上这趟车倒容易，若要查访金大同坐的车厢并靠近他，倒有些麻烦，也只能见机行事了。

初六傍晚，采云与大龙早早守在车站，并未查探到金大同专列的消息，便紧盯着去畦地的火车。阿茵在站台上，朝来来往往的人群兜售报纸，采云与大龙躲在暗处，密切关注车站的动静。八点刚过，便有人陆陆续续登上那趟列车，采云发现前面的三号车厢却没有打开车门，便和大龙悄悄靠近三号车厢。八点二十五分，三号车厢的车门打开了，门前守着两列侍卫，采云紧张地盯着车门，不多时，便看到金大同在几个保镖的护卫中往列车上走去。采云心中焦急，秦大龙示意她再等等，阿茵却突然跑了过来，冲金大同喊道：“卖报！卖报！”还未近身，便被侍卫们拉开了。大同上了车，三号车厢的车门便关上了，荷枪实弹的侍卫在外面守着，再无人能靠近。

已经八点三十二分，火车马上就要开动了，秦大龙示意大家先上火车。三人分头上了车，便悄悄往三号车厢移动。三号车厢外守着七八个侍卫，秦大龙与采云商议，他来引开侍卫，让采云想办法向大同报信，阿茵负责接应采云。

秦大龙故意撞翻一名侍卫，又开枪引得五六个侍卫来追他。余下的两个却仍然把守着三号车厢的车门，采云见时间不多，吩咐阿茵想办法将标了记号的报纸送进去，自己摘下面纱，上前与守门的两名侍卫攀谈起来。那侍卫见她颇有姿色，又是个娇滴滴的弱女子，便放松了警惕，与她胡扯了一通，采云挡住他们的视线，阿茵趁机悄悄溜进三号车厢。

金大同正坐在靠窗的位子，几名保镖在不同的角落里保护他。阿茵蹲在地上，怕被人发现，一动不动，忽见金大同站起身，朝自己走来，她忙将团好的报纸紧紧捏在手里。金大同在她面前的桌子旁停下来，翻着桌上的一本书，阿茵轻轻地将团好的报纸丢在他脚边，金大同惊觉，目光锐利地盯着她。阿茵忙将手指压在嘴唇上，做了个噤声的手势。金大同微微一愣，随即点了点头，阿茵悄悄地退出了车厢，借着采云的掩护，顺利离开了，采云也冲那两名侍卫灿然一笑，转身而去。

金大同不动声色，悄悄打开那张报纸，见是一则某地一名爱国学者被暗杀的消息，那“暗杀”两字却被打上了重重的记号。大同略一思索，拔枪冲出车厢，众人忙跟了上来。跨过一列车厢，大同忽然在两节车厢的连接处，被一蒙面女子拦住，那人低声道：“三少，你必须马上下车。”大同自迁至翎东自立为帅后，大家都称呼他少帅，极少再听到有人叫他三少，心中疑惑此人莫非是旧交。盯着她

看了一会儿，总觉得她那双眼睛似曾相识，采云也盯着他，心中感慨万千，不知他会不会信她。大同终于点了点头，虽然不认识她，可她的眼睛却让他愿意相信，以至于他都不曾问一句为什么。采云眼中流露出欢喜的神情，对他说："这一段地势还算平坦，地面上是较厚的草丛，我们此刻跳下去，也无大碍。"大同答应着，他二人便慢慢向外面移去，火车已开了一会儿，车速已快起来了，风呼呼地吹着，大同虽不惧跳下去，但觉得她一个女子，倒是有些能耐。

采云冲他点点头，伸出手来，大同握紧她的手，二人同时跳下火车。地上虽是厚厚的草丛，采云仍跌得浑身生疼，面纱也几乎被风吹走，忙悄悄系好了。火车呼啸着匆匆离开，大龙和阿茵也跳下火车，向他们走来。忽然听到一声巨响传来，似是那列火车爆炸的声音，大同感激地看了她一眼。

阿茵走过来，便笑道："还是青姑娘有办法，到底救下你了。"

大同见她便是在车上送报纸的女子，也笑道："你扮成报童的模样倒有趣。"

阿茵道："你倒是不笨嘛，看了我给你的报纸就明白了。"

秦大龙忙说："阿茵，不得无礼！"又对金大同抱拳道："少帅，事态紧急，伤了您的侍卫，还请少帅莫怪！"

阿茵气鼓鼓地说："日本人要杀他，我们救了他，他还有什么可责怪的！"

大同也忙还礼道："阿茵姑娘说得对，多谢壮士出手相救！"

秦大龙道："少帅勇抵外侮，痛击日本人，我们大家都很佩服少帅的忠勇，保护少帅，也就是在打击日本人。"

"对！对！"阿茵忙点头附和着。

"三位救命之恩，金某感激不尽，不知三位可肯随我回帅府，共商抗日大计？"金大同道。

阿茵正要说话，却听采云冷冷道："不必了，我们就此告别，三少多保重！"说完便转身而去，阿茵和秦大龙忙跟了上去。

大同看着他们渐渐走远，回想着她的熟悉的眼睛，却始终想不起在哪里见过这样一位女子。有一名保镖从前面气喘吁吁地跑了过来，停在他面前说："少，少帅!"他深吸了两口气说："我见少帅跳了下来，便也跟着往车厢外跑，谁知刚跳下车，火车就爆炸了。"大同点了点头，说："我知道了，回府!"

"青姑娘!"秦大龙追上采云，与她商议道："金少帅忠义为国，我们若与他联手，或许更能制约打击日本人。"

采云停下脚步，看了他一眼，说："秦大哥若有意投奔他，请自便。我不想与他有任何瓜葛。"

秦大龙听她声音冷峻，话语里竟有驱逐之意，忙歉声道："属下失言！属下一心追随小姐，一切皆听从小姐的吩咐。"

阿茵奇怪道："你为什么叫她小姐?"秦大龙狠狠瞪了她一眼，阿茵闭了嘴，不敢再说话。

采云道："既如此，以后我们皆蒙面行动，更不要向任何人透露我们的身份。"

"是!"秦大龙连声应道。

采云转身而行，风吹动她的面纱，抚动着她纷乱的思绪，手中还残留着他掌心的气息，触手可及的温暖却与幸福隔得那么远。他还是那样挺拔伟岸，她却已被时空转换了容颜，不敢停留，怕你先我而走，不能开口，怕时光匆匆溜走，眼中的泪意朦胧，刻着我最深的痴情，心底的波涛翻涌，藏着我最美好的梦。你不必懂，我只要看着你安好，就可以轻轻欢喜，你不必问，我只要看见你微笑，便可以默然深爱。

采云白天仍在金府外，乔装成花脸女子卖花，大同偏爱翠菊和葱兰，偶尔也命梁子程买几盆摆在书房里。采云和秦大龙对日本特务汉奸的暗杀行动，也进行得更加神秘隐蔽，使日本人在阳州的计划处处受阻，不得不转向翎西，加紧追逼阎笑天。阎笑天被逼无奈，终于做出抉择，决定加入日本人的大东亚共荣计划，骗雅媛携大同回翎西省亲，意欲在他们回翎西途中加害大同。

采云听闻大同和雅媛将回翎西省亲，想起雅媛和廖秘书的关系，心中替大同担心，便和秦大龙、阿茵提前来到翎西查探。翎西风平浪静，并无一丝风吹草动，采云却越发放心不下。又将阳州到翎西的路线研究了一番，一路都是平整开阔的大马路，只在接近翎西时需穿过一片小树林。大同夫妇出行，必定护卫重重，开阔之地敌人很容易暴露无遗，可疑点只在这片树林，但若在这里设埋伏，也藏不下许多人。大家猜不透敌人的意图，仍将此处圈了出来，打算提前藏身在此，暗中保护金大同一行。

秋日渐短，大同、雅媛等人行至翎西已是黄昏时分。只要穿过前面的小树林，很快就可以到家了，雅媛精神振奋，与大同说起自己在翎西的趣事，大同却颇不耐烦，闭目装睡。雅媛狠狠瞪了他一眼，转脸向司机介绍起翎西的景致来。

刚进入树林，大同的车子却坏了，司机检查后说是车胎扎破了，不得不请他们下来，换乘后面的车子。雅媛抱怨着下了车，梁子程已打开后面车子的车门，请她进去，大同却不肯上车，说树林里空气好，自己走动走动。梁子程无奈，留了一部车并十几个侍卫，陪大同在树林里慢慢穿行，雅媛的那部车子和众侍卫们先行出发了。

枯黄的树叶悠悠落下，大同踩在厚厚的黄叶上，任余晖铺满肩头，金子般的阳光射在他戎装的金属纽扣上，发着熠熠的光芒。

第二十九章
死生与共，寥饮相思酿

“扑愣愣”的飞鸟忽然惊慌掠过，四个身着深蓝色劲装的日本武士从天而降，梁子程大喊：“保护少帅!”侍卫们拔出刀枪，紧张地护在金大同周围。日本武士背上背着长剑，手中握着短刀，眼神残酷而凌厉，梁子程惊呼道：“日本忍者!”

躲在暗处的秦大龙听了，颇吃了一惊，忍者是日本最高级的间谍杀手，他和采云摧毁日本特务联络点时，也有所耳闻。忍者技艺超人，擅长使用刀、剑、钩、矢、杖等武器，随身携带各种奇异暗器，暗器上常淬有剧毒，还有一些极诡异的忍术。日本人这次竟派了四名忍者高手，看来对暗杀金大同，是志在必得了。秦大龙看了采云一眼，见她神色凝重，便低声对她说：“我们且等一等，让那些侍卫先试探一下日本忍者的招数，再做打算。”采云点点头，握紧手中的枪。

四名忍者剑势密集，轮番挥舞着手中的长剑，已有数名侍卫被杀，更有各色暗器不时射中金大同左右的侍卫，有的倒地惨叫着，有的直接毒发身亡。梁子程命众人护着金大同向车子的方向撤退，金大同观察了一会儿，举枪射中一名忍者

的头部，那人头部爆裂，应声而亡。侍卫们醒悟过来，纷纷开枪射击，余下的三名忍者却坐下来围成一个圆圈，舞动长剑互为防守，那子弹竟丝毫打不进去。如此诡异的忍术，令侍卫们大惊失色，金大同已靠近车子，其中一名忍者却忽然从袖中拿出一支长笛，笛声响起，笛中的毒针如雨般射向大同。

采云早按捺不住，跃身而出，秦大龙忙拉住她说："忍者武功奇怪，你用双枪射击他们脚下，试着牵制他们，我用飞镖打开他们的阵势。"采云点点头，举起双枪。阿茵忙道："那我呢？""你先躲在这里，不许乱动！"秦大龙说。阿茵刚想争辩，秦大龙又厉声说："日本忍者武艺高强，你若不听话，以后再不许跟我们出来！"阿茵听了，少不得继续趴在草丛里，躲了起来。

侍卫们纷纷替大同挡毒针，顿时又倒下几人，梁子程见形势危急，拼命护在大同面前，推他上车。采云忽然从草丛中跳出来，快速奔跑着射击三名忍者的脚下，其中一名中了枪，他们的剑阵停了下来，秦大龙的飞镖"嗖嗖"地刺中那个吹笛子的忍者，他的笛声被迫停下，金大同又趁机开枪打中了他，他口中吐着鲜血，身子歪倒在地。梁子程猛地将大同推上车，自己连连开枪，一边发动车子冲了出去。

采云和侍卫们正一起围攻余下的两名忍者，其中一个却突然飞了出去，追赶大同的车子。采云大惊，和秦大龙一起追了过去，那人在树上移动的极快，采云总打不中他，秦大龙与她交换了眼色。采云暗暗点头，枪声越发追得紧，大龙却暗中观察他的出现规律，终于发现他的破绽，在他再次转移时，用飞镖射中他的背部。忍者吃痛，又见金大同的车子远去，便丢出一把"卍"字形手里剑，"唰唰"地旋转着刺向秦大龙，大龙左右躲闪，竟避不开，右手臂被手里剑刺中，忙忍痛拔下手里剑，仍觉得手臂一阵酸痛，竟渐渐麻木起来。采云见大龙的飞镖射中那个忍者，手中的双枪"啪啪"地打个不停。那个忍者躲避着子弹，转身逃走，采云刚想追过去，却被秦大龙拉住说："莫追！"话音刚落，逃走的忍者已撒出一把菱形的十字钉，采云不防，被刺伤左臂。

秦大龙头晕目眩，仍关切地查看她的伤势，见十字钉上并未淬毒，这才放下心来，说了句“还好没有淬毒”，便晕了过去。采云大惊，查看他受伤的右臂，他的伤口已经发黑，想必是敌人的手里剑上淬了毒。另外一名忍者见大势已去，也遁身而逃了。阿茵从草丛里跑过来，扑在秦大龙身边哭喊道：“秦大哥，你怎么了？”采云焦急地跑到被杀死的两名忍者身边，翻拣他们身上的药物，终于找到一小瓶粉末，微微嗅了嗅，闻到重楼和龙鳞草的气味，便替秦大龙敷上。

梁子程开车狂奔，终于来到阎笑天府邸，雅媛也才刚下车，走过来笑道：“我们翎西的风景如何？”却见车里只有大同和梁子程二人，不由奇怪道：“梁副官你怎么亲自开车，司机呢？”

“我们遭到了日本忍者的伏击。”梁子程道。

雅媛吓了一跳，“日本人？”阎笑天正迎了出来，雅媛惊慌地挽住他的手臂说：“爸爸，日本人居然在路上设伏，加害我和大同。”

大同黑着脸下了车，阎笑天忙迎上前，关切地问：“少帅，出了什么事？”

梁子程将事情经过向大家讲述了一遍，阎笑天愤怒地拍着桌子道：“日本人太猖狂了，居然在我翎西的地盘上行刺少帅，我一定查遍翎西，替少帅揪出这帮胆大包天的小鬼子！”

大同点点头道：“雅媛既然平安到达，我就先回去了，翎东军务繁忙，恕不奉陪！”说完，站起身便往外走。

雅媛忙拦住他说：“说好陪我省亲的，你怎么才到就要走。遇刺之事不过是意外，你在翎东还不是经常遇到，又不是什么大不了的事。”

大同强忍心中怒火，冷笑道：“你自个儿在家省亲吧。”

“喂，金大同！”雅媛看他出了院门，郁闷地跺跺脚，扭身走了进去。

阎笑天送到府外，见大同执意要回去，为了撇清干系，便加派了众多侍卫，护送大同回翎东。

阎笑天回到府中，支开左右，问雅媛道：“宝贝女儿，你没事儿吧？”雅媛将

车子坏掉，自己与大同分开走的经过向父亲讲了。阎笑天冷笑道：“这样好的机会，日本人居然失败了，真是一群饭桶！”

雅媛奇怪道：“爸爸，你难道提前知道此事？”

阎笑天说：“日本人要实现大东亚共荣计划，帮助爸爸建立大翎西共和国，让我任总统，以后还会帮我们扩大地盘，吞并北方的各部势力。”

雅媛点点头道：“如此甚好，但日本人为什么要帮我们翎西？”

阎笑天目光冷峻地看着女儿说：“金大同与日本人作对，日本人想除掉他。除掉金大同，既是日本人的条件，也是我们翎西扩大地盘、吞并翎东及金家各部势力必须要做的头等大事。”

雅媛忽然醒悟过来，腾地站了起来，说：“爸爸，今天的暗杀计划是你和日本人一起安排的？”

阎笑天点点头，雅媛忍不住跳了起来：“可是我也在车上，爸爸你难道连我也要杀掉吗？”

阎雅志忙过来劝慰道：“小妹，爸爸已经吩咐日本人不许对你动手。”

阎笑天却冷冷道：“你怀着他们金家的骨肉，日后难保不出问题，我就算斩草除根也没什么错。”

雅媛跑过去摇着父亲的手说：“爸爸，我肚里的孩子根本就不是金大同的。”

“什么？”阎笑天和阎雅志脱口惊呼道。

“金大同心里一直放不下那个死人，我们结婚后从未同过房。”雅媛将孩子是她和廖明远的之事，告诉了父亲和哥哥，又恨声道：“他不仁，我就不义！只要我和明远的孩子能接掌金家的权势，我才不管金大同的死活。”

阎笑天听了，大笑道：“如此甚好！如此甚好！”

雅媛又说：“我现在只等孩子一出生，便巴不得金大同去死，到时候，便可以孩子的名义夺取金家的权势，爸爸可要助我一臂之力。”

阎笑天拍手称赞，说：“等我女儿和外孙夺了军权，这翎东就和翎西就是一家人了，到时候金氏各部纳入我大翎西共和国，也是件易如反掌的事。如今又有日本人支持，真是天助我也！”

雅媛又撒娇道：“爸爸如今知道女儿和您是一条心，以后可要多疼女儿才是！”

阎笑天哈哈大笑，说：“我家媛媛果真巾帼不让须眉，行事泼辣，手段高明，爸爸也要佩服你了！”又说：“等你行动之时，爸爸还有大礼相送。”雅媛追问是何大礼，阎笑天笑道：“当年与金家宣战失败的前总统凌智和，你还记得？”

雅媛点点头，阎笑天便说：“凌智和去世后，他家那个不成器的公子哥凌云风，将他父亲手下的家业都快败光了。篌、隋二军早已脱离凌家，而他们手下的护国军旧部，又被后来上任的总统何锟收编，何锟被暗杀后，我便悄悄收编了这批部队，金大同并不知晓。等你在金家动手时，爸爸就暗中派这批部队助你。”

雅媛听了甚是高兴，又与父亲又商议了一会儿，决定先不对金大同动手，密切部署妥当，一切等孩子出世后再开始行动。

秦大龙昏迷了三天，采云试了很多种解毒的方子，终于将他救醒，他却全身瘫痪，不能言语。阿茵痛哭不止，将采云推出门外说：“都是你！你就是个害人精，你害死了阿松，又把秦大哥害成这样！”

采云心中痛苦，说不出话来，阿茵将她赶出去，关上了门。采云强忍着眼泪，叩门道：“阿茵，你不要这样，秦大哥还需要我们照料……”

阿茵忽然打开门，说：“我会一辈子照顾秦大哥，你不要再来打扰他！你走，你走啊，我不想再看见你！”边说边用力推开她。采云手臂上的伤口，被她拉扯得裂开来，血又溢了满袖。阿茵“砰”的一声关了门，采云无力地靠着墙壁，泪落纷纷。

采云在客栈过了一晚，第二天一早又回到院子里，院门却虚掩着，阿茵和大龙不知所踪。采云在阳州城里四处搜寻，却并无他们一丝消息，想不到阿茵竟如此执拗，人生际遇难料，这样匆忙的相遇与散场，真令人喟然长叹。

空庭秋雨敲棂窗，风过起寒凉，早已习惯了茕茕孑立的孤单，又怎会听不见草木摇落的忧伤。烟雨迷蒙，独自徘徊，湿漉漉的惆怅盈满心怀，满院秋色凄婉，谁还肯入我梦来？花飘零，水空瘦，无语话清愁。

淅淅沥沥的秋雨连绵不断，竟一连下了许多天，裹着层层寒意，笼着淡淡阴霾，一样的心事彷徨，一样的流年难忘，这驱不走的忧伤，苦苦萦绕着窗台上的一脉花香。采云病了一场，已许多天未去金府外卖花，心中仍时时挂念大同，终于在午后雨声稍住，来到金家府邸。络绎不绝的车水马龙吓了她一跳，一打听，才知原来今天是金老爷生日，前来祝寿的人快要挤破了金家门槛。听得见隐隐的锣鼓喧嚣声，戏台上正唱得热闹，高大的院墙遮挡着她关切的目光，门前那一对威严的石狮子在细雨里也渐渐变得苍茫。采云伫立良久，因还在病中，渐渐地有些撑不住，头晕目眩起来，又见金府外侍卫森严，稍稍放了心，撑着伞慢慢离去。

金大同正陪父亲听戏，忽然有秘书过来报告，说府外有神秘人求见，手中有日本人的重要情报，要面见大同。金大同走出府外，果见马路对面有一人向这边连连张望，大同带着侍卫走了过去。那人压低了帽檐，对金大同说："我有最新的日军作战计划，若想知道，你一个人跟我来。"说完，迅速转身离去。大同喝退左右，只身追了上去。那人跑得极快，穿过几条巷子，来到一座院落前，停了下来，扭头看了大同一眼，推门而入。大同正欲跟上去，忽然瞥见他领口上绣着奇异的菊花徽章，心里起了疑惑，院子里空无一人，却有着一股浓烈的肃杀气氛，大同住了脚，黑色的雨伞无声落地，他将手中的枪推上膛，飞速转身而去。

"啪！啪！"的枪声呼啸着擦身而过，大同冷静地一一避过，已有十几名杀手追了过来。大同纵身跃过一处矮墙，跑进另一条巷子，敌人却紧追不舍，蜂拥来袭。他左右躲闪着，在巷子里匆忙奔跑，却猛然发现这里竟是条死胡同！追兵已越来越近，纷沓而至的脚步，在茫茫里的雨雾里溅起一片片泥泞的水花，疯狂而狰狞。大同停下脚步，雨水顺着他分明的轮廓倏倏落下，他胡乱抹了把眼睛，焦急地四面环顾，却找不到出口。突然斜刺里伸出一只手，拉着他隐进一处屋宇，几经曲折，竟拐出了这条巷子，大同稍稍松了口气，便闻到淡淡的一股药香。似那一次剡北大捷，他急赶着去见她，暮色中的梅花镇绽放着前所未有的美丽，那座隐在一片翠色中的院落里，曾经有那样一个女子，氤氲在一片淡淡的药香里，温润芬芳。他唇间渐渐溢出笑意，那么心安地任她牵着他的衣袖，这样温暖的感觉已等了很久，风掠过，黄叶落，放任我脚步的追逐，雨还有那么多，仿佛时光倒流，快乐只是我此刻的所有。

她突然松了手，朝一面墙上直直栽倒。

“采云！”大同惊慌地扶住她，唤出那饱含无尽柔情的名字。她怔怔地看了他一眼，只觉得天旋地转，晕倒在他怀里。

大同蓦然清醒，采云早已离开人世，怀中的蒙面女子却是上次在火车上救她的青姑娘。

“青姑娘！青姑娘！”大同轻轻地摇晃着她，她似有所闻，微微蹙了蹙眉，大同下意识地去抚她的眉心，触手处却一片滚烫。

她发着高烧，又拉着他在雨里穿行，怕是更受了些风寒。追兵似渐已远去，这一处萧瑟破落的院子里，却因久无人烟，并无一样可以御寒之物。她蜷缩在他怀里，身子微微发颤，无措地寻觅着一丝温暖。大同心疼地抱紧她，心底变得柔软，火热的胸膛贴着她的肩，环着她孤寂的忧伤。她渐渐睡熟，眉心舒展，温热的鼻息隔着面纱拂向他的脸，大同忍不住抬手欲掀开她脸上的面纱，却又几次垂下手来，眼中泛起一片朦胧。她若不是，他便连梦也不能再有，他不愿知道，害怕清醒，宁愿她戴着这面具，给自己留一个期待的理由。

迎着风让思绪飞舞，忍着泪听梧桐老去，这样一个雨雾茫茫的午后，浸着谁苦寒的心事，笼着谁深锁的清愁。

采云悠悠醒转，抬眸看到他熟悉的脸，他竟瘦了许多，俊朗的容颜也染了些岁月的沧桑，眼中却还刻着对谁的沉沉思念，目光深情似海。她蓦然惊觉自己还躺在他臂弯，忙含羞挣脱开来，层层红晕浮上眉眼。她连害羞的神色都与采云那

么像，大同苦笑着将十指交错，温柔地看着她。采云扭转身看着外面唰唰的雨幕，犹豫着刚迈开步子，却听他说道：“青姑娘，还是等雨小些再走吧。”

他只认得她是青姑娘，采云心中掠过一声哀叹，渐渐收起慌乱，望着屋檐下急促坠落的雨线，怔怔无语。他渐渐走近了些，说：“多谢青姑娘两次出手相救。”

“姑娘可是阳州人？”大同又问道。

采云不敢回头看他，背对着他轻轻摇了摇头。

大同轻轻叹了口气，他与她离得这样近，那叹息穿透她的心房，留下些许不经意的凄凉。“姑娘……与我的一位故人……很相像……”他断断续续的声音夹着深深的寂寥与悲伤，令人不忍卒听。

采云努力站稳身子，不让自己颤抖。他却仍自顾自地说道：“她是我此生最深爱的人，日日夜夜我都惦着她，她却那样狠心地丢开我，将我放逐在无尽的熬煎与思念里。我没有办法忘记，也不想忘记。如果有来生……”他声音哽咽，顿了顿，又说：“如果有来生，我一定还要再遇见她，问一声为什么，为什么她要与我如此惨烈地决绝！”大同沉浸在往事里，悲伤难抑，痛苦落泪。

他说的每一句话都重重地击打着她，她不敢流泪，不敢再听，慌乱地移步而逃，却被他一把拉住，紧紧拥在怀里。“采云，为什么！为什么要与我决绝！”大同用力地捏着她消瘦的肩头，目光霸道而疯狂，声声泣血地追问着。采云不敢看他，死死地咬着嘴唇，说不出一个字，只拼命地摇头。大同忽然扯下她脸上的面纱，采云忙扭向一边，伸手掩面。大同错愕，面纱下的那副容颜，污斑点点，正是常在金府外卖花的花脸丑颜女子。

“是你？”那双似曾相识的眼睛，原来竟是花脸丑颜卖花女。她这样轻纱蒙面，必是不愿别人看到她的容颜，大同暗悔自己鲁莽，忙松了手，尴尬地说：“青姑娘，对不起，我……”

泪如泉涌，采云以袖遮面，踉踉跄跄地冲进大雨中。“青姑娘！”身后传来大同歉意的呼喊声，她却不敢停留，匆匆拐进一条条小巷中。雨水和着泪水，冲刷着她满脸的污斑，渐渐溶化掉她巧妙的装扮，露出一张倾世的清绝容颜。

雨幕里她仓皇离去的背影，隐着淡淡的哀伤，大同握着手中她遗失的面纱，不敢猜测她的愤怒与凄凉。目送她渐渐消失在烟色的小巷，心中泛起一曲辗转叹息的离殇。这滂沱的大雨，留谁在孤孤单单的回忆里，沉溺在往事的痛楚中，倾诉着依然爱你的衷肠。每一次泪涌上眼底，都装作不经意的刚刚想起，其实你早已伴着我的呼吸，从未分离。

大同回到府里，见满院桌椅翻倒，杯盘狼藉，心中一紧，急急向院中走去。早有侍卫上来通报，说金绪博遇刺，医生正在紧急抢救。大同听了，拔足奔向父亲的屋子，梁子程正守在那里，看到他忙迎上前来。

“少帅!”梁子程拦住他，说：“老爷受了伤，医生正在抢救，请少帅稍候。”

“府里这么多侍卫，刺客竟然还能伤了父亲，你们一个个都是干什么吃的!”大同暴怒起来。

“属下护卫不力，请少帅责罚!”梁子程敬身肃立道。

“到底怎么回事？刺客抓到了吗?”大同问。

“刺客混入今天唱堂会的戏班子里，老爷不备，被一名武旦刺伤。那名刺客已被侍卫们击杀，戏班里的其他人也全都扣押了，请少帅示意。”梁子程道。

说话间，医生已走了出来，大同焦急地问：“我父亲怎么样了?”

“金老爷被刺中胸腔，花枪的枪头虽已拔了出来，但还是很危险，还要多加小心。”医生嘱咐道。

大同急急冲进屋子里，见父亲躺在床上，昏迷不醒，转脸对梁子程说：“戏班里可有人招认?”

梁子程摇摇头，说：“一个劲地叫冤，说并不认识那名武旦。”

金大同冷笑一声，吩咐道：“去将他们全部杀掉!”

“少帅!”梁子程心中踌躇，刚想出声阻拦，却遇上他凶狠的目光，张了张口，不敢再说出劝阻的话。

秋风夹着凛冽的寒气，扑进屋子，有什么东西轻柔地拂着脚面。大同低头看了一眼，手中握着的青姑娘的面纱不知何时已飘落在地，被风吹得鼓动起来，颤颤地抖上他的裤脚，无望地诉说着谁的不忍与牵绊。

梁子程转身退出，却被他叫住，“你去请冯双祥过来处理此事吧，参与的格杀勿论，无辜的就放他们回去。”

“是，少帅!”梁子程领命而去。

第三十章
举案齐眉，花压云鬓偏

金绪博醒来，身体极为虚弱，大同一连几日陪侍左右，雅媛也时常过来探望。金绪博自知时日无多，便对他二人说道：“你们都是好孩子，我走后，你们一定要相互扶持，举案齐眉……”

大同心中难过，打断父亲说：“爸爸，你一定会好起来的。”

金绪博吃力地摇摇头，对大同说：“可喜我们金家有后，雅媛已有了你的孩子，你也是快要当爸爸的人了，以后行事更要稳重周全，也要多爱护妻儿。”大同难过地一一答应着父亲。

金绪博又对雅媛笑道：“大同任性鲁莽，难为你对他处处担待。”雅媛心中愧疚，又见他性命岌岌可危，心中不忍，难过地叫了声“爸爸”。

金绪博说了这些话，似极为劳神，闭目静养了一会儿，又缓缓睁开眼，看着他二人。大同伸手将雅媛拉到身边，对父亲说：“爸爸，劳烦您替雅媛肚里的孩子取个名字吧。”金绪博极欢喜地笑道：“好！好！”略微想了想，便说：“要是个男

孩就叫如日，若是个女孩就叫如月吧。”大同忍泪使劲点头，雅媛也说了声：“谢谢爸爸!”金绪博点点头，忽然又想起什么，对雅媛说：“你是有身子的人，站这半天也累了，早些回去歇息吧，我和大同再说会儿话。”雅媛心下疑惑，却依着他的话，不动声色地告退了。

雅媛在外面走了一会儿，又折身从侧门返了回来，悄悄躲在屏风后，听他父子二人正说着话。

“那枚戒指我一直谨慎地收在书房，只是不知父亲缘何又问起它?”大同的声音带着些疑惑，雅媛也觉得奇怪，她也从未见大同戴过什么戒指，便凝神听了下去。

“那不是一枚普通的戒指，而是密室的钥匙。”金绪博声音迟缓，却揭开了一个极大的秘密。

他二人的声音越发低了下去，渐渐地听不清楚，雅媛恍惚听到“金家湾”三个字，又怕被他们发现，蹑手蹑脚地移步走了出来。

院子里阳光正好，下人们正在修剪院中的木槿枯枝，雅媛走了一会儿，吃力地扶着墙。孩子月份大了，她便越发觉得辛苦，小丫头看见了，跑过来将她扶回房间。想起刚刚大同与她牵手的模样，思量着他待她到底有没有过真心，金绪博口中的举案齐眉，早已是她丢弃的愿望。孩子的父亲是廖明远，她已无法回头，又何必贪恋他偶尔给的这一丝温柔。雅媛靠在躺椅上，脱下脚上冷硬的皮鞋，扯了一张毯子，盖在自己身上。戒指，他们说的是一只什么样的戒指？金家湾是大同的老家，她只在年下祭祖的时候去过一次，那里难道藏着什么秘密吗？雅媛辗转着坐起身，想去大同的书房查看一番，又担心被人撞见，终于按捺着躺了下来。

金绪博终于没能度过此关，不多久便带着遗憾与世长辞。冯双祥将戏班中人严刑逼问，却并无一人知晓那名刺客何时混进来的，戏班班主不堪酷刑折磨，触壁而亡，大同遂下令释放众人。

采云听闻金绪博遇刺逝世，心中唏嘘长叹。这天，正在暗中监视一名日军的密探，忽然与一个熟悉的面孔打了个照面。那人竟是潜逃多年的福衔宝！父亲被他纵火烧死的画面，清晰地浮现在眼前，采云握紧手中的飞镖，悄悄跟了上去。

福衔宝的戎装也极其眼熟，采云看了几眼，忽然想起，江长卿的恪军戎装便是这种式样。长卿死后，恪军早已四分五裂，福衔宝为何穿着恪军的戎装，还来到大同辖下的翎东首府阳州。采云疑虑重重，恨意满腔，紧紧地跟着他。福衔宝与四五个手下，渐渐走向一处僻静的院落，其中一人动作敏捷地翻上院墙，从里面打开了门，福衔宝与其他几人举枪冲了进去，“啪啪”的子弹声响起，里面登时混战起来。

有两三个人一边还击，一边从院子里跑了出来，采云认出，其中一个就是她监视多日的日军密探。福衔宝追了出来，那名密探侧身躲在树后，瞄准福衔宝，扣动扳机，采云手中的飞镖早已脱手而出，正中他的手腕，子弹歪斜着擦着福衔宝的肩呼啸而过。福衔宝的同伴追了出来，一起击倒另外两人，福衔宝已看见了蒙面的采云，冲她拱手致谢，采云一闪身，躲了起来。

衔宝及同伴们得胜而去，只听其中一名士兵说：“参谋长此次计划周密，来阳州不久，便一连端掉三个日本特务的秘密联络点，旅长知晓，一定对参谋长更加倚重。”另外几名士兵连声附和着，又听衔宝道：“这次受命暗杀日本特务，也是为了保护我中华之抗日志士，大家要全力以赴！”他们说着话渐渐走远。采云定了定神，仍是跟了上去，走到十字路口，衔宝和一个同伙进了一间茶楼，另外几名士兵与他们道别而去。采云跟上茶楼，在他们隔壁坐下，放下帘子，留神听他们的谈话。

“阿华，可有我妻子若仙的消息？”福衔宝的声音传来，采云心下一怔：若仙，难道竟是梅县的县长千金荣若仙？采云回翎东后，也曾听闻荣若仙突然失踪的消息，原来竟是嫁给了福衔宝。

“没有。”被叫作阿华的男子答道。

福衔宝长叹一声，忧虑地说："我与若仙分开时她已怀有身孕，算算日子，也快要生产了，我竟一直找不到她们母子！我真是没用！"他似乎在用力地捶着桌子，阿华低声地劝慰着他。

采云渐渐松开手中紧握的飞镖，福衔宝纵火烧死爹爹，她理应报仇，可若杀了他，这世上便多了一对孤儿寡母。若仙是无辜的，还有那个未出世的孩子，她有什么权利，让这个孩子一出生便失去父亲。爹爹，我该怎么办？爹爹，你可与娘团聚在天上，为何留我一人孤单地活在这世上。采云无力地伏在桌子上，任眼泪滴进渐凉的茶水里。过了许久，伙计过来结账，惊醒了她的悲伤。隔壁的人早已走了，采云收好桌上的飞镖，无声地下了楼。

新年又至，白雪上散落着炮仗燃烬后的点点污红，映在采云眼里，早已没了幼时的欣喜若狂，都是些不堪与人说的忧伤。最怕过节，最怕听人话团圆，烛冷夜寒，望不回旧时归燕，叹一声我本无缘，该如何再痴情一点，才能挽留梦中的相思一片。

雅媛诞下一子，大同遵父亲之意，取名如日，对雅媛的态度也缓和起来。雅媛正与廖明远紧密地步步筹划着，对大同的关切视而不见，大同复又淡下来，如日尚未满月，他便去视察驻防。大同走后，雅媛翻拣书房，终于寻到一枚形状奇特的金戒指，那戒指上镶的东西像一颗锋利的六芒星，稍一转动，却又似一朵轻俏艳丽的金色鸢尾花。雅媛看了一会儿，若有所思，又轻轻放了回去。

大同从驻地回来，总觉得府外少了些什么，迟疑着挥手让众人退去，自己沿长街缓缓而行。忽然明白，已有许多日未曾见到在府外卖花的花脸女子了，而数次出手相救的青姑娘竟然就是她。不知是因为这冬天太冷无花可卖，还是上次自己鲁莽地扯下她的面纱，触怒了她。大同思量着，一边踢着脚下的积雪，却隐隐嗅到一阵梅花的香气，信步寻了过去。几株白梅掩在雪下吐露着芳华，无色绽天边，风过飘香屑，清姿如昨。心底渐渐升起一些细微的欢喜，万丈红尘里，即便失了你的音容，我也还有这莫名的寄托。大同正嗅着梅香，忽见前面一辆黄包车上，走下来一位袅袅婷婷的女子，背影颇有些熟悉，仔细看了一眼，发现竟是雅媛。这冰天雪地的，她出门怎么不坐府里的车？大同犹豫了一下，疑惑着悄悄跟了上去。

雅媛闪身进了左边的庭院，大同等了一会儿，不见动静，轻轻推开门，也走了进去。这个院子不甚大，收拾得却也齐整，见有下人走过，大同忙躲到西边的墙角下，却蓦然听见屋子里雅媛的声音："你到底安置妥当了没有？"

"我的姑奶奶，我这不一直都在各地活动嘛，差不多妥当了。"一个男子的声音传来，大同觉得这声音有些熟悉，却想不起是谁，悄悄俯在窗户边看了一眼，见是常在父亲跟前的廖秘书。雅媛有什么事不能直接在府里吩咐他办，竟然跑到这么一处僻静的院落来。大同避开二人的视线，听了下去。

"如日都快满月了，那眉眼也越发像你了，我们再拖下去，怕要被他看出来了。"雅媛有些烦躁地在屋子里走动着。

"我说雅媛，你慌什么，金大同得了儿子，宝贝得跟什么似的，他怎么会想到如日是我俩的孩子。再说，小孩子模样都差不多，哪有你说的眉眼相像之事。"廖明远拉雅媛靠着他坐下。

如日竟是雅媛与廖明远的孩子，大同听闻此言，血气直涌，猛地从腰间拔出枪，却又听廖明远道："你那次究竟有没有让他占到便宜？我一想起来，就恨不得将金大同碎尸万段！"

雅媛一把推开他说："廖明远，你都问过多少遍了！我在他酒里放了安定片，他死猪一样睡了一晚，你怎么总纠缠这件事？"原来，她生日那晚，不过是一场戏，大同冷笑一声，收起枪，这一对无耻的家伙，杀掉他们实在是太便宜他们了。

廖明远起身搂住雅媛，说："我就是太爱你了，才会追问，才会计较的，雅媛，别生气了。"雅媛扭着身子不理他，他又说："部队里我已经安插得差不多了，你打算什么时候让如日继承家业？"

雅媛听他问起，便说："他这次从驻地回来，我们就动手吧。"

廖明远点点头说："也好，事不宜迟。药我已经给你备好，还像上次那样，兑在酒里，让他喝下去就大功告成。"他二人商议完毕，便打情骂俏起来，大同轻蔑地笑笑，转身离去。

大同挨到天黑，方才回府，雅媛已从随行口中得知大同回来，早命人备了丰盛的饭菜，极热情地招呼大同入座，又替他斟了酒。

"有劳夫人！"大同含笑坐了下来，环顾四周，说："怎么没看到如日？"

雅媛笑道："才睡下了。"大同便命奶妈去抱来给他看。雅媛劝他先用餐，大同摇头笑道："我先看看如日，几天不见，我都想得寝食难安了。"

奶妈将如日抱过来，大同用手指轻抚他的脸，看了一会儿，忽然笑道："这孩子长得倒像我们府上的一个人。"

雅媛莫名心慌，笑道："如日是我们的孩子，自然跟我们相像。"

大同摇了摇头，说："不像我们，倒像以前常在爸爸跟前的廖秘书。"雅媛心里"咯噔"一下，勉强笑笑，慌乱地招呼他用餐。

"请廖秘书过来！"大同忽然神色严肃起来，将孩子递给奶妈，却也不许她退下。

难道他都知道了？雅媛吓了一跳，失手跌了筷子，悄悄看他的脸色，却看不出一丝破绽。

廖明远过来后向大同和雅媛行了礼，又见雅媛魂不守舍地看着如日，心中奇怪，听金大同说道："廖秘书，你过来看看，如日长得像不像你？"雅媛脸色唰地变得惨白，廖明远额上也起了汗，吞吞吐吐地说："少帅，小少爷，小少爷自是像您和夫人……"

大同"啪"的一拍桌子，廖明远吓得双腿一软，差点忍不住跪倒在他面前。却听大同笑道："如日既然像你，不如认你做干爸爸，廖秘书以为如何？"

"属下，属下不敢！"廖明远稳了稳心神，赶忙答道。

雅媛松了口气，伸手去抱如日，大同挡住她说：“如日认了干爸爸，你要给廖秘书斟杯酒才是。”雅媛怔怔地看着他，脑海里轰然一片，他却催促道：“还愣着干什么!”雅媛斟满酒，大同又命她端给廖明远，廖明远踌躇地接在手上，求救地看着雅媛。

大同脸上浮出冷冷的笑意，请他喝酒，雅媛作不得声，廖明远支吾着执意不肯。大同冷喝一声，“来人!”立即有侍卫跑了进来，“把这杯酒给廖秘书灌下去!”大同吩咐道。雅媛看着他冷峻的神色，渐生绝望，侍卫夺过廖明远的杯子，按着他灌酒，廖明远“扑通”跪在地上，口中连连求大同饶命。

“我是请你喝酒，可没要你的命!”大同嘲弄地看着他，雅媛忽然走了过来，站在大同面前说：“是我在酒里下了毒，要杀要剐悉听尊便，请少帅放了廖秘书。”大同怒极反笑，说：“我与夫人相敬如宾，夫人何故要谋杀亲夫?”

雅媛惨然一笑，说：“为着天下，政治联姻，我只是一枚任你摆布的棋子，少帅眼里何曾有过我，还说什么相敬如宾!”她夺过廖明远手中的酒杯，放在桌子上，又转身对大同说：“你待我如此冷漠，我爱上别人不过是迟早的事，我与明远真心相爱，你若要杀他，便将我一起杀了。”

“夫人既然如此仗义磊落，我就再问问你，你生日那晚是怎么回事，如日到底是谁的孩子?”大同问道。

“事已至此，我也不想再隐瞒。如日是我和明远的孩子，我发现自己有了身孕，就在你喝的酒里放了安定药，将孩子赖在你头上。”她那么镇定地说出这一切，并无一丝愧疚。

“阎雅媛，你以为我真的不敢杀你吗?”大同掏出手枪，放在桌面上。

“少帅当然敢。只是活着的人就一定比死了的幸福吗?”雅媛目光盯着他的脸，说：“我也是在最好的年华里爱上了你，可这两年多来，你却将我对你的爱变成了深深的恨。恨一个人有多辛苦，你又怎会知道?”她忽然流下了眼泪，“你心里只有采云，你待她有多好，待我就有多残忍，一个死了的人，却比我幸福几百倍，

我真是羡慕她。”她又用力擦掉泪水，说：“在我最痛苦最无助的时候，是明远给了我渴望的爱情，我爱他，为了我所爱的人，我没有什么可怕的。”

大同“哗”地掀翻桌子，命侍卫将雅媛和廖明远关进大牢。雅媛放声大哭道：“求求你不要伤害如日，他只是个无辜的孩子！”

第三十一章
书郑重，恨分明，天将愁味酿多情

昏暗的地牢里，雅媛痛哭不已，廖明远扶着她，低声安慰道："雅媛，你放心，我一定会想办法救你出去。"雅媛吃惊地看着他，廖明远压低了声音说："再等等。"

夜深后果真有人悄悄替他们打开了牢房，原来廖明远的一个心腹见他们被关在地牢里，便暗中买通了看守，将他们放了出来。廖明远将身上所有的钱都给了那名心腹，又命他派人去通知自己安插在部队中的秘探，借助日本人的支撑，准备配合翎西军的进攻。自己则带着雅媛欲逃到翎西，通知阎司令提前总攻。雅媛舍不得如日，悄悄跑回房间，趁奶妈熟睡中将如日抱了出来。刚走到门口，雅媛忽然又想起什么，将如日递到他怀里说："略等我一等。"她蹑手蹑脚来到书房，将那枚奇特的金戒指取了出来。二人走了不远，便看到金府起了火，雅媛奇怪道："怎么会失火？"廖明远笑道："我命人放的火。"一边拉了她快步离去。

阎笑天暗中收编的护国军旧部，接到命令后，率先对金府进行围攻，金大同

率冯双祥部进行还击。翎西大军迅即开拔，并联合日军势力，对金大同进行总攻。大同调令其他各部，却纷纷出现各地反叛势力，这些人早已被廖明远收买，与日本人狼狈为奸，或牵制金家各驻地的部队，或直接对金大同进行围攻。一时间，整个北方都烽火连天，混战得不可开交。

大同兵马调动艰难，形势被动起来，在阎笑天与日军的合攻下步步败退，冯双祥部几乎全军覆没。大同在冯双祥及一批死士的护卫下，冲破防线，只身逃往祖居地金家湾。

金家湾地处海边，是一座临海的小岛，金家自金绪博迁出金家湾后，祖居老屋便无人居住，只在每年祭祖之时派人事先打扫布置。大同来到祖居老屋，却见屋内积满灰尘的地上有几只清晰的脚印，便悄悄隐藏起来。

“雅媛，你带我来这个鬼地方做什么?”正是廖明远的声音，大同恨自己一时手软，未将他们击毙，他们居然买通看守逃出地牢，又联合翎西军和日本人围攻自己。大同摸出腰间的枪，才发觉早已没了子弹。

“金绪博生前曾说，这枚戒指是密室的钥匙，又提到金家湾这个地方，所以我带你来这里寻宝啊。”雅媛拿出一枚奇特的金戒指，笑着说。

大同吃了一惊，没想到雅媛居然偷听他与父亲的谈话，还偷走了他的戒指。大同正欲跳出来与她理论，忽然听到外面一阵响动，雅媛和廖明远也听到了，忙收了戒指，走了出去。一群日本特务正到处寻找大同的下落，雅媛和廖明远也佯装是来找金大同的，与日本人一起四处搜索起来。大同穿过老屋，打开一道暗门，一个神秘的通道露了出来，他连忙跳下去，又关上了暗门。这条暗道直通后山的金家祖坟，而父亲所说的密室就藏在祖坟下，大同在秘室外躲藏了两天，出来后金家湾早已空无一人。大同便悄悄下了山，欲回翎东找到阎雅媛，夺回密室的钥匙，那是父亲留给他的最大靠山。

雅媛与廖明远却并未离开金家湾，二人四处查探，都未找到密室，便去岛外请了几个短工，指挥他们在金家祖坟四周开挖。终于找到一条地下通道，便带着雅媛走了进去，在通道的终端发现一个暗室秘门。雅媛忙拿出偷盗来的金戒指，卡进门上的锁孔里，戒指与锁孔完全契合，二人一阵欢喜，左右扭动戒指，却打不开密室的门。廖明远前来帮忙，将金戒指又推又按，忙活了半天，那道门却依然纹丝不动。

二人泄了气，坐下歇息，廖明远忽然跳起来说："不会是还要念咒语吧?"雅媛白了他一眼，他却一本正经的双手合十，口中念念有词。

"喂，廖明远，东西还没找到，你倒先疯了是不是?"雅媛看不下去，狠狠踢他一脚。

廖明远笑着躲开，说："忙这半天，你也累了，我逗你乐呢。"

"还好日本人已经走了，不然就算我们找到东西，也还是会被他们抢去。"雅媛站起身道。

廖明远点点头，雅媛又说："如今已探到地方，不如我们先回去报告给爸爸，让他派人过来，一定有办法打开这道门。"边说边取下那枚戒指，走了出来。廖明远心有不甘，还是跟着她一起离开了金家湾。

雅媛一路上把玩那枚戒指，不料却被日本特务盯上，将他二人抓了起来，逼问戒指的秘密。雅媛怒道："我爸爸马上就要任翎地共和国的总统，你们是什么人，竟敢抓我，真是胆大包天!"

"我们只效忠于日本天皇，才不管你们中国人的总统。快说出戒指的秘密，负责别怪我们不客气。"那群日本人蛮横无理。

雅媛气鼓鼓地不予理会，傍晚时分，日本人又来逼问，雅媛正要发怒，却听见一阵婴儿的哭声。雅媛心中大乱，万万没料到儿子如日竟被他们抓来了。雅媛扑上前去，却被日本人拉开，在他们的威逼下，不得不将金家湾密室之事说了出来。日本人又命她和廖明远带路，答应事成之后再归还如日，便将如日藏了起来。

大同回到翎东，却打探到雅媛与廖明远并不在翎东，便连夜折返金家湾。采云正到处寻找大同，忽然在路上看到他，便一路悄悄尾随而去。大同穿过老屋，

打开暗门，直奔后山祖坟下的密室。祖坟四周已被挖开，露出大片的光亮，大同住了脚，听到一群日本人正商议着炸开密室，偷眼看去，一共有十几个日本人，雅媛和廖明远也立在其中。

日本人商议完毕，命廖明远将炸药包放在密室门口，就退了出去。雅媛挂念廖明远，见他安全退出来，忙扑上前抱住他。日本人从外面点燃了导火线，大同看着嗤嗤燃烧的导火线，来不及多想，冲过去抱起炸药包，使劲丢了过去。采云从暗道里刚追上来，见此情景，不由惊呼道："大同！"声音却被惊天动地的爆炸声淹没。廖明远惊呼一声，用身子护住雅媛，二人被一股巨大的力量摧毁着抛了出去。金家祖坟周围的土溅起几丈高，又急速地坠落下来，打在采云身上，疼痛无比，她连忙扑过去，扶起大同，他已满身是血。

"大同！"采云心疼不已，使劲摇晃着他。

大同渐渐清醒，看到她，咧着嘴笑了笑，说："青姑娘！"

外面的日本人已开始反扑，"啪啪"的子弹声呼啸而来，采云忙扶他躲进暗道，一边观察外面的形势。听枪声的密集程度，采云估摸大概只有四五个日本人了，这包炸药威力强大，大同丢开那么远，自己还是受了重伤，更何况被炸药包砸中的敌人。

采云安顿好大同，手持双枪突然冲了出去，将余下的四个日本人全部击毙，又将大同扶到外面，准备带他离开。大同却停下来，摇着雅媛说："密室的钥匙，戒指……"

雅媛已奄奄一息，被大同摇醒，看到死在身旁的廖明远，绝望地滚下泪来。她渐渐摊开手掌，那枚金色的戒指沾满鲜血，大同接过来，欲转身离开。

"大同！"雅媛忽然一把抓住他，悲泣道："我知道你恨我，是我对不起你，你应该恨我。"

大同木然地站着，看着廖明远血肉模糊的尸首，狠心推开了雅媛。

"可是我爱过你，大同，我曾经深爱过你。"雅媛哭泣的声音终令他无法迈开离去的步子。

“在我最美好的年华里，我曾经深爱过你。在翎西，你与我赛马，你替我簪花，那段日子，是我一生中最快乐的时光，虽然短暂，却是我最幸福的过往。”雅媛看着他的坚毅挺拔的脊背，含泪笑着说，一边止不住咳了起来，唇间血迹斑斑。大同转过身，看着她渐渐苍白的容颜，说：“过去的事，不必再提。”

“是啊，都过去了，我的一生也就这样过去了。”雅媛凄然笑道：“是我的错，我负了你，不敢再奢望你的原谅，只是如日……”她忽然喷出一大口血，趴在地上急促地喘息起来。

大同伸手扶住她，她断断续续地说：“如日……被日本人抓走，救如日……求你救救如日。”她的眼泪伴着鲜血滴在他手上，身子不断地抖动着。大同心中不忍，点了点头，她开心地露出笑容，说：“大同，谢……谢谢你！”又费力地脱下手上的玉镯，递给他说：“交给如日，把他……送……送到阎家，妈妈会替我……疼他……”她的声音渐渐弱下去，忽然手一松，栽倒在死去的廖明远身上。

“雅媛！”大同惊呼一声，她却已安详地闭了眼。这个纵马欢歌的女子，他虽未爱过她，却与她夫妻一场，恨她的背叛，却又可怜她离去时的凄惨。他深深地叹息一声，收好她交给他的玉镯，和采云一起离开了金家湾。

福衔宝自金阎大战爆发后，便离开阳州，带领部下在翎地偏远地带继续暗杀日本特务。这天在金家湾附近的村子里，端掉一伙日本特务，在房间里还发现一个刚满月的婴儿。衔宝见他粉嘟嘟的甚是可爱，不由想起妻子荣若仙，与若仙在江南分开时，她已有了身孕，如今他们的孩子也该有这么大了吧。福衔宝叹息一声，抱起婴儿，将他带在自己身边。

阎笑天在日本人的支持下，成立了伪翎地共和国，自任总统，将金氏各部纳入自己的版图，在翎地到处张贴布告，全力缉捕金大同。采云带着大同，沿路打听如日的下落，却一无所获。大同伤势严重，一双眼睛也渐渐模糊起来，采云见形势严峻，便带他一路南下，奔赴江南林浦医院。

北地尚在苦寒时节，江南已是春色如烟，曾经的异乡，此刻却仿佛是故园。水媚青山，蝶舞燕环，天色湛蓝，白云悠远。舟帆片片，抒写着何夕的清雅诗篇，瘦桥弯弯，谁多情地长眠在你的身边，锦瑟华年里的那一曲梦江南，流淌着我静默的怀念。长卿，你含笑的温暖，是这喧嚣红尘里最安宁的超然。大哥，我已找到大同，不管怎样，我都会学着坚强，守护真爱如同信仰。

林浦医院里竟有许多人，忙乱不堪。采云好容易寻到南林浦，他正和护士们救治伤员，采云扶大同坐下，走过去与他攀谈。南林浦起初并未认出她，在她提起长卿后，才得知她是青姑娘，便奇怪地问她为何蒙着脸。采云叹息一声，却请南林浦替她保密曾在林浦医院整形一事。南林浦疑惑着答应了，采云又指着大同说："这是我的一位朋友，战乱里受了伤，希望南医生能帮帮他。"

南林浦点点头，带他们走进自己办公的房间，认真地替大同检查伤势，他身上的多是皮外伤，眼睛却有些麻烦。采云紧张地说："他这一路上已渐渐看不清东西，你可有办法帮帮他吗？"

南林浦笑道："移植眼角膜手术我在国外也曾见过，他这点小伤不算什么，略微动个手术就能康复了。"见采云放下心来，又开玩笑道："我的高超技艺你可是领教过了，还有什么可担心的？"采云怕他说出整形一事，焦急地暗暗向他使眼色，南林浦想起刚才答应她的事，抱歉地笑了笑，叫了护士过来，马上给大同进行手术。

手术很成功，南林浦让采云放心，采云看着大同睡熟，便和他一起走了出去。见院子里很多伤员走动，便问道："你这里一向冷清，如今怎么这样忙乱？"

南林浦边走边说："长卿过世后，恪军大乱，又有日本人从中挑唆，惨杀我中华同胞，一些恪军旧部的抗日部队，和民间自发组织的抗日的力量共同抵御外侮，让我深受震撼。我之前曾一直梦想做全国最大的整形医院，通过整形术为希望变美的人圆梦，可是如今战火四起，家国不宁，乱世里的同胞性命尚切难保，又怎会在意容颜的美丑。所以我将林浦医院的病房打通，收治恪军抗日受伤的士兵和普通百姓，也算为遭受劫难的祖国做一点儿分担。”一向爱开玩笑的南林浦，此刻却和很多爱国同胞一样，在这个战乱的年代里，默默地用自己的行动，为抗战增添力量。

南林浦见采云赞同地点头，又说道：“自从长卿走后，我想着你们既认了兄妹，你也算是他唯一的亲人了，便派人四处寻你，却一直没有你的消息。你去了哪里？一切可都安好？”

“大哥走后，帅府也被炸毁，我便去了北方，如今一切也还好。”采云在一树玉兰下停住脚步，对他说：“南医生，谢谢你。”

“那个受伤的男子是什么人？”南林浦忽然问道。

采云见他问起大同，心绪纷乱，不知该如何回答。南林浦见她神色窘迫，想起之前为那个男子做手术时，她也满目担忧，便猜到了几分，心中忍不住为长卿叹息：他费尽心思地对这个女子好，却是枉为他人作嫁衣。正暗自揣测，却听采云说：“南医生，麻烦你帮我照顾他，我想去墓地看看大哥。”看着她忧伤离去的身影，南林浦再说不出一句责备的话。

大同醒来，只觉得一片黑暗，忍不住伸手摸自己的眼睛，采云忙拦住他说：“你刚动了手术，不能碰触眼睛。”大同停了下来，又听她说：“南医生说你的眼睛无碍，休养一个多月便可康复了。”

“谢谢青姑娘。”大同复又躺下，黑暗里再看不见战火流离、纷争四起，坠在茫茫无尽的漆黑里，心中却有着前所未有的平静。

大同休养时，采云总陪伴左右，虽无甚宽慰之语，他也能感受到她隐忍的关切。一个月圆之夜，她曾低低叹了一声：“这样好的月！”他的心里便起了波澜，记忆里也有那样好的月，清辉盈盈，照着他与采云曾经的无限深情。他曾带她踏月观瀑，肆意挥霍爱上她的美好，又何曾怕过情深缘浅！他将往事一一向她说起，经年里，她含笑的脸，羞红的眉眼，都那么清晰地浮现在眼前，他带着无尽的欢喜与眷恋，向这个沉默的青姑娘，倾诉自己的无限珍惜的过往。

"我若失明，也未尝不是一件好事。"大同满脸笑意地说："睁开眼，便不得不看这红尘俗世，若我再也看不见，脑海里便只留着她的容颜。她是我永远的深爱，有这份最美的惦念相伴，我此生至死也无憾了。"采云早已泪水涟涟，不忍心听他说这样的话，伸出去的手却又渐渐停下。她也这样刻骨地深爱着他，却害怕世事无常，每一次的目光相遇，都无法忘记曾经受过的伤。大同，我该怎样，才能像从前那样守望？你还在我身边，我却已经起了思念，说不出口的依恋，是我最悲哀的孤单。

福衔宝正在屋子里逗如日，如日已会"啊啊"地与人聊天。衔宝摇着拨浪鼓，在他的摇篮边来回走动，他啃着自己的手指，吃得津津有味，偶尔抬头看一眼衔宝，衔宝便开心地大笑起来。如日忽然也跟着咧咧嘴，却没发出声响，衔宝拉着一旁的阿华，高兴地嚷道："宝宝笑了，你看他笑了！"

阿华跟着笑起来，说："参谋长这么喜欢这个孩子，不如认他做干儿子吧，这小家伙长得可真可爱！"

衔宝笑道："我和若仙的孩子应该比他大一点，他们以后认作兄弟，互相照应也好。"

阿华挠挠头说："这孩子还没名字，参谋长帮他取个名字呗！"

衔宝点点头，说："我和若仙的孩子叫嘉歧，就叫他嘉彻吧。"阿华连声说好。衔宝一边逗弄如日，一边叫他嘉彻，又趴在他的摇篮边，说："等找到若仙，你就有小哥哥陪了。"如日"啊啊"地挥舞着小手，似听得懂他的话，一双晶亮的大眼睛纯净无瑕地盯着衔宝，模样可爱极了。衔宝忍不住把他抱起来亲了亲，又教他叫爸爸，一旁的乳母笑着说："参谋长太心急了，嘉彻才两个多月，哪里就能开口叫人了。"衔宝呵呵笑着，把他放回摇篮里，他却有些不乐意，用脚踢着被子，哇哇大哭起来。衔宝又连忙把他抱起来，哄着他说："嘉彻要爸爸抱？好好好，爸爸抱！"一边轻拍他的背，在屋子里来回走动着。如日趴在衔宝肩头，随着他的晃动渐渐止了哭声，津津有味地啃起自己的手指来。

两个多月后，大同的眼睛完全复明，便辞别采云，要回翎地找到如日，完成曾经答应过雅媛的事情。看着他渐行渐远，采云的泪水早已模糊了双眼，为何总与他这样擦肩而过，为何总眼睁睁看着他离开却不能阻拦，这一去，又要错开多少的万水千山！

“三少！”采云鼓起勇气，来到他身边，“我想陪三少一起寻找如日。”这一次，终于对望着他的眼，不愿再如冰雕般悄悄思念，想和你天涯红尘一路并肩。他惊喜地看着她，她却又垂下眼，慌乱地想着解释的措辞，却听他笑道：“如此多谢青姑娘！”

满目荷叶田田，垂柳墨绿翩翩，沿途湖畔有谁的明眸顾盼，南国青山在薄雾里遥遥牵绊。停在湖心的小船，沐浴着晨曦的绚烂，如同一场梦幻，迷离而欢欣。时光荏苒，世事变迁，他却风华更胜从前，那一双星眸依旧深邃辽远，那一种俊逸风姿依然洒脱疏朗。回思往事，江流漫漫，这一舸悠悠帆船，载着她交错的欢喜与忧愁。

第三十二章
沧溟阔，净心抱冰雪

回到北地，采云和大同从金家湾向翎地一路打探如日的下落，却遍寻不见。阎笑天虽成为伪翎地共和国的总统，却无法把控翎地混乱的内战，因战事频繁，缉捕大同之事也已搁浅。日头已越来越毒，采云依然奔波查探，大同要了却的心愿，便是她的心愿。然而，夏天过完，二人却依然无法得知如日的下落。

几场秋雨过后，天气渐凉，采云刚添了衣裳，见大同负手立在梧桐树下，走过去问道："三少今后有何打算？"

大同转过身，说："帮雅媛找到如日后，我想隐居深山。"

"三少曾是叱咤风云的北方大帅，为何竟会想着退隐深山？"采云问道。

"这万里江山，如何抵得过我对采云的思念！我也曾年少轻狂，为着这些个不相干，深深伤害了她。自她离去后，我这一生便活在无尽的痛悔里，四处征战，也只是为了用这天下祭奠她，却又明了，这一切都不是她想要的。"他话音悲痛，顿了顿，又说："待寻到如日，我便与这红尘做个了断。不管去哪里，只守着这场思念，但愿，来生能再和她遇见。”采云抬头仰望深远的蓝天，不敢再试探，他这样痛悔折磨自己，她又如何忍心再责怪抱怨。

有一天，采云查访到一户人家，见一个小男孩与大同口中的如日很相像，便过去打听孩子的情况。孩子的妈妈很高兴地与她攀谈着，采云打探到这孩子的出生日期也与如日相同，越发确定他便是雅媛丢失的孩子。一边高兴地逗他，一边对孩子的妈妈说：“听说生产的时候要吃不少苦的。”

“可不是呢！”那夫人将孩子换在另一只手上抱着，笑着说：“怀他的时候便整整吐了十个月，生产的时候又难产，请了好几个稳婆，这孩子可把我折腾坏了。”她一边捏捏孩子的脸，那孩子便哭了起来。她忙抖动着哄着他，又对采云说：“现在好了，孩子他爸如今对我们娘俩可好了！”那孩子仍哭闹着，她便抱着他走动起来，采云趁势告辞了。

这一次又不是，采云失落地走在路上。查探如日的下落，仿佛如大海捞针般困难。大同答应过雅媛，就一定会信守承诺，帮她找到孩子。只是如日落在日本人手中，如今到底不知道是否还活着，采云为自己突然涌起的念头吓了一跳，忙摇摇头挥走这不祥的想法。路过一家庭院，忽然看见一个粉雕玉琢的婴儿，那孩子五六个月的样子，奶妈正扶他站在小凳子上，他伸手去够桌子上的玩具。他抓到一只响铃，口中便“哪哪哪哪”地喃喃絮语，忽然对着采云粲然一笑，采云一愣，忙侧身隐藏起来，偷眼望去，他那一双乌溜溜的大眼睛正四处搜寻着。采云觉得有趣，忍不住轻轻一笑，那婴儿看找不到她，便低头摆弄手上的摇铃。他用右手摇了一会儿玩具，又想换到左手，谁知手一松，那摇铃便翠响着滚到地面，他便焦急地在凳子上踢动着，一双小手胡乱挥舞起来，模样可爱极了。采云正含笑看着，忽见福衔宝走上前来，一把抱过小婴儿，亲昵地叫他“嘉彻”，又说：“好儿子，想爸爸了吧！”一边又去亲他。嘉彻初见到衔宝，神色极高兴，被他亲吻后，似是被他的胡须扎痛了，不高兴地用手拂自己的脸，福衔宝忍不住哈哈大笑起来，弯腰拾起地上的摇玲，递到他手中，嘉彻这才开心地笑了。

原来这个婴儿是衔宝的孩子，荣若仙也回到翎地了吗？采云正在思量，又见一个侍卫模样的人走了过来，福衔宝正在教嘉彻叫爸爸，那侍卫笑道："参谋长每日教嘉彻少爷叫爸爸，将来少爷开口，最先说的话一定是爸爸。"

福衔宝笑道："当日若不是我们在日本特务窝里捡到这孩子，他的小命早没了，最先开口叫我爸爸也是应该的。"采云听他说这孩子是在日本特务窝里捡到的，蓦地心头一紧，大同口中的如日也该是这么大的，雅媛又说孩子是被日本人抓走的，这个孩子莫非……

"是是是！"那侍卫连声应着，又说："他日找到若仙夫人和嘉歧少爷，参谋长就一家团圆了。"原来荣若仙还是杳无音讯，采云暗暗记下衔宝家的地址和路线，悄悄离去，打算和大同商议后再行决断。

金大同听闻有如日的线索，迫不及待地要赶去查看，采云却犹豫道："这户人家与三少有些宿怨，你若贸然前往，一来，很是危险，二来，怕人家也未必肯让你与孩子相见。"大同暗想以前掌管北方，得罪的人也从不放在心上，如今为着如日的缘故，却不得不有些忌惮，便问道："那依青姑娘之见？"

采云说："三少先随我去悄悄看看那孩子，确定他是不是如日，如果是，我们再商量对策，如果不是，我们便不必惊动他们。"

大同点了点头，便随她去了那处院落，悄悄看过孩子，正是如日，虽长大了些，模样也无甚改变。大同几欲起身与如日相见，却被采云拉住，已有人走了过来，大同再没料到，那人竟是福衔宝！大同张口欲喊，被采云伸手掩住，一边拉着他退了出去。

"福衔宝！竟是潜逃多年的福衔宝！"大同愤怒地在院子里走动着。

"你可认清楚，那孩子是不是如日？"采云问道。

"孩子正是如日，为何会在福衔宝手中？难道他就是雅媛口中的日本人？"大同怒气冲冲地说："福衔宝当年害死采云父亲，又在梅县越狱逃走，我派人四处追查，想不到他竟投靠了日本人！"

采云摇摇头道：“他并未投靠日本人，他似是加入了南方的一支抗日队伍，奉命刺杀潜伏在翎地的日本特务，如日也是他在执行任务时救下的。”

大同忽然想到了什么，说：“你如何得知我与福衔宝有宿怨？又为何确定他是在刺杀日本特务？青姑娘到底是什么人？”

“当年三少与梅县的一名寒门孤女订婚，消息传遍南北，街头巷尾议论纷纷，说那寒门孤女原是与福衔宝定过亲的，我也不过是听说，猜想你们有些旧怨。至于他刺杀日本特务之事，我倒是亲眼所见。”采云淡淡说来，滴水不漏。

“不管怎样，他纵火害死采云父亲，永远都不能原谅！”大同目露悲切，“采云虽不在了，我也要杀了福衔宝，替她讨还这场公道！”

“三少不可！”采云暗自难过，福衔宝害死爹爹，她心中何尝不恨！只是想起若杀了他，荣若仙和那个像如日一样大的孩子便失了依靠，在这样的乱世里，岂不是置她们于险境。自幼与他一起长大，早已如亲人一般，百般疼爱自己的衔宝母亲，也因着这场变故辞世，世事沧桑，虽无法原谅他的过错，却也狠不下心来杀他。

“三少若杀了他，也不过使这世上多了一对孤儿寡母，想想如日，三少怎么忍心让这么小的孩子无所依靠。再说，他如今所做的事儿，也算是为国除害的大义之举，又救了如日，待如日也极好。”她柔柔的声音，使大同又想起采云，她若还在，会要他选择原谅吗？

“采云姑娘若在，也必不忍心让三少杀他。”她低不可闻的话语，忽然轻柔地印进他心里。采云若在，他多么希望采云还在，只为着这一句“采云若在”，便压下了升腾的怒火，满腔的郁结相思竟逼得他泪意朦胧。大同忙转过脸去，望着栅栏外微微有些颓败的木槿。

“三少！”她的声音唤醒他悲伤的沉默，他转过身，含笑看着她说：“青姑娘不必如此见外，叫我大同就好。”

她点头应着，那个名字却在心里徘徊许久，终出不了口，只说道：“如今既然

确定嘉彻就是如日，不如由我出面，向福衔宝要回如日。若能说通他，也免了一场干戈。”

大同微微思虑了一会儿，说：“这样也好，有劳青姑娘了！”

福衔宝刚从外面回来，阿华便上来汇报说：“有位青姑娘求见参谋长。”衔宝将带给如日的玩具递给阿华，想着自己似乎并不认识过什么青姑娘，因听阿华说人已在厅上等他，便走了进去。采云见了他，不由站起身来。福衔宝一愣，忽然想起那次在阳州执行任务时，幸得这位蒙面女子的飞镖相救，忙走上前说：“我原不知是哪位青姑娘，原来竟是在阳州出手相救的恩人！多谢青姑娘的救命之恩，青姑娘快请坐！”

采云坐了，衔宝又说了一番感激的话，采云便说：“参谋长不必客气，我这次前来，是想求参谋长一件事。”

衔宝忙道：“恩人有什么事尽管吩咐，但凡我能做到的，我福衔宝决不推辞！”

“参谋长刺杀日本特务时收留的那个孩子，原是我一位故人之子，我受人所托，想请参谋长将孩子还给我那位故人。”采云道。

“你是说嘉彻？”见采云点头，福衔宝颇为不舍地叹口气，说：“实不相瞒，我很喜欢嘉彻这孩子，你说要带他走，我还真是舍不得。”采云听他如此说来，心下有些不安，他却又道：“不过既然是恩人故人之子，我也乐得成全，让孩子与他父母团圆。”

采云忙站起身说：“那我就替那位故人多谢参谋长！”

衔宝犹豫了一下，说：“恩人的那位故人家住何处，我以后能否经常去看看嘉彻？”

采云见他对如日一片挂念，微微笑道：“多谢参谋长对这孩子的厚爱，我那位故人的消息实在不便透露，还请参谋长原谅！”

衔宝挠了挠头，终于洒脱地一挥手，说：“也无妨，只要嘉彻过得好，看不看到他也都一样。”一边带着采云去到如日的房间。他轻轻抱起如日，如日已认得他，“哦哦”地与他攀谈着。衔宝逗了一会儿如日，终于不舍地将孩子交给采云，采云接过来抱着，如日也不怕生，扯着她的长发，无邪地看着她。采云轻轻点了点他胖乎乎的脸蛋，他便咧着嘴笑了起来，采云也忍不住微微含笑。衔宝正挑拣着桌子上的玩具，拿了如日平日最爱的摇铃说：“这是嘉彻最喜欢的玩具，恩人也替孩子带上吧。”采云接了过来，衔宝又挑了一件今天外出时新买的玩具，说：“这个毛绒球转动时便会发出声响，嘉彻最喜欢有音乐声的玩具，我今天新买的，还没来得及给他玩，也带给他吧。”采云点点头，也接了过来，衔宝便送她往屋外走去。

来到大门口，衔宝向采云叮嘱道：“嘉彻夜里三四点总要起来玩一个多小时才肯睡，早上一醒过来便急着要吃东西，还有，嘉彻最怕狗，最喜欢洗澡时拍水玩，最喜欢吃枣泥粥……”他渐渐有些眼圈通红，十分不舍地看着如日，采云也有些不忍，脱口道：“谢谢你对如日这么好！”

“如日？”福衔宝只觉得这名字似在哪里听过，忽然想起，金大同的儿子出生时，翎东翎西曾登报祝贺，又为新出生的孩子大摆宴席，那孩子似乎就叫如日。“如日！”福衔宝声音里冷意森然，拦着采云，问道：“他是金大同的儿子金如日？”

采云连忙摇头，福衔宝一把夺回孩子，冷声说：“怪不得你一直不肯透露孩子父母的消息！”

采云想要解释，他却叫了一声：“阿华！”阿华立刻带着几名侍卫跑了过来。“青姑娘对我有救命之恩，今日之事我福衔宝也不与你计较，你去转告金大同，他若想要回儿子，就拿自己的人头来换！”福衔宝恨意彰显，厉声道：“阿华，送客！”

“是！青姑娘请！”阿华带着人将采云赶出门外，采云不得不先行离开，一路上暗悔不已。见到大同，将事情一一向他说了，又歉声道：“都怪我一时大意，把如日的名字泄露出来，惹出这样的大祸！”大同安慰她说：“青姑娘不必太过自责，

这原是我与福衔宝的恩怨，无端让你受累了。”

“他那么生气，不知道会不会伤害如日，都是我不好，如今反倒害了如日。”采云已忍不住声音哽咽，转身拭泪道。

“不会的！他那样百般叮嘱你照顾如日，自是极疼爱如日的，他恨的人是我，应该不会为难如日，你不要这么难过了。”大同宽慰道。

福衔宝怒气冲冲地将如日丢在小床上，如日“哇”的一声大哭起来，福衔宝唰地掏出枪，对着如日吼道：“你这个孽种，竟是金大同的儿子，老子居然替金大同养儿子！”他用枪抵着如日的额头，如日却停了哭声，伸手去摸枪，以为这是什么新的玩具，开心地笑了起来，脸庞上还挂着晶莹的泪珠。衔宝扣着扳机，终是下不了手，扔了枪，坐在他面前的凳子上。如日嘻嘻地笑着，两只小手互相挥动，似在练习拍手，一边喃喃地发出声音，跟衔宝交流，福衔宝痛苦地扭转脸，踢开地上堆着的各色玩具，走出了屋子。

第三十三章

轻纱落，十里湖光载酒游

第二日，大同便在报上看到一则消息，福衔宝约他三日后在梅花镇的落梅亭了结恩怨，他若不来，便炸死金如日。荣若仙一路颠簸回到梅花镇寻找衔宝，福、荣两家早已在战乱里败落，竟不知迁往何处去了。若仙正苦无衔宝的音讯，如今见到报纸上的这条消息，便早早到落梅亭等候。阎笑天得知外孙的下落，也派了士兵来到梅花镇，欲杀掉金大同，并抢回如日。

大同自知此去危机四伏，绝无可能生还，便对采云说："这一路多谢青姑娘出手相助，这次是我和福衔宝必须了结的个人恩怨，青姑娘不必再牵连进去。"

采云摇摇头，说："阎笑天一直暗中缉捕你，此次得知报上这条消息，一定会派兵守在梅花镇拿你，不管如何，你都不能现身。"大同刚欲争辩，她又道："请你相信我，我一定会想办法救出如日！"

"我怎能让青姑娘为我的事前去冒险！"大同连忙说，忽然又微笑道："他选的地方倒好！这梅花镇是采云的故乡，我若真葬身于落梅亭，也成全了当年曾向她

说过的风雅。”采云也记起，她与他第一次登虎山的那个冬天，红梅灿烂，她正为着衔宝被关在翎东监狱而愁绪万千。他曾折了一枝红梅送她，对她说：“那日在梅山，幸得你救助，不然我怕是已成了你们梅山的花肥了。那就真成了死在梅树下，做鬼也风雅了。”那时的他意气风发，不过是一句玩笑话，如今竟抛舍性命，印证那一种风雅。

“大同！”她含笑叫他，神色里有似曾相识的温婉动人，“为了采云，你一定要答应我。她还活着，你若想见到她，就一定要答应我。”她轻轻说来，却令大同神思恍惚。

“她还活着？我还能见到她？”他疑心自己听错了，哑然失笑道。

她微笑着点点头，说：“是的，她还活着，你还能见到她。”

大同忽然笑道：“你定是在骗我，青姑娘多虑了，我也不是刻意求死，只为救出如日。若能活命，我便如之前曾向姑娘说过的那样，去山中隐居，若死在落梅亭，也无甚遗憾。”

采云摇头道：“她真的还活着，你就这般狠心，不肯再与她见上一面吗？”

大同怔了怔，说：“可是，我亲手烧了她的尸首……”

“那是她的丫头轻荷，她坠入山崖后被人救起，一直还活着。”采云的话让大同忽然又生了希望，是啊，自那次采云出事后，轻荷竟失了踪迹，他也派人查探过，可再无二人的消息。如果青姑娘说的是真的，采云还活着……他猛地抓起她的手腕，“青姑娘，你快告诉我，采云在哪里？”

“你信了，便要答应我。”采云说。

大同松了手，说：“救如日本是我该做的事，你一个人去太危险。”

“这倒无妨，把你的信物给我。”采云伸出手来，大同奇怪地看着她说：“什么信物？”

“如日的母亲留给他的玉镯。”采云笑道。

大同想了起来，雅媛临终前脱下过一只玉镯，说是让他交给如日，便翻了出来，交给采云，说："青姑娘，你到底有什么办法，不管怎样，我都要和你一起去。"

采云想了想，说："你跟我一起去也好，但一切要听我吩咐，否则我可不带你见你的采云姑娘。"

大同点点头，她又说道："落梅亭对岸的水榭旁的石桥下，桥身里有一处很隐蔽的石洞，你到时藏在洞中，不要现身，等我叫你时，便可见到采云。我自有办法救如日，你若出来，只会害了采云。切记！切记！"大同见她神色郑重，此刻又对采云未死之事信了八九分，便一切听由她安排。

二人绕开阎笑天的侍卫，抄小路赶到落梅亭，大同按采云的吩咐，藏在水榭石桥下的洞中。福衔宝正站在亭子里，将如日身上捆满了炸药，阎笑天虽有士兵把守，却也不敢轻举妄动，怕伤了如日。

采云躲在一边看了一会儿，找到一位士兵，将玉镯递给他说："我受如日母亲所托，有要事求见阎大总统，这是信物，请呈给大总统。"士兵忙命人将她捆了，押到阎笑天面前，才将玉镯呈给阎笑天看。

阎笑天认得那是雅媛的首饰，便命人松了绑，问她何事。采云道："我受雅媛小姐临终所托，替她救回如日，此次前来，便是与大总统商议解救如日之事。"

"雅媛临终所托？"阎笑天疑惑道。

"正是！二月十八，我路过金家湾，看到雅媛小姐时，她已被炸得奄奄一息，旁边还有十几个死掉的日本人和一个中国人。雅媛小姐将手上的玉镯给了我，说如日被日本人抓走，请我帮她找回如日，送到阎家，说阎夫人会帮她疼如日。"阎笑天见采云所说的，与士兵们找到雅媛的情景相符，便点了点头，信了她几分。

采云指了指如日说："孩子的身上被捆满了炸药，你若开枪，如日必定性命不保。我认得挟持如日的人，想过去劝说他放了如日，如果说服不了，大总统再另行他法，也不会有什么不妥。我答应了雅媛小姐的临终之托，必全力营救如日，

请大总统准许!”

阎笑天想了想，说：“姑且让你一试，你可别耍什么花样。我已派了重兵在此把守，谁若敢动如日，今天我便让他连插翅也难飞出这落梅亭半步!”

采云点了点头，正要前往落梅亭，忽见荣若仙竟从亭下的水中钻了出来，向亭子上攀爬。阎笑天的手下正欲射杀如仙，采云忙阻挡道：“大总统万万不可！枪声一响，便有可能引爆整个落梅亭，不可伤害如日!”阎笑天挥手命士兵不许开枪，采云又说：“这个女子应该不会为难如日；我现在就过去劝说他们。”见阎笑天点头答应，便往亭子里走去。

“衔宝!”荣若仙浑身湿透，走上前拉着福衔宝。

“若仙！你怎么会在这里?”福衔宝一惊，手中扔紧抱着如日。

“我们被打劫后，我失足滚下山，后来又到处找不到你，便回到梅花镇，看到你登在报上的消息，才找到这里。”荣若仙头发上仍滴着水，眼泪也唰唰流下。

“若仙，那我们的孩子呢？我都给他想好名字了，叫嘉歧!”福衔宝急急道。

若仙却忍不住掩面哭泣，说：“我滚下山的时候，孩子便没了。”

“没了？我们的孩子没了?”福衔宝愣愣地看着若仙，若仙哭了一会儿，拭泪说道：“你还是放不下采云吗？你恨金大同，也不该为难这样一个婴儿……”

福衔宝听她提起如日，又想起金大同从她手中抢走采云，采云弃婚令他被全镇的人耻笑，自己居然还从日本人手中救回金如日，替他养儿子，真是莫大的讽刺与耻辱！早已忍不住怒火中烧，“啪”的一声打了若仙一巴掌，恨声道：“我恨金大同，是他抢了我的采云！我也恨你，你就是那个算命神仙口中的克夫命，克死我儿子，现在又来克我!”

“福衔宝，想不到你竟一直相信别人的胡言，心中认定我克夫!”荣若仙气得浑身发抖，当日为了这样的流言，他已负她一次。还以为这些年与他甘苦与共，他会心存感激，如今竟然又换来这一句克夫的毒言。眼泪纷纷流下，书写着她惨败的年华。

福衔宝见金大同迟迟未现身，阎笑天却派兵包围了这里，心中恨意涌天，疯狂地对若仙发泄着不满，说："你连嘉歧都保不住，不是克子克夫的命还是什么？别以为你救我出狱，我就会感激你，这一切都是因为你克我，才害我受牢狱之灾、背井离乡不得安生！我躲在江南，你居然还一路追到江南，不守妇道私自和我成亲，就是为了害死我的孩子！"

起风了，这初秋的天竟这样寒冷，荣若仙绝望地看着眼前这个曾经相濡以沫的男子，心底的寒凉竟似结了冰。她付出一切的爱情，竟是这样不堪地疯狂，还有什么可以给她力量，延续她微薄的爱火。福衔宝犹自说些不堪的话，她却已不再伤心，冷笑着打断他，说："福衔宝，我荣若仙不过是瞎了眼！"爱情的真相原来竟是这样的面目可憎！不想流泪，也没有谁值得她再流泪，走过这熟悉的故土，再也不想回头。

荣若仙高昂着头，与采云擦身而过，"若仙！"采云叫着她，她却恍若未闻，大步朝前走去。

采云来到亭子里，刚刚开口叫了一声"衔宝"，忽然听见不远处的枪响，回身看去，荣若仙已走出很远，却被阎笑天的侍卫击中，她湿漉漉的衣裳刻着沉重，连风也吹不动，就那样无声地倒在草丛中。

福衔宝愣了愣，忽地站了起来，仿佛忘了怀里还抱着如日，采云忙扑过去接住如日。福衔宝慌乱地拔出枪，眼睛盯着落梅亭周围的草丛，仿佛那里都藏着看不见的敌人。

"宝哥哥！"似乎是采云在叫他，他恍惚地听着轻微的风声，又听到她的声音："宝哥哥，你放下枪，让采云妹妹为你唱支歌。"

"谁？"福衔宝慌乱地环顾四周，风中传来一阵熟悉的歌声，"妾发初覆额，折花门前剧。郎骑竹马来，绕床弄青梅。同居长干里，两小无嫌猜……"那一曲《长干行》，是他与采云幼时欢唱的青梅竹马。她总抱着布偶坐在石头上，唱他们的无知年华，他也曾带着她穿行在梅山的仙洞里，高举着火把，唱他们的惬意无

瑕。她是他的小尾巴，喜欢跟着他疯跑却爱哭，她不敢摸鱼，她一直都学不会放风筝，她怕吃药，总要他帮忙喝掉一半……小时候，她用脆脆的童音唱这曲《长干行》，长大后，声音里便含着无限的柔情，她的歌声总这样清甜柔软，令人沉醉。

衔宝靠着栏杆坐下，闭上眼睛，沉醉在采云的歌声里。采云拿掉他手中的枪，解开捆在如日身上的炸药，抱着如日快速离开亭子。采云刚刚走远一些，便听到身后落梅亭的爆炸声，采云护着如日蹲在草丛里，见到一个阎笑天的侍卫迎上来，便将如日交还给他，自己趁乱离开了。

阎笑天带着如日离开梅花镇，采云才将大同叫了出来。大同钻出石洞，笑道："多谢青姑娘，你已救下如日，我也听从你的安排，未曾现身，现在可以告诉我，采云的下落了吗？"

采云想了想，皱眉道："哎呀，我忘了问她的地址！"

"你！"大同心中恼怒，她皱眉的模样却让他想起采云的忧伤，说不出责怪的话，无可奈何地看着她。

"远在天边，近在眼前。"她忽然笑道，又拿出那枚一模一样的戒指，在手里轻轻转动，六芒星与鸢尾花交替着，大同也拿出雅媛还给他的戒指，与她的碰在一起，两枚戒指交相辉映，发出温暖的金色光芒。

大同微笑着看着她，将她拥在怀里，泪水忽然滚落下来，说："采云，你竟这样狠心，一直在我身边，却不告诉我。"采云又慌乱地蹙起眉，大同便伸手轻抚她的额头，说："总是皱眉，要生出皱纹了。"采云将头一扭，佯装生气，说："生出皱纹来，你便不喜欢了吗？"历历在目的话重新说起，洒下他二人几多欢喜的眼泪。携手而去，细诉别后离情，这样失而复得的无限欢欣，都写在四目相望的深情里。

大同忽然又笑道："你那天问我今后有何打算，难道竟是在试探我？"采云微笑着垂下眼，大同便握着她的手说："我只想与你在一起，采云，我们再也不要管这世事的纷乱，你可愿随我归隐深山？”

采云点点头，也问道：“可是我如今已毁了容颜，你可愿随我归隐深山？”

“傻云儿！”大同怜惜地抱紧她，“是我没保护好你，让你经历这样的劫难，一切都是我的错，又怎么会怪你损毁了容颜！”他的眼泪轻轻地打在她的发间，说：“你若怕我对你生了嫌弃，我便弄瞎自己的双眼，这样你就可以嫌弃我了。”采云捶打着他说：“你总胡说，这样没正形！”

大同笑道：“我愿随云儿归隐深山，云儿有没有想好，要带我飘去哪座山？”

采云想了想，笑道：“在江南时，我曾听江大哥说，碧波岛的梅花极好，不如我们去那里。”

“好！”大同点点头。

大同和采云来到金家湾，又试了试两只戒指，却是采云的那只打开了父亲留下的密室。密室里有许多金银珠宝，还藏着很多枪支弹药。大同便与采云商议道：“我们既打算归隐吉山，这里的东西不如送给南林浦，他兴办医院，又帮着江长卿留下的恪军抗日将士，这些东西倒也用得上。”采云赞同，大同便随意捡了几样珠宝带在身上，复将密室门合上，与她一同南下，找到南林浦，将戒指交给他，又告诉他密室的地点。

碧波岛隐在玉湖深处，大同和采云划了小舟，向湖心行去。秋日的玉湖水波轻缓，泛着粼粼清辉，岸边千竿翠竹，婆娑舞动，摇曳着梦一般的萦心乐章。

大同忽然轻声道：“住这么大的碧波岛，我们要生很多孩子才好。”采云瞪了他一眼，他依然笑道：“生上七个儿子八个女儿，陪我的云儿一起养花种草……”

“啊！要生那么多?!”采云蹙眉惊呼道。

他又伸手去抚她的额头，笑着说：“总是皱眉，要生出皱纹了。”她将头一扭，佯装生气，说：“生出皱纹来，你便不喜欢了吗?”他将她拉进怀里，怜惜地看着她说：“喜欢。不管云儿变成什么样子，我都喜欢。”

他眼里的柔情蜜意如玉湖的水一样深，她忽然牵了他的手，说：“那我就不要

再戴着这面纱，你帮我取下它。”

她微微低着头，他含笑解下绕在她发上的轻纱。一张倾世清绝的容颜在霞晖里浅笑盈盈，他一怔，风儿掠过，将掌心的轻纱无声地吹落湖面。

（全文完）